CONTENTS
Illustration 海原ゆた　Design アフターグロウ

Characters

アリシア・ファーマン

ゲームでは悪役令嬢。
前世の記憶があり、
友人のルティアと一緒に
自分の死亡フラグと
王国の危機のため動き出す。

ルティア・レイル・ファティシア

「聖なる乙女の煌めきを」という
乙女ゲームのモブ王女。
アリシアに出会い、
国の未来を変えようと奮闘中。
天真爛漫でとても元気。

ロイ(攻略対象)

シイル(攻略対象)

アイザック国王
リュージュ王妃
マリアベル妃
リーン（攻略対象）
ジル（攻略対象）
シャンテ（攻略対象）
ベル・チャイ（花師）
ユリアナ（侍女）

離宮で暮らそう！

あの事件から数日、ライルも王家の子供が暮らす宮、小離宮で暮らすことになったが……小離宮は全体的に人手不足だ。お城の中の三分の一に相当する面積が後宮と小離宮に割り当てられているが、後宮と小離宮では建物の作りが違う。その為に、人手不足に陥りやすい。

簡単に説明すると、後宮は大きな建物があり、そこで一人一つの部屋を賜《たまわ》る。部屋の広さは正妃であるリュージュ様が一番広いと聞いているが、それ以外の側妃の部屋は皆同じ広さだそうだ。これには正妃は特別な存在であり、それ以外の側妃は皆平等であるという意味があるらしい。まあその分、正妃は後宮内を取りまとめなければいけないのでとても大変な地位ではある。

実際に後宮のもめごとは正妃の領分で、何かあれば現状はリュージュ様が対応していることだろう。とはいえ現在の後宮には正妃のリュージュ様、側妃のマリアベル様を含めて四人しか部屋を賜っていない。だからそこまでもめごとはないはずだ。たぶん。

そして後宮の侍女達は基本的に個別に付くと言うことはない。ローテーションを組んで後宮にいる妃達のお世話をする。広い場所ではあるが、一つの建物に集まっているからこそ出来ることだろう。それにその方が城勤めの侍女達も休みを取りやすくなる。

まあ、妃の大半が自分の実家から私的に侍女を連れてくるので、後宮の侍女達のメインの仕事は掃除や洗濯、配膳といった雑事になるそうだが。

対して子供が暮らす宮、小離宮は離宮ごとに侍女や侍従を置く。

これは子供たちに平等に教育を受けさせるためでもあり、派閥間の争いに巻き込まれないようにするための配慮らしい。

現実はフィルタード派の人間がひしめき合うと、私のように放置されてしまったりもする。ロイ兄様に関してはライルがまだ幼く、この先何があるかわからないから教育を施されていたけれどね。これだってライルがもう少し大きくなったら続くかわからなかった。

けれど兄様の宮は数年前から、私の宮は一年前くらいからちょくちょく人が入れ替わり……こう言っては何だけど、まともな人が増えてきたのだ。まともと言うか、きちんと仕事をしてくれる人、とでも言うべきか？

でもまともな人になった分、宮の人手は減ってしまった。少数精鋭といえば聞こえは良いが、ライルを受け入れるには圧倒的に人手が足りない。本来ならもっと準備期間がいるのだ。侍女や侍従の選定以外にも家庭教師をどんな者に頼むか、とかね。

だから私はこの発言に驚くことはなかった。

「ひとまず、ライルは暫《しばら》く僕と一緒の宮で生活してもらうよ」

久しぶりに訪れた兄様の部屋のソファーで部屋の主人よりくつろいでいる私と、緊張した面持ちで私の隣に座っているライル。その正面に兄様が一人でゆったりと座っている。

ライルは兄様の発言に驚いた顔をして、私と兄様の間で視線をさまよわせていた。自分が一緒に暮らしていいのだろうか？　と思っているのだろう。しかしこればかりはどうしようもないのだ。

今までの状態からして一時的とはいえ、後宮でライルに付いていた侍女をそのまま離宮に連れてくるのは難しい。だって彼女達ではライルの邪魔にこそなれ、良い見本にはならないからだ。侍女や侍従というのは、幼い主に対する一番身近な見本。歩き方や所作を見習うべき人でもある。

それに主の疑問に答えたり、生活態度が悪ければ諫《いさ》めたりしなければいけない。フィルタード派の侍女達にそれを期待するのは無理だろう。だって派閥の人達にとってはライルが馬鹿な方が良いに決まっている。その方が操りやすいもの。癇癪《かんしゃく》もちだろうと、上手くゴマをすって機嫌を取れればいいのだ。そして自分達の利になることを了承させる。

今までのライルが王位に就けばそういったことが簡単にできてしまっていた。そしてそれは今でもまだ可能だろう。そういう人間を周りに配置すればいいのだから。そうならない為に、小離宮にはフィルタード派の人間は入れられない。これは絶対条件なのだ。

「ライル、人が揃ったら一人になるわ。今はまだ、兄様が一緒にいてくれるけどこれからそういったことにも慣れないといけないの」

「一人……」

「でも大丈夫よ。今までライルの周りにいた大人たちより、ここの人達はきちんとライルの話を聞いてくれる。そしてダメなことをすれば叱られるわ。私なんて侍女長にしょっちゅう怒られるもの！」

「カフィナが怒るのはルティアが庭を走り回るからだと思うけどなあ」

「だってそれでずっと過ごしてきたのよ？　今更、今日からダメです！　って言われても難しいわよ」

「ほらね、ライル。ルティアもこんな感じで過ごしているから慣れれば君も大丈夫だと思うよ？　いきなりあれもダメ、これもダメと頭ごなしに言われることもないしね」

ライルは兄様を見上げると、小さく「わかりました」と言って頷いた。

ライル自身も今までと同じ生活ができるとは思っていない。王家の子供たちは小離宮で生活するのが決まりなのだから、ちゃんと納得したのだろう。決して、私が庭を走り回ってても怒られるぐらいで済んでるんだから大丈夫、に安心したわけではないと思う。それに私だって別に怒られたくて走り回っているわけではない。庭を走り回るのが好きなだけだ。

「まずは、僕の従者を紹介するね。ロビン」

「ああ、はいはい。初めまして、ロビン・ユーカンテと申します。どうぞよろしくお願いします。ライル殿下」

いつも通りの軽い口調で突然現れたロビンに、ライルはビクリと体を震わせた。よほどビックリしたのか、ほんの少しだけ私の方に体を寄せてくる。驚いて側にいる人にくっついてしまうのはよくあることだから、ちょっとだけ微笑ましい気持ちになった。

「ライル、ライル……大丈夫？」

「あ、ああ。大丈夫だ」

借りてきた猫のように固まってしまったライルの肩を軽く揺すってあげると、ライルは心臓の辺りをギュッと押さえてなんとか頷く。よほど驚いたのだろう。ロビン初心者であるライルには刺激が強すぎたみたいだ。

「あのね、ロビンはいつもこうなの」

「いつも？」

「気配が無いのよ」

「無いどころのものでは無いと思うんだが……」

「いやいや。従者というのはですね、こうして影になって殿下を支えるものなんですよ」

「あれ、そうなの？　てっきりルティア達が驚くのを楽しんでいるのかと思った」

「まあ、それもありますね」

あっさりと認めたロビンに思わず口を尖らせてしまう。そしてライルも微妙な表情を作って見せた。やっぱり面白がっていたのか。昔は次こそは先に見つけてやる！　と意気込み、頑張っていたがどうしてもわからなかった。本当に気配が無いし、影が薄いんだもの。本人はものすごーく、濃い性格をしているのに!!

いつか絶対に先に気づいてやる！　フンスと鼻息を出すと、そんな私を見て兄様が笑う。

「ロビンのことは置いておいて、ひとまず明日からライルはルティアと一緒にランドール先生と勉強をすること。朝は起こしに行くけど、身支度はある程度自分で覚えて出来るようになってね」

「はい……でも、一人で出来るでしょうか？」

「誰だって初めては上手くできない。でもそれを笑う者はいないいし、暫くはロビンが手伝うから安心してほしい」

兄様の言葉にライルは少しだけホッとした表情になった。流石に初日から全部一人でしなさい、なんて意地悪なことをする人はここにはいない。ロビンはアレで面倒見も良いし、言うべきことはズバッと言ってくれるから安心だ。

内心で頷きながら、これでライルは安心だろうか？　と考える。するとライルが急に私に向き直った。何をするのかと思ったら、ライルが、あの！　ライルが!!　私に頭を下げたのだ。

「ルティア、その……俺が悪かった！　ごめんなさい!!」

「そこはお姉様、ごめんなさい。じゃない？」

「お姉様って……一つだけじゃないか」

「まあ、そうだけど……でもそうね。今は、許さない」

私の言葉にライルは泣きそうな顔になる。実はこの子は案外泣き虫だったのだろうか？　ぱっちりとした大きな蒼い目が涙でゆれている。ちょっとだけ決心がぐらつくけれど、簡単に許すわけにはいかないのだ。それはライルの為にならない。

「……俺が、言ったことがあんな風になるとは思わなかったんだ」

「そう……でも、謝って終わりじゃダメなのよ」

「何をすれば許してくれる？　俺で手伝えることは何でもする！」

ライルの言葉に私は内心でガッツポーズをした。この言葉が聞きたかったのだ。彼が自分でやりたいと言い出せば、強制されるのとはまた別の意味がある。自発的な行動なのだから他から文句が出ても対処できるし？

私はにっこりと笑うとライルにお願いした。

「私の畑を元に戻すのを手伝って？」

「畑……近衛がダメにしてしまった畑、か？」

「そうよ。ベルも傷を治して直ぐには動けないもの。あの畑はね、魔力過多の畑なんですって。そこで薬草を育ててぽーしょんを作るの」

「ぽーしょん？」

ぽーしょんの存在を知らないライルは首を傾げた。私も実物を目の前で見たわけではないので、ロツクウェル魔術師団長から聞いた話をそのままライルに話す。

「そんな特別な薬が世の中にはあるのか……」

「そうみたい。うちの国では魔力溜まりなんて見かけないから、今まで作れなかったみたいだけど」

「でもなんでそんな土地があるんだ？　ここじゃできないんだろ？」

「私の魔力量が多かったのよ！　きっとこれは庭いじりが好きな私へのご褒美みたいな能力ね!!　だって土と水の魔力適性があるもの」

ライルは庭いじり……とポソリと呟くと兄様とロビンに視線を移した。その目は、これはこのままでいいのか？　と物語っている。いいじゃないか庭いじり。簡単そうに見えてとても奥が深い作業なのに！　花を掛け合わせることで新しい品種の花を作ることだってできる。肥料の配合で色だって変えられたりするし!!　本当に、本当に面白いんだから!!

「ライル殿下、こう見えて姫さんは一年前まではまともに淑女教育を受けてこなかったんですよ。だから庭いじりも好きだし、ニワトリ追いかけ回すし、ハトにエサやって羽まみれになるし、木に登って降りられなくなるし……」

姫さんがニコニコ笑いながらミミズを持ってきて「でっかいミミーがいたー」って言われた時はうちの殿下も卒倒しかけましたよね、とロビンが兄様に振ると、兄様はそっと私から視線をずらす。

もしかしてあのミミーのせいで私の淑女教育が始まったのだろうか？　そういえば、あの後から急に侍女長が変わった気がする。そして侍女長が変わったら淑女教育も始まったのだ。やっぱりあのミミーが原因？　だって立派なミミーがいたら見てもらいたくなるじゃない!!　ミミーはとてもいい子なのよ!?　土を良くしてくれるんだから!!　ベルだって「良い子ですよね」って言ってたもの。

そんな私の葛藤をよそにライルは不思議そうに首を傾げた。

「どうして……その、淑女教育を受けてこなかったんだ？」

「前侍女長がフィルタード派の人間だったからっすね。三番目には不要な金はかけたくなかったらしいですよ？　本来なら派閥問題なんか関係なく、平等に子供を育てるための宮が小離宮なんですけどねぇ。おかげさまで姫さんは自由気ままにお育ちなんっすよ」

残念な感じに言われて私は頬を膨らませた。

適切な教育は受けられなかったけど、文字の読み書きはユリアナが教えてくれたおかげで本は読めたし、それに普通のお姫様……いや、貴族の令嬢だってできないような体験をしてきたのだ。お城のあちこちに出かけて、いろんな人たちの仕事を見て回れたりとかね。

それはとても素敵なことだと思う。もちろん価値基準は人それぞれだから、私がしていることに眉を顰《ひそ》める人もいる。でもそれでいい。多分、それでバランスが取れているのだ。

だって好き放題させてもらえるなら、淑女教育よりも庭いじりしていたいもの。薬草を育ててぽーしょんが作れるならその勉強だけしていたい。でもそれだけではダメなのだ。一国の王女がそれでは笑われてしまう。だからこそ、淑女教育は好きじゃないけど受け入れた。

今までの私には必要ないと言われたことでも、今の私には必要なものだから。

「姫さん、本当にカロティナ様の血が濃いですよね……ロイ殿下はローズベルタの血の方が濃いですけど。なんせ本の虫ですし」

「そうなの？」

軽く首を傾げると、兄様は苦笑いを浮かべる。確かに兄様は歳のわりに落ち着いているけれど……

それにしても私はお母様に似ているのか。それはちょっとだけ嬉しい。幼すぎて覚えてはいないけれど、それでも似ているところがあると言われるのはお母様が生きていた証がまだここにあるような、そんな気がするのだ。

「貴族の家と言うのはそれぞれ特色がありますからね。レイドール家はどちらかと言うと、脳筋です。思い立ったら即！　行動。自分でやってみないと気が済まない。大丈夫、大丈夫が口癖で……気がつくと大事になっているんですよ」

それは、きっとお母様のことなのだろう。私はまだそんな大事になるようなことしたことないし！　兄様よりも三つ上のロビンはきっとお母様のことを私達よりも覚えているに違いない。しかし何故だろうか？　懐かしいというよりは、苦労した、というような遠い目をしているのだ。

「まあ、ルティアはそこが良いところだから」

「お前……それで本当に大丈夫なのか？」

兄様のフォローにライルが心配そうな目を向けてくる。大丈夫だ。大丈夫に決まっている！　まだそんな大事になるようなことはしていない!!　していないったら!!　ジトッとした目で見てくるライルに思わず口をついて出たのは別の言葉だった。

「お前じゃなくてお・ね・え・さ・まっ！」

「お姉様と呼ばれるぐらいの淑女になったら呼んでやる」

くっ、さっきまで泣きそうだったくせに！　少しだけ笑う姿に安心しつつも、何となく腹も立つ。

だがこれでこそライルなのだろう。大人しすぎてもちょっと怖い。

「ま、そういうわけなので、ライル殿下の方がポテンシャルは上ですよ」

「そうだね。まさか一年前から本格的に勉強を始めたルティアより、ライルができないわけがない」

「そりゃ、そうだけど……」

「ランドール先生はルティアで慣れているから、わからないことはどんどん質問するといい。その時答えられなくても、次までには調べて教えてくれるから」

「そうですよ。ランドール先生は姫さんの『なぜ？　どうして？』攻撃に一年耐えた方です。逆に質問されない方が心配されるかもしれません」

「……わかった」

頷くライルを見て、ふと、これは作戦なのだな。と感じた。

ライルは今日から新しい生活が始まる。今までと違い、甘やかしてくれる大人は誰もおらず、自分でやることも増えるだろう。ライルはやれば出来る子なのだ、何も気にする必要はない。と伝えておけば、ライルだって家庭教師から逃げ回ったりせずにきちんと教わるはず。

ただその為に、私が見本にされるのは何かこう……もやっとはするけれど……

「ルティア、お前は今どの辺をやっているんだ？」

呼び捨てにされたが、今はまだ仕方ない。淑女らしい行動が取れるようになったら絶対にお姉様と呼ばせてみせよう！　絶対にだ!!

ひとまず、私はライルに今やっている勉強の範囲とマナーを教える。ライルはそれを聞いて、そこまでなら自分も何とかなると話してくれた。とはいえ家庭教師から逃げ回っていたから絶対ではないとも。

きっとライルが家庭教師から逃げ回っていなければ、私よりもずっと勉強もマナーもよくできたのだ。家庭教師が付いたのは私よりもずっと早かったのだから。勉強もマナーも幼い頃からの訓練だとうちの侍女長がいっていたし。アリシアの話す物語の中のライルも優秀だったみたいだし？

「じゃあ、明日から一緒に勉強するのは問題なさそうね」

「これからは、ちゃんと勉強する。たとえ王位に就かなくても、必要なことはたくさんあるからな」

「そうだね。今は役に立たないように感じても、いつか役に立つ時が来るかもしれないだろ？　それと僕達もライルからも学ばなければいけない」

「俺から……？」

ライルは兄様の言葉にキョトンとした表情を浮かべる。私も不思議に思って兄様に視線を向けた。

ライルから学ぶこととは何だろう？　そもそもライルと兄様とでは四つも離れているし、知識量だけなら兄様が完全に上だ。何といっても兄様は記憶力がとてもいい。私も悪い方ではないけれど、でも兄様ほどしっかりと覚えることはできない。

だから学ぶ、とはどういう意味なのだろう？

「ライルは、後宮の嫌な大人達を見てきただろ？　僕達も大人の悪意は見てきたが、それでも後宮というドロドロッとした場所に比べればマイルドだろうね」

「疎《うと》いから……ライルから学ぶの？」

「ライルは自分の側に寄ってきた大人達の顔と名前は一致するかい？」

「あ、はい……ああ、そうか。俺が、フィルタード派の人間を教えれば良いってことですか？」

「その通り」

兄様はライルが導き出した答えに頷く。

確かに私達は悪意に疎いだろう。それはリュージュ様がそうそうに私達を小離宮へ入れてしまったからだ。よくわからないが本当の悪意とはもっとずっと、恐ろしい物なのだろう。

前の侍女長は悪い大人ではあったが、ある意味すがすがしいまでに私腹を肥やすことしか考えていない人だったのだ。

三番目、と蔑まれてはいたけれど直接酷いことをされることはなかったし。いや、あの頃は……ユリアナがずっと側にいてくれたからかもしれない。ユリアナが守ってくれたからあの程度で済んでいたのだ。それでもユリアナに内緒で王城内を探検していたけれど。

「人の悪意って事前に知っていると対応できるけど、知らないと対応できないでしょう？　特に僕らは子供で、まだまだ人生経験が足りない。大人になればスマートに対応できるかもしれないけどね？」

「それに派閥の怖いところで、リュージュ妃が後宮勤めから解雇したとしても別口で雇われる可能性もありますしねえ。いやあ怖い怖い」

ロビンはわざとらしく肩をすくめて見せる。兄様が同意するように頷くのを見て、ライルは悲しそうな表情を浮かべ小さく呟いた。

「そこまで……フィルタード家は力があるんですか？」

「あるよ。ファティシア王国の建国時からある侯爵家の一つだからね。発言権も五つある家の中で一番強い。それに……どうやらフィルタード家は今の立場じゃ物足りないみたいだ」

だからこそ、知る必要がある。と兄様はライルに告げた。

ファティシア王国はそれなりに古い国だ。だからこそ、王城内の派閥はなるべく無いように、と代々の王達が気を遣っていたはず。でも人は必ず代替わりするもの。今までが大丈夫だったからと言って、今後もそうなるとは限らない。そういう意味ではフィルタード侯爵家は代々の王達の意思から外れてしまった存在である。

しかもフィルタード侯爵家に阿《おもね》る家は意外とあるのだ。その筆頭が新しく侯爵家となったカナン家だろう。より発言力が強い方へつく。商人としては当たり前なのかもしれないが、国を護る侯爵家としてはどうなのかと思う。でも仕方のない部分でもあるのだ。

それなりに古く、平和な国というのは、裏を返せば平和ボケしている。つまり悪事を働きやすい。権力のある家に阿れば多少の悪事は目溢しされると思っているのだろう。

「お祖父様は……自分で権力を握りたい、ということですか？」

「まだそこまでは考えていないかもしれない。でもライルが王位に就いたらそれも現実味を帯びてくるかもしれないね」

「俺は……王位に就ける器ではありません」

「それを決めるのは僕達じゃない。父上達だ。誰を王にするかは今決まることではないしね」

ライルは俯き、項垂れる。私は今の時点で王に向いているのは兄様ではないかと思っているし、自分がなることなんて想像もしていない。

お父様達だって、流石に今の私を王にしようとは思わないだろう。そりゃ聖属性は持っているが、それだけで王位に就けようなんて思わないはずだ。多分。

「僕は正直言って、ライルが自分のことをきちんと見つめる機会ができて良かったと思っている。今までのままだと、侯爵に良いように使われてしまっていただろうからね」

「あんなことをしてしまったのに？」

「同じ過ちを繰り返す気があるのかな？」

兄様の言葉にライルは首を左右に振る。

「ない。ないです。だって、俺は……ルティアが処刑にしなかったというだけで、彼らを死にに行かせたようなものです」

「……流石にお祖父様達も訓練をしてない人をそのまま放り出すようなことはしないわよ？」

何だかライルの中で東の辺境地と呼ばれているカタージュが、大分悲惨な場所と化している気がするがそんなことはない。もっとも私はカタージュを訪れたことがないので、実際のところはどうなのかわからないけれど。一応、対魔物に特化した城塞都市だとは聞いている。

近衛騎士達が何をやったか、は通達が行くのでお祖父様や領地を守る騎士団の人達にはわかるだろう。

それにカタージュで働くことで、罰になってるんですよって言われてもカタージュに住んでいる人達には納得できないこともあるだろう。人の領地を罰扱いするな！　と思われるかもしれない。

白い目で見られる可能性もあるし、もしかしたら口さがなく言われることだってあるかもしれない。

近衛騎士達は対人との訓練はしてきても、魔物相手では勝手が違う。いきなり魔物討伐の最前線に放り込まれることはないだろうけど、彼らは今までよりもずっと命がけで戦うことになる。

いろいろな事情を鑑みれば、近衛騎士達が過ごしやすい場所ではないのは明白だ。たとえライルの想像するような悲惨な場所ではないとしても。

「レイドール伯爵が治めている、カタージュは良い所ですよ。脳筋なのが玉に瑕《きず》ですが、気の良い人たちばかりです」

「ロビンも……カタージュ出身なのか？」

「ええ、俺はカロティナ様に長年仕えていた侍女の子供です。ロイ殿下が小さい頃は一緒に育ちました。俺にも可愛い可愛い子供時代があるんですよ」

「そうだったの？」

「姫さんはまだ生まれていませんからねえ。知らないのも仕方ないです」

ロビンは一度兄様と離れ、カタージュで従者として恥ずかしくないように修行をしてから王城に来たらしい。それでもまだまだ足りないらしく、未だ勉強中の身だと本人は言う。

「いいなー一度くらいカタージュに行ってみたい……」

ポツリと呟くと、ロビンが慌てて止めにはいる。

「ダメですよ。姫さんがカタージュに行ったら、それこそカロティナ様の二の舞です。いや、カロティナ様の上を行くお転婆になるだけです」

「お母様はどれだけお転婆だったの……？」

「僕が聞いているだけでも、一人で魔物を討伐しに行ったとか、劣勢だった状況をたった一人で好転させたとか、騎士団からはかなり崇められていたとか……？」

「お付きの人間は大変ですよ……気がついたらいなくなっているんですからね。そして探していたら、急にひょっこり戻ってきていい鴨が獲れたわ、って仕留めた鴨を手渡してきたりするんですよ？」

お母様……どれだけアクティブなのだろうか？　それなら私の庭いじりは大分、大人しい趣味じゃないか！　それなのに残念な目で見られるのはなんか、モヤッとする。

やっぱりミミー？　ミミーなのかな？　そんなことを考えていると、ユリアナが私を迎えにきた。

「ルティア様、お戻りの時間です」

「もうそんな時間……？」

確かに時計を見ればもうすぐ夕食の時間だ。本当はもう少し話をしていたいけど、マリアベル様を待たせては申し訳ない。私はソファーから立ち上がると、ちょこんとスカートの裾を摘んで、兄様に退出の挨拶をする。

「それでは兄様、また今度」

「ああ、今度。とは言ってもまた直ぐ会えるけどね」

「そうですね。ライルにも畑を元に戻すの手伝ってもらうわけですし」

チラリとライルを見ると、真剣な顔で頷く。

「畑を元に戻すのに必要なものはあるのか？」

「そうね、汚れても良い服装と根気かしら？」

「汚れても良い服装はわかるけど、根気？　ってなんで……？」

「ライルは土いじりなんてした事ないでしょう？」

私の問いかけに、ライルは困惑した表情をしてみせた。いや、別におかしなことをさせたいわけではない。ただ初めてだと、虫とか虫とか虫とか……そういったモノに驚くと思うのだ。

「ライルは、虫は大丈夫かい？　それに他の生き物も」

「ああ……意味が、わかりました。そう、ですね。確かに根気はいるかも……」

「大丈夫よ。苦手だとしてもそれはそれで仕方ないもの。私も毛虫は嫌いだし」

「アレは好かれる要素がどこかにあるのか？」

見かけたことがあるのか、ライルは眉間に皺《しわ》を寄せて嫌そうな顔をした。

「良い虫いれば悪い虫もいる、ということよ。でも好きか嫌いかで聞かれたら、わかるでしょう？」

「それなのに土いじりをしているのか？」

「趣味なのよ。それに、手をかけた花が咲いた時はやっぱり嬉しいわ」

「そうか……じゃあ、薬草の植えてあった畑も……収穫するのが楽しみだったんだな」

「そうね」

ライルはもう一度、私にごめんなさいと謝る。

素直すぎるのはちょっと怖いが、これがライルの変わるきっかけならそれで良いと思う。

アリシアの話ではライルの変わるきっかけはお父様が亡くなった後、兄様が病に倒れてからのはず。

誰かの死や、病気がきっかけで変わるよりは……全く問題がないわけでもないけど、まだ良いはずだ。だって必要に迫られて一気に変わるよりも、ゆっくりとでも少しずつ変わっていく方が心の負担は少ないはず。

誰だって環境の急変は心に負担がかかるものだしね。

＊＊＊

兄様の宮から自分の宮に戻ってくるとマリアベル様が心配そうな顔で待っていてくれた。

「ただいま戻りました、お母様」

「お帰りなさい、ルティア」

側に寄るとギュッと抱きしめてくれる。その優しい匂いにホッとした。あの判決から数日経ったけれど、それでも時折こんな風に不安にさいなまれる。

本当にあれでよかったのかな、と。きっとお祖父様が良いようにしてくださると思っているけれど、それはお祖父様に責任を押し付けたのではなかろうか？　とも思うのだ。

そんなどうしようもない気持ちになる時、どうしてもマリアベル様に甘えてしまう。マリアベル様は私の気持ちを察してくれているのか、こんな風に優しく抱きしめてくれるのだ。

「ルティア、貴女の選択が正しいか正しくなかったかは彼らの行い次第。すぐに結果がでるものではありませんよ」

「でも、結果が得られる前に彼らは死んでしまうかもしれないわ」

「そうね。そんなこともあるかもしれない。それでも最善を選んだ、と私は思います」

「最善、ですか？」

「そう。彼らにとっても、そしてルティアにとっても最善であると」

「そうなのかな……」

「今ルティアが悩むのは、紙の上ではわからなかった現実が見えているから。そして彼らを気の毒に思う気持ちがあるから。でも許されざることをした者はやはり裁かれなければならない。それはわかりますね？」

「うん。わかるわ。だって罪を犯した人が裁かれなかったら大変なことになるもの」

罪を見て見ぬふりをしては国が荒れていく。それではダメなのだ。人を裁くことは怖い。それでも必要なことでもある。そして私達王族には罪を見極める力が求められる。法に則り、裁けるように。加害者にも被害者にも公平でなければいけない。

「彼らは自身の行いによって、裁かれました。そしてその現実を受け入れるのは彼らであり、そしてその行いを誘発させてしまったライル殿下でもあります。ですがルティアもまた、彼らの姿から自身のあるべき姿を学ばねばなりません」

「ええ、私だって一歩間違えば同じ道を歩みかねないもの」

「そうです。そして王族としてあるべき姿をルティア自身が示さねばなりません。彼らに蔑まれたとしても、それを免罪符にしてはいけないのです」

「たとえば……淑女教育とか？」

私の言葉にマリアベル様は淡く微笑む。

「それも一つですね」

「それも一つ？」

「他にも学ぶことはたくさんあります。それは王族であるルティアにしかできないことです」

「はい……」

「でもまずは、夕飯を食べて明日への英気を養いましょう？」

「はい！」

私はマリアベル様の手を取ると、一緒に食事の用意されている部屋に向かった。

悪役令嬢、王太子に遭遇する

衝撃の事実を知った「あの日」から、何度目かになるライルとの勉強会。

ライルはこちらが想像していた以上に真面目に取り組んでいる。これは想像でしかないが、ランドール先生がライルに対して私と変わらず接してくれたのが大きいかもしれない。ライルは今まで王位継承一位として、周りの大人からチヤホヤされていたけれど、その裏で馬鹿にされていたことも知っていたのだ。

ワガママ王太子、と。

子供だから気づかないだろうと思っているのかもしれないが、子供だからこそ、そういった気配には聡くなるものだ。それに馬鹿にするような教え方をされれば誰だって気分は悪い。気分が悪いから授業をサボる。そしてまたわからなくなる。その繰り返しだったのだ。

先生は一年前までの私の惨状を知っているので、知らないことが多くても家庭教師は教えるのが役目なのだから、と絶対に馬鹿にしたりしない。

わからない前提で話してくれるから、知っていた時はちゃんと褒めてくれる。

誰だってよく勉強していますね、と褒められれば嬉しいじゃないか。その方が勉強する気も起きるというものだ。わからないことを学ぶ為に勉強しているのだから！

「さて、今日はこのぐらいにしましょうか」

先生の言葉に私達はペンを置いた。

私とライルの出来にそれほど変わりはない。ただ、私は計算が苦手で歴史が得意、ライルは歴史が苦手で計算が得意だった。他の科目はまあ同じくらい。

おかげでわからないところは教えあえる。

「次はテストをしますから、今日までやった範囲をよく勉強しておいてくださいね」

「はーい」

「範囲は計算問題のこの部分と、歴史書のここからここまでで大丈夫ですか？」

「ええ、大丈夫ですよ」

ライルはきちんとテスト範囲を先生に聞いている。もしかして、私より良い生徒なのではなかろうか？　その様子を眺めているると、ライルと目が合った。

どうかしたのか？　と言うようにライルが首を傾げて見せる。

「ううん。何でもないの。ただ……ライルの方がやっぱり勉強はできるんだなって思っただけ」

「そうか？」

「うん。だって私と同じ所をやって理解できているんでしょ？」

「そうは言うが、一年でここまで出来るようにしたんだろ？」

「そりゃあ、必要だって言われればね……」

「両殿下とも大変よく学ばれていると思いますよ？」

そう言ってランドール先生は穏やかに微笑む。でもこの微笑んだ目が、キリッと吊り上がって怒ることを私は知っている。先生は怒ると本当に怖いのだ。ライルはまだ怒られたことないから知らないだろうけどね。

「俺は……勉強は、そんな好きじゃないけど、でも今は少し好きになってきたかな」

「私は貴族のマナーとかルールって今でも嫌い」

そう言って机にダラリと体を預ける。先生の目がキラリと光った気がしたが、授業は終わったのだし大目に見てほしい。

「……お前にも苦手なものがあるんだな」

「ものすごーくいっぱいあるわ！　出来ることの方が少ないもの」

「父上から必要なことだって言われたんだから諦めろ。俺だって貴族のマナーとかルールはよくわかんないし、面倒だなって思うけどな」

「これぱっかりは仕方ないものね……」

「うん。そりゃ、庭を駆け回っていた方が楽しいけどさ。これぱっかりはできないとダメなんだろ？悪い大人の見極めとかできないと将来困るの自分だし」

「そうね」

はあ、とため息を吐けばライルは苦笑いをする。だって貴族のマナーやルールはものすごく面倒なんだもの。普通の勉強は好きだけど。これぱかりは遠慮したい。

一番楽しいのは庭を駆け回ったり、庭の手入れをしている時だけどね。

そんな私達のやりとりを先生はニコニコと笑いながら見ている。それに気がついたライルは少し恥ずかしくなったのか話題を変えた。

「そういえば、その、今日から畑に行くんだよな？」

「うん。ロックウェル魔術師団長の予定が空いたから、今日から畑を直す作業をするわよ」

「汚れても良い服って言ってたから、ロビンにどうすれば良いか聞いたら兄上のお古を着ると良いと言われたんだ。でも俺が着ても平気だろうか？」

「ロビンが良いって言ってるなら大丈夫。私も兄様のお古着てるし」

ふと、何かを忘れていることに気がついた。畑に行く。そう。畑に行くのよね。でもそれとは別に、今日は何か予定があったような？　いや、なかったか……？　軽く首を傾げれば、ライルは不思議そうな顔をする。

「どうかしたのか？」

「ううん。何か……忘れている気がするんだけど、気のせいよね？」

「いや、俺に聞かれてもわからない。お前の予定は把握してないし」

「そりゃあ、そうよね。勉強以外は別々だもの」

「だろ？」

ライルに言われて頷く。でも何か喉元まで出かかっているのだ。

そう、もうここまで——

その時、部屋の扉がノックされ私は入室を許可する。ユリアナに連れられて、ロイ兄様とアリシアが入ってきた。アリシア、そうアリシアだ！　アリシアが部屋に入ってきてしまった!!

そしてライルを見た瞬間、アリシアはフッと意識を失いパタリと倒れたのだ。

幸いなことに後ろにロビンがいたので頭を打つことはなかったが、私は慌てて彼女に駆け寄る。

「あ、アリシア!?」

彼女は直ぐに気がつき、そして私の腕を掴んだ。どこからそんな力が出ているのかと思うほど強く掴まれたのでちょっと痛い。

「る、ルティア様……わ、わた、わたし……死ぬんですかね!?　今日が命日!?!?」

「そんなわけないでしょう？」

「でも、でも、やっぱりシナリオの強制力が……!!」

兄様に目くばせすると、兄様は心配そうにこちらを見ているライルの側に行ってくれた。私はアリシアの耳元にヒソリと呟く。

「アリシア――――貴女、ライルと婚約してないでしょう？」

私の言葉にアリシアはポカンとした表情をする。私はそんな彼女に肩をすくめてみせた。

シナリオとやらが本当にあったとして、そのシナリオは既に崩れかけている。お父様は生きているし、アリシアはライルと婚約していない。お父様は二人が婚約したくないことを知っているから、無理矢理二人を一緒にすることはないだろう。

ただし、あと二年の間に不測の事態が起こる可能性は否定できないけど。

そこまでは言う必要のないことだ。現状、彼女は婚約者ではない。それが一番重要なことなのだから。落ち着きを取り戻したアリシアはロビンに支えられ何とか立ち上がる。

私が大丈夫かと声をかけると、大丈夫だと返事が返ってきた。ただし、表情はまだ硬い。

そう言えば、アリシアの話す物語の中のライルはどうしてアリシアが嫌いだったのだろう？　今から二年後の魔力選定の儀式で、魔力量と属性の多さから彼女はライルの婚約者に選ばれた。

アリシア自身はライルの七歳の誕生日パーティーでライルに出会って一目惚れしたそうだけど、ライル自身は婚約の挨拶に来た時、初めてアリシアに会ったはず。流石に何の用もないのに、侯爵家の令嬢がおいそれと城に出入りしたりはしないだろう。

それに侯爵家で必死に勉強していたアリシアに悪い噂があるとも思えない。だって小さな頃とは打って変わって、勉強をするようになったと言っていたし。

じゃあライルがアリシアを嫌う要素はどこにある？

「ルティア、アリシア嬢は大丈夫なのかな？」

兄様の声にハッとして、私は大丈夫そうだと答えた。アリシアも大丈夫です、と小さな声で答える。

私はライルにアリシアを紹介すべく、彼女の手を握ってライルの側まで連れて行く。

握った手は冷たくて、すごく緊張しているのがわかった。

「ライル、彼女が私のお友達のアリシア・ファーマン侯爵令嬢よ」

「は、初めまして……アリシア・ファーマンと申します」

綺麗なカーテシーをして見せた彼女を見て、ライルは口の中で彼女の名前を復唱する。そして、何かに気がついたようだった。

「君が、アリシア・ファーマン侯爵令嬢か……!!」

「はい……」

「俺は、俺がライル・フィル・ファティシアだ」

「はい。存じております……」

何とも気まずい空気が二人の間を流れる。何故こんなにも気まずい空気が流れるのか？

そこで私はもう一つ思い出したことがあった。そう言えば、私がベッドに押し込められていた時にライルがわざわざ私の部屋に来てまで叫んでなかったか？「アリシアと絶対に結婚しない」と。

「ねえ、ライル。貴方、どうして『アリシアと絶対に結婚しない』なんて言ったの？　あの時のライルはまだアリシアに会ってないわよね？」

「ひ、姫殿下!?」

アリシアが悲鳴のような声をあげる。私はポンポンと彼女の背中を優しく叩き落ち着くように促す。

だって重要なことじゃないか。ライルにとってみれば、今日が初対面のはずだ。

するとライルはバツの悪い顔をして見せる。

「その……優秀だって、聞いてたから……」

「優秀だからしないって言ったの？」

「だって、馬鹿にされたら嫌だし」

私はその答えに首を傾げた。意味がわからない。優秀だと馬鹿にするのだろうか？ そこまで考えて、私は彼女を見た。青ざめた顔をしたアリシアは縋《すが》るような目で私を見ている。

私は『シナリオの強制力』とやらを何となく垣間見た気がした。

物語の中のライルが優秀な王子になったのは、お父様が亡くなって、更に兄様が病に倒れたから。つまり優秀なのは今から五年後以降のライル、ということになる。

それまでのライルの描写は聞いていないが、不出来な自分と、優秀な婚約者。陰で何と言われるか知っていたなら尚更反発しただろう。

「ライル、今の貴方はどうなの？ 彼女が貴方のことを馬鹿にするような子に見える？ そりゃ、驚いて倒れてしまったけど」

「いや、その……倒れたのは驚いたけど……」

ライルはそう言ってから私と兄様の間で視線を彷徨《さまよ》わせ「俺、何か怖がらせるようなことをしたのか？」と小さい声で呟く。

「したかと言われると、したわね」

ライルは一瞬キョトンとした表情を浮かべる。そして口元に手を当て考えだした。そして少ししてから「あっ」と小さく声を上げる。

「シャンテとジルとリーン、だな？」

「当たり。彼らにあることないこと吹き込んだでしょ？」

そう言うとライルは自分の顔を両手で覆う。当然のことながら心当たりがあるようだ。きっと周りの大人から吹き込まれたことをそのまま真に受けたのだろう。

確かにアリシアは優秀な令嬢だけれど、とても大人しい子なのに!!

ライルは顔から両手を離すと、アリシアに向かって頭を下げた。

「ごめん、君自身を知らないのに……勝手なことを言いました」

「あ、えっと……その……」

「アリシアはとても良い子よ。私のお友達なんだから、いじめたりしないでちょうだい？」

「うん……本当に、ごめん」

素直に謝れるなら、きっとここから先の未来もまた変わるのだろう。

しかし、シナリオとやらは何故アリシアを選んだのか？　アリシアでなければいけない理由があったのだろうか？　何だか釈然としない。アリシアは確かに優秀で魔力量も多い。物語の中のアリシアもライルの婚約者として並々ならぬ執着があった。

でも思慮深く優秀な王子になったライルなら、優秀な令嬢を嫌がるだろうか？　むしろ彼女の価値をしっかりと理解できるはずなのでは？

「さて、仲直りもできたことだし僕とアリシア嬢はお茶を飲んでるから、二人は早く着替えておいで」

グルグルと色々なことを考えていると、パンと手を叩き兄様が私達に着替えるよう急かす。一気に思考を戻され、私は所在なく佇んでいるライルの手を引っ張って着替えに向かう。

「ごめんなさい兄様！　ライル、早く着替えてきましょう？」

「あ、ああ……そうだな」

今日はずっと止まったままの畑を元に戻す日。一先ずはアリシアとライルのことは置いておこう。

多分、私一人で考えても答えは絶対に出ない。

ロビンがライルの服を持ってきてくれたので、ロビンに空いてる部屋を使うように言うと、私も奥の部屋に引っ込んで服を着替える。兄様達が待つ部屋に戻ると、同じタイミングでライルが出てきた。

兄様のお古はライルにはまだ少し大きく、ロビンに袖を捲ってもらっている。

「まだ少し大きいわね」

「仕方ないだろ？」

確かに四つも離れているのだ。当然と言えば当然か。そう思っていると、ロビンが苦笑いしながら今のうちだけですよ、と言う。

「そうなの？」

「あっという間ですよ？　直ぐにニョキニョキと伸びて見上げるようになります」

「本当に？　俺、もっと大きくなるかな？」

「ええ、ロイ様も昔はこんなもんでしたし」

そう言ってロビンは自分の胸より下の辺りに手をやってみせる。

「僕、そんなに小さくなかったと思うよ？」

「いいえ、小さかったんっすよ。まあ俺もですけどね。好き嫌いせずに何でも食べれば伸びますよ」

見上げるほど大きくなったライルは何だか想像がつかない。今はまだ私よりも少しだけ身長が低いのだ。とはいえ男女で差が出るのは当然か。その時は高いところの荷物でも取ってもらおう。

「でも大きくなった私達かあ……何だかあまり想像つかないわね」

「そうですか？　俺は想像つきますよ。姫さんの将来は特に、ね」

そう言うとロビンは私を見て笑った。

王女の畑

全員の準備が整ったので馬車に乗り畑へ向かう。

きっとロックウェル魔術師団長は私達の到着を今か今かと待っているに違いない。なにせ私よりも私の畑に愛着のある人だ。私達の到着を待ちきれなくなって、コッソリと一人で進めてしまう可能性だってある。

それはとても困る。いや、もちろん魔術師団長がいなければ意味はないのだけど、ライルに直させることに意味があるのだ。チラリと正面に座るライルを見れば、手持無沙汰なのかキョロキョロと視線を彷徨わせていた。

その途中でライルを見ていた私と視線が合う。

「なあ、その……あの畑は荒らされた時のままなのか？」

「一応、証拠を保存しなければいけないでしょう？　だからそのままにしておく必要があったの」

「それを直すってことだよな？　でも、一日で元に戻せるわけないから、これからもここに通って手伝えばいいのか？　俺は、その、一人で来ても怒られたりしない？」

「それは大丈夫よ。それにね、畑には魔術師団長が特別な魔術式を施しているの。まあ、私には難しすぎてまだ理解できなかったから、ライルに上手く説明できないんだけど」

「特別な、魔術式……？」

「なんでも時を止める？　魔術式があるのですって」

　案の定、ライルも意味がわからなくて首を傾げる。するとライルの隣に座っていたランドール先生がその魔術式を説明してくれた。どうやら空間を固定して、その場所だけ時間の流れを止めるらしい。そうすることで記憶を再生させる魔術式を使いやすくするそうだ。

「記憶の再生って……物とか場所からもできるんですか？」

「ええ、でもこの場合は記憶というよりも記録ですね」

「どう違うの？」

「記憶はあくまでも自分という肉体の中にあるモノです。その時々に応じて思い出すモノですね。ですが記録は紙やその他の外部の媒体を指します」

「……よくわからないわ」

　そう言って首を傾げると、先生は更にわかりやすく教えてくれる。

「例えば、今日計算の勉強をしましたね」

「はい」

「計算の勉強をした、今の時点でそれは『記憶』です。ですが、それを日記に今日は計算の勉強をしました、と書けばそれは『記録』になります」

「……なんとなくわかるような、わからないような」

言いたいことはわかるのだが、それと畑の状態とが上手く結びつかない。

「ええと、そこであったことがそのまま風化せずに保存？　できる魔術式が施されてるってことですか？　それは畑も元に戻せてしまう？」

ライルの質問に先生は首を振った。

「私の知る限りでは元に戻すまではできないかと……ですがとても高度な魔術式で、用途は様々あります。例えば、伝統を途絶えさせない為とか」

「伝統を途絶えさせない為？」

「一子相伝の技に継いでもらう相手がいなかった場合、その技は途絶えてしまいますよね？」

先生の言葉に頷く。そう言った技があるのは本で読んで知っているけれど、確かに継ぐ相手がいなくて途絶えてしまったら勿体ない。

「特別な技術というのは紙に書いてあるだけではわからないこともあります。でも映像として残せるのなら、細かいところまで伝わるでしょう？　特に作業場は絶好の場所です。ですがそのままではその場所は風化してしまいます」

「つまりその魔術式を施しておけば、後からそこで何が行われていたのか見ることができる、ということですか？」

ライルの言葉に先生は頷く。私はなんとなく理解できたような？　といった感じだ。ライルは意外と、と言うと失礼かもしれないが飲み込みが早い。

どちらが先に学び始めたか、の差なのかもしれないがちょっとだけ羨ましくなる。わからないことを理解するのは楽しいもの。でもわからないままはモヤッとする。

一応ね、一応、魔術師団長がものすごーい熱意で、畑にすっごい魔術式を施してくれたのだけは理解できたけどね。ちゃんと理解できるように勉強を頑張らなきゃいけないわ。

「それにしても魔術師団長の本気を感じるわ」

「そ、そうなのか？　魔術師団長だからじゃないのか？」

「役職以前の問題だと思う。ものすっっごく、私の作った畑に興味があるみたいなの」

「魔力過多？　の畑でぽーしょんとか言う薬が作れるようになるんだろ？」

「そう。実物を見たことがないからわからないけど、でも作れたら素敵だとは思う」

「うん。それは俺も思う」

「魔術師団長様は作り方をご存じなのですし、きっと作れるようになりますよ」

先生の言葉に私も頷く。できれば作れるようになりたい。そしてそれを売って儲けたお金で、更に畑を拡張して人を雇えるようにするのだ！

そう意気込んでいると馬車が止まり、畑についたことを馭者《ぎょしゃ》が教えてくれる。

私達は馬車から降りて、荒れて変わり果ててしまった畑の前に立ったのだった。

＊＊＊

畑にはベルと一緒に魔術師団長とリーンとシャンテ、ジルの三人がいた。私達が馬車から降りてきたことに気がついて、みんな軽く会釈してくれる。

私は隣にいたライルの脇を肘で軽くつく。

「な、なんだよ」

「彼らにも言うことがあるんじゃない？」

先にベル本人には謝っているけれど、リーン達にも言わなければいけないことがあるはずだ。癇《かん》癪《しゃく》を起こしてよくわからない喧嘩をしたと言うのなら、先に謝ってしまった方がいい。

「俺、何に怒っていたのかも覚えてないけど……許してくれるかな？」

「それを素直に伝えて謝ったらどう？」

私の提案にライルは少し考えて頷いた。きっと内容なんて本当に大したことではなくて……でも彼らは大人と違ってライルを諫め、それはダメだと言ったのだろう。それに対して更にライルが癇癪を起こした。それが積もり積もって今の状態にまでなっているのだ。

心を込めて謝れば彼らも許してくれるはず。

「ほら、いってらっしゃいな」

「うん」

ライルの背中を軽く押すと、ライルは一番初めにベルのもとへ行き「ごめんなさい」と謝る。そして怪我の具合を聞いてベルが大丈夫だと伝えると、ライルはもう一度謝った。

「本当にごめんなさい」

「同じ過ちを……繰り返さないでくださいね？」

「はい」

神妙な顔をして頷き、今度はリーン達に向き直る。

「その、この間は……いや、ずっとごめんなさい」

「殿下……」

「俺、怒ってた内容すら覚えてなくて、それでその、これから気をつけるから……また俺がダメなことをしていたら言ってほしい」

ライルの素直な言葉にリーン達は驚きを隠せないようだ。確かに今までのライルしか知らなければそうなるのだろう。私もワガママ放題のライルのことを噂で聞いていたし、そう簡単にライルの行動が改まるのかと思っていたが、ロイ兄様の宮ではちゃんと大人しくしていると聞いている。

ロビンが言うには「ちゃんと自分の話を聞いてくれるから」癇癪を起こす必要がないんだそうだ。

小離宮の侍女や侍従達は忙しくともちゃんと受け答えしてくれるし、わからなければ丁寧に教えてくれる。それがライルにとってみれば嬉しいことなのかもしれない。

後宮にいる侍女や侍従達の態度がどれほどのものか知らないけれど、ライルが育つ環境としては最悪だったのだろう。そんな風に思いながらライル達を眺めていると、少し遅れてきたアリシアが私の服を引っ張った。

「どうしたの？」

ヒソリと囁くと、彼女は涙目になりながら「私の死亡フラグが立った気がします」と言ってくる。

「そんなもの立ってないわよ」

「ですけどね？　ここに攻略対象が全員いるんですよ？　もうダメなんじゃないでしょうか？」

「ねえ、アリシア。そもそもライルの婚約者だったらの話なんでしょう？　ライル以外とそのヒロイン？　という人がくっついたら、貴女には関係ないんじゃないの？」

そうであればよかったんですけどね、とアリシアは遠い目をした。アリシアの後ろから歩いてきた兄様は苦笑いをしている。どうやら馬車の中でも情緒不安定だったらしい。

と言うか、兄様も攻略対象とやらでは？　と思ったが、今それを突っ込むと「やっぱり死亡フラグが!!」と言い出しかねないのでやめておく。

それにしても聞くことが増えた。ライル以外でも死亡フラグというのが立つようだし。前に話を聞いた時に、他の攻略者の時もアリシアが邪魔をするとは言っていたが……その邪魔をすることで、アリシアの身に何か起こるのだろう。

アリシアの言う「シナリオ」とやらは余程、アリシアのことが嫌いなのかもしれない。何だかものすごい悪意を感じる。

「さ、とりあえず仲直りも済んだことですし！　畑を元に戻しますよー!!」

パンパンと手を叩き、やる気満々の魔術師団長の掛け声。私は慌てて何をすれば良いのか質問した。だってこれだけ酷いことになっているのだ。そう簡単には直らないだろう。

だが魔術師団長はニンマリと笑うと片方の手を腰に当て、もう片方の手で空を指さす。

「とっても簡単なんですよ!!　これぞ魔術師団の叡智《えいち》の結晶!!」

「とっても簡単？」

「叡智の結晶？」

私とアリシアはお互いに顔を見合わせる。簡単、簡単と言われてもよくわからない。そんな魔術師団長の後ろで、シャンテが恥ずかしそうに顔を両手で覆っていた。

「えっと……魔術師団長、ぜんぜんわからないのだけど」

「ふっふっふー原状回復するだけ、です!!」

「げんじょうかいふく……？」

「簡単に言いますと元の状態に戻すことですね」

「元に戻したら、元の畑にはならないんじゃない？　元々は普通の土地だったもの」

元に戻るとしたら普通の土の状態ではなかろうか？　しかし魔術師団長はとても良い笑顔で人さし指を振った。どうやら近衛が荒らす前まで戻すらしい。というか、戻せるの!?!?　みんながビックリしていると、その為の魔術式をベルと一緒に考えたのだと教えてくれる。

「ベルさんにお話を聞いていたら、自然災害などで被害を受けた畑をある程度まで回復させる魔術式が花師達の間で伝わっているそうです。それを応用してみました」

話から察するにとてもすごい魔術式なのだと思うが、いまいちピンとこない。それはその場にいるベルと魔術師団長以外の人の顔にも表れていた。

「魔術式は完成させたのですが、実際にこれだけの土地を回復させるにはかなりの魔力が必要です」

「つまり魔術式に私が魔力を注げばいいの？　どれくらい注げばいいのかしら？」

「待ってルティア、それなら俺がやる」

そう言って手をあげたのはライルだ。自分のせいでこうなったのだから、自分で直すと。

もちろん手伝ってもらうつもりで連れてきたが、ライルの魔力量を私は知らない。少ない、ということはないだろうけど……やらせていいものかどうか魔術師団長を見る。

「ライル殿下はご自分の魔力量をご存じですか？」

「いいや。まだ選定は先だし……もしかして知っているものなのか？」

「いいえ。普通は十歳の選定の時期までは知りませんね」

「……普通は、と言うことは調べてるのか？」

そう言ってライルは私を見た。私は視察の時の事故で魔力量が多いのでは？　となり、それで先に調べていると伝えた。

「そうなのか」

「ライル、ルティアは特殊な状態でわかったことだから。僕も調べたのは十歳になってからだよ」

「僕とリーンは母がこうなので、先に調べてます」

シャンテとリーンは幼馴染なので自然とそうなったと言う。つまりライルが知らないのは一般的に見れば普通のことなのだ。

「僕はまだですね。それに十歳になるまでは魔力が安定しないから特別調べる必要もないと父に言われましたし」

「わ、私はその……調べてあります」

同じ年頃の中で自分だけが知らない、と言うわけではないがそれでも知っている方が多かったことにライルは少し驚いていた。

そして少し考えてから今回はやめておく、と魔術師団長に告げたのだ。

「俺では上手くできない可能性の方が高いだろう？」

「そうですね……かなりの魔力量が必要になります。姫殿下の魔力量でしたら問題なく発動させられるでしょうけど。ライル殿下の魔力量はまだわかりませんのでなんとも」

「なら別のことを手伝う。下手に俺がやって失敗したら悪いから」

ライルの素直な言葉に魔術師団長は柔らかい笑みを浮かべる。他の三人は目を丸くしているから、きっとライルが、自分が言い出したことを引っ込めたのが珍しいのだろう。

「ではライル殿下には別のことを。姫殿下にはこちらをお願いしますね」

「わかったわ」

私は魔術師団長から魔法石を受け取る。そして彼女の指示の下、ありったけの魔力を魔法石に込めた。

ロックウェル魔術師団長とベルが考えた新しい魔術式は、私の想像を遥かに超えるものだった。

手渡された魔法石は、私の魔力によって花が広がるかのような魔術式を展開していく。

ふよふよっと土やヘタッてしまった草木が動きだし……それはもう、生きているかのように！　クルクルと回りながら畑の中は元の姿を取り戻す。

それが魔術式の広がりと共に畑中に徐々に広がっていくのだ。土が盛られ、苗は植わり、折れてしまっていた苗木も元の枝ぶりに戻る。ついこの間、植えたとは思えないほどに青々として綺麗な畑になっていく。

「すっごい!!　まるで踊ってるみたいだわ……」

「ええ、大変素晴らしいです！　私ではここまで早く戻すことはできませんでしたが、やはり魔力量の違いかしら？　それとも魔力の質？　ああっっ!!　なんて素敵なのかしら!!」

最後の方はすでに独り言の域だ。

魔術師団長は呆気に取られている私達を置いて、どこか遠くの世界に旅立っている。心なしか踊りだしそうな雰囲気さえあった。

「こんなことが……できるのか？」

「すごい……逆再生みたい」

「ふわーすっげえ」

「まるで奇跡だ」

ライルとアリシア、それにリーン、ジルはポカンとした目でこの光景を見ている。それはそうだろう。私だってビックリだ。私の魔力を注いだだけでこんなことが起こるなんて!!

反応が多少違ったのはシャンテとロイ兄様で、シャンテは踊りだしそうな魔術師団長を心配そうな表情で見ている。ロイ兄様は別のことに応用できないかな、と呟いていた。きっと兄様のことだから、すごく人の為になることを考えているに違いない。

私なんてこんな素敵な魔術式なら、うっかり落として割ってしまったティーカップとかお皿とか元に戻せるんじゃないかな？ ぐらいしか思いつかない。でも大事よ？ お皿とかティーカップってセットで揃えてるから。一つ欠けると使われなくなったりしてもったいないのだ。

「この魔術式は魔術師団長様や魔術師団の方々が実験してくださったのですが、流石に人や動物には使えませんでした。物や植物までが限界のようです」

「古い物も再生できたりするのかな？ 例えば古書のように紙が古くなって文字が読みづらくなってしまったものとか……」

兄様の言葉に魔術師団長がパッと反応する。

「古書、ですか……実験してみないと何とも。まだサンプルが少ないので。でも面白そうですね」

「古い物の中には文字が掠《かす》れて読めない物もあるから、そういうのが再生できるといいんだけどな」

「次はそういった物で試すのもいいかもしれませんね!!」

魔術師団長の熱の入りように、ベルも小さく頷く。

「元々は自然災害などでダメになってしまった植物をある程度まで戻す、という魔術式でしたからね。ここから先は魔術師団長様と魔術師団の方々の領域でしょうか」

ベルの言葉にちょっと残念そうな顔をする兄様。いつかできるようになるといいな、と思ってしまう。いや……兄様のことだから近い将来自分で改良しちゃうかも？　それで今まで読めなかった本をたくさん読み漁りそうだ。そんな事を考えていると、パチッとロビンと目が合った。

ロビンは人さし指を口に当てる。更には口にファスナーをする仕草も！　つまり、余計なことは言わない、と言いたいのだろう。何故ロビンがそんなことをするのか、その時の私にはよくわからなかった。ともかく、畑は魔術師団長とベルが開発した魔術式のおかげでほぼ元通りだ。

どうしてほぼなのかと言えば、燃えてしまったベルの作業小屋や四阿《あずまや》は危ないからと、騎士団の人達の手によって畑から撤去されている。だからほぼ、なのだ。

「これで大体元に戻りましたね」

もう大丈夫ですよ、と言われて魔法石に魔力を注ぎ込むのをやめる。やめてもちゃんと元の畑のままなのが凄い。本当に便利な魔術式だ。

ふと手の中の魔法石を見る。受け取った時はツヤツヤとキレイに輝いていた魔法石は、見るも無残なくらい粉々に砕けていた。

「魔術師団長!!　ま、魔法石が……!!　砕けちゃった……」

「ああ、大丈夫ですよ。この魔術式は一度しか使えないタイプのものなので、石も砕けます」

「でも……この魔法石、とても良い石だったわ。私、返せそうな石を持っていないもの！」

てっきり何度も使えるタイプの魔法石かと思っていた私は、砕けてしまった魔法石を見て途方に暮れる。私の手のひらに乗るほどの少し大きめの赤いツヤツヤとした石。それが見事に粉々……

　これ絶対に高いわ。子供の私じゃ絶対に買えない。

「ああ、お気になさらず。この魔法石はリュージュ様よりいただいたものを使いましたので」

「リュージュ様が……？」

　私が首を傾げると、魔術師団長は苦笑いを浮かべながら「お詫びです」と言った。

「お詫び……？」

「リュージュ様は良かれと思って、姫殿下とロイ殿下のお二人を小離宮に入れました。ですが、実際にはあまり環境は良くなかった。特に姫殿下の環境は……淑女教育もまともに受けさせていないなんて、と憤っておられましたよ」

「私はそんなに気にしていないわ。それに……こっそりお城の中を出歩くのって実は楽しかったの」

　今は、侍女長が目を光らせているからできないけど。だって怒ると怖いんだもの。

「リュージュ様はあの侯爵家でお育ちになってはいますが、常識的な考えをお持ちの方なので、王族が差別されきちんとした教育が受けられていないことに大層憤慨しておられました。たとえ姫殿下が楽しかった、と仰っても、それとこれとは別なのですよ」

「それはわかるんだけど……でも、それの対価にこの石はもらいすぎな気もするわ」

「まあ、そこは良くも悪くも侯爵家の方ですからね」

「育ちの差ってこと？」

「ええ。ですが本来なら姫殿下も当然そうであるはずだったのです。リュージュ様のように。もちろん、私としては今の姫殿下しか知りませんので、どちらが良かったと判ずることはできません」

「じゃあ、私が良かった。って思っていたら、良かったってことね？」

魔術師団長はニコリと笑いながら頷いた。

育ちは確かに大切かもしれないけど、普通ならできない経験はやっぱり貴重なものだと思う。それが得られただけ私は幸せだ。

「他にも幾つか預かってますので、必要な魔術式があったら仰ってください。私が責任を持って入れさせていただきます」

「そんなに!?　これだけでももらいすぎな気がするのに……どうしよう」

「王族の姫君ですから本来ならばある程度、身を守るための石は必要ですよ」

「でも……私が入れてほしい魔術式も入れてくれるってことは、リュージュ様が魔術師団長に預けた石は一つや二つじゃないってことだわ」

私が身を守るために必要な石。魔術師団長ともあろう方が、私が入れたい魔術式だけに使ってしまうはずがない。必要な石を準備しても尚、余るからこそ言ったのだ。

「良いんですよ。もらえる時にもらってしまいましょう？　魔法石があればできる幅は広がりますよ。特に良質な魔法石は少しの魔力量でも力を発揮してくれますし」

「うーん……でも、砕けてしまうんじゃ勿体無い気がするわ……」

「そもそも、どうして魔法石は砕けてしまうんだ？　貴重な物なら砕けない方が良いと思うんだが？」

ライルは不思議そうに魔術師団長を見た。確かにその通りだ。

その瞬間――魔術師団長の目が光った。

「ふふふ……気になりますよね？　気になりますよね？　どうして一度で砕ける石と、長く使った後に砕ける石があるのか！　魔法石と一言で表していますが、石の種類は道端の石から高価な宝石まで多種多様。でも道端の石でも長持ちするものはいくらでもあります。例えば灯りに使ったり、水を綺麗にするものだったり」

「そうね。そうじゃなきゃ、普通の人達は魔法石を手に入れるのが大変だわ」

「どうしてだ？」

ライルはまた不思議そうな表情を見せる。これは基本中の基本ではあるけど、たぶんライルの周りにいる人達は「庶民の暮らしなんて王族が知る必要はない」と教えなかったのだろう。庶民の暮らしこそ、王族は知る必要があると思うのだけど……。

ひとまずそれは置いておき、私は一般の人達が魔術式を使えない理由を教えてあげた。

「あのね。大多数の人は魔術式を使えないの。魔力量が少ないと魔術式自体扱えないのよ」

「魔術式を使えないで、どうやって石に魔術式を入れるんだ？」

「魔術式屋さんに頼むの。もしくは、そこのお店で買うとかね。専門職の人達がいて、彼らはアカデミーで学んだ後に、そういったお店で働くの。でも大体の人が石を持ち込んで入れてもらうんじゃないかしら？　金額に差があるから」

持ち込みの方が少し安くなるのだとライルに教えてあげる。ただし、魔術式屋さんで売っている魔法石の方がもち《・・》は良いらしい。そんな私の説明に魔術師団長も小さく頷く。

「魔術式を使うにはそれなりの魔力を消費します。でもいくら我々の魔力量が多いからといって、頻繁に使うと疲れてしまいますよね？　ですが石に魔術式を入れることによって、少量の魔力を流すだけでその術式が使えるようになる。魔法石とは利便性を高める為に生まれたわけです」

「そうなのか……今まで誰も教えてくれなかった。いや、俺が学ぼうとしなかったのかな」

ポツリと呟くライルに、魔術師団長はこれからたくさん学べばいいと言う。

「それに、今まさに興味を持ったでしょう？」

コクリと頷くライルに、魔術師団長は更に言葉を続ける。

「では話を元に戻しましょう。魔法石の長持ちするものとしないものの差、ですが……簡単に言うと、一つの石に入れられた魔術式の差です」

「魔術式の差？」

魔術師団長はその場にしゃがむと、適当な石を手に取り一つの魔術式をそれに入れる。

「これは今、火の魔術式を入れました。つまり、灯りになります」

火の魔術式を入れた石とは別の、少し大きめな石を探し、また魔術式を入れる。ジッと見ていると、ふわりと二度光り、魔術式が二つ入れられているのがわかった。

「これは火の魔術式と色の魔術式を入れました。色の魔術式を入れると、光の明暗が変わるんです。試してみます？」

そう言うとライルの手に一つ、私の手に一つ、石を乗せる。

ライルが魔術師団長に指導されるまま魔力を石に入れると、ふわっと明るい色になった。色で言うと白っぽい明るさとでも言えば良いだろうか？

「姫殿下の石は色を変えられるので、夕陽色になるように考えながら魔力を入れてみてください」

「わかったわ」

私は夕陽の綺麗なオレンジ色を思い出しながら魔力を入れる。するとライルの石とは違ってオレンジ色の光になった。

「全然色が違う……」

「本当ね」

「それでは、ライル殿下の持たれている石にもう一つ魔術式を入れてみましょう。ライル殿下も好きな色を思い浮かべてもう一度、今のように魔力を入れてみてください」

「うん」

魔術師団長に言われ、ライルが同じように魔力を入れていく。今度は薄青い色の光になった。

「わあ、綺麗！」

「う、うん……」

「では魔力を止めてみましょう」

「わかった」

ライルは頷くと、魔力を入れるのをやめる。すると、その石は真ん中からパキッと割れてしまった。

驚いたライルはキョトンとした目をして、石と魔術師団長を交互に見る。

「石が……割れた」

「ええ、二つの魔術式に耐えられなかったからです」

「耐えられない……？」

「こういった普通の石には一番簡略化された魔術式を入れれば良いのです。そうすると壊れず、何度も使えるようになります。もちろんゆっくり劣化はしますけど」

「つまり、光ることと色を変えることは二つの魔術式で構成されてるから、それに耐えられるだけの大きさの石が必要ってこと？」

そう尋ねると、魔術師団長はそうです、と頷く。

手元で扱いやすい石を……と検証した結果、宝石だけがサイズは小さくとも複雑な魔術式を重ねて入れることが可能だとわかったのだ。

だから入れる魔術式に応じて使う石も高価になっていく。

「でも、宝石に入れる魔術式でも壊れるものと壊れないものがあるでしょう？　あれはどうして？」

「それは魔術式が入ってる数ですね。複雑な魔術式でも一つだけのものと、二つも三つも入れているものとでは石にかかる負荷が違います」

「私が割ってしまった石には幾つ入っていたの？」

「ええーと、土を戻す、植物や苗木のダメになった箇所の再生、植え直し、で三つですかね」

入れられるようになるまで幾つか壊しましたが、大変良いものが作れましたと魔術師団長は胸を張る。畑が戻ったのは嬉しいけれど、複雑な心境になってしまった。

しかし、ここで私は疑問に思った。光と色変えの魔術式を一つにまとめられないものかと。ファティシア王国では魔術式の研究が盛んだ。それならばできそうな気もするのだ。

「あのね、魔術師団長……この光と色変えの魔術式って一つにまとめられないの？」

「あら、良い所に目をつけられましたね！」

「と言う事はできるの？」

「できますよ。ですが、小さな石では無理ですね」

「やっぱりこのサイズの石は必要？」

「ええ。光るだけの魔術式は一番単純と言われていますけど、この魔術式は『誰でも魔力を入れれば光る』ように作られています」

「つまり、単純に見えて、単純ではない？」

そう聞くと魔術師団長はニコリと笑い頷いた。

そうか。この魔力を入れれば光る、というのは簡単に見えて実はすごい魔術式だったのか、と私はマジマジと石を見てしまう。

隣で話を聞いていたライルも同じように石を見ていた。

「先人達が削りに削って、魔力を入れるだけで広く大衆に使えるようにした魔術式はたくさんあります。それを見返して、まだ削れる所はないか？　と考えたり、さらに新しい魔術式を開発するのは魔術式研究機関の役割ですね」

「魔術式研究機関？」

「魔術師団の兄弟のような機関です。古い魔術式から、最新の魔術式まで色々と研究してますよ。私は元々そちら希望だったのですが、気がついたら魔術師団長になっていたんですよねえ」

おかしいわ……と頬に手を当てて首を傾げる魔術師団長を見て、少し離れた場所で聞いていたシャンテは顔の前で左右に手を振っている。

そして私達を見ながら口をゆっくりと動かした。

『の・う・き・ん』

のうきん……脳筋？　いやいや、こんなおっとりした感じの……でもないか、それでもたおやかな感じの人が脳筋なわけがない。

うん。きっと年頃の男の子はお母様に対して恥ずかしいって感覚があるのね、と思うことにした。

「さ、ひとまず今日の所はこの辺で……畑にまだ植えていないものもあるんですよね？」

「あ、はい！　取り寄せてもらっていたものが届いたから、ライルにはそれを植えるのを手伝ってもらおうと思ってるの」

「何を植えるんだ？」

ようやく自分にもできることが！　とライルはパッと顔を輝かせる。

「あのね、果樹も植えようと思って」

「果樹？　薬草畑なのに？」

「そう。体に良い果物もあるから、魔力過多の畑なら早くできるんじゃないかと思って!!」

「お前それ……自分が食べたいだけじゃないのか？」

妊娠中のマリアベル様は、食べられるものと食べられないもの、食べられたのに食べられなくなってしまったものがあるそうだ。どうせなら食べられるものが増えたらいいな、と思って果樹を植えようと思っているわけで、私が食べたいからではない。

ライルの言葉にちょっと視線をずらしつつ、自分の中で言い訳をする。そう、断じて私が食べたいから、だけではない！　マリアベル様に喜んでもらいたいだけなのだ!!

「でも季節の早い時期に食べられたら良いなーって果物あるでしょう？」

私がそう言うと、ライルは確かに、と頷く。なんだったらライルの好きな果物でも植えてみようかなと考えていると、隣にいた魔術師団長がキラキラとした顔で見てくる。

え、なんだろう？　私、また変なこと言ってる？

「姫殿下、どうせならもう少し畑を拡張しません？　しちゃいません⁇」

「え？」

畑を拡張？　そんなこと勝手にはできないはずだ。お父様からいただいた畑の面積は決まっている。

しかし魔術師団長である彼女が知らないわけがない。

魔術師団長の思考は一気に彼方へと飛んで行ってしまう。

「そう……そうですよね。やっぱり試したくなりますよね？　薬草だってこんなに早く育つんですもの！　他の物でも試したくなりますよねー‼」

バンザーイをしながら叫ぶ姿に周りにいたみんながギョッとした。

シャンテだけはため息を吐くと、明後日の方向を向いていたけれど……

＊＊＊

ひとまず、届いた果樹から植えることにした。

畑の件はもう魔術師団長に任せよう。うん。きっとその方が良い。拡張したいと言うのなら、きっとお父様に許可を取ってくれるだろう。自分で。私は魔術師団長に畑拡張の件を丸投げし、ベル指導の下、畑に果樹を植えていく。

ひとまず五種類ほど。同じ種類を一列ずつ植えていく予定だ。

「まずは軍手をしてくださいね。この畑の土は大変フカフカで扱いやすいですけど、シャベルを使う時は危険なこともありますから」

「スコップなら使ったことはあるけど……シャベルはないわね」

「姫殿下にはまだ重いですからね」

そう言うとライルに気をつけてくださいね、と言ってシャベルを渡す。とは言っても普段、花師の人が使っているシャベルよりは小さめだ。

きっと私達が使えるようにと小さめのものを用意してくれたのだろう。

ライルはシャベルを受け取ると、物珍しそうに見ている。

「これで、土を掘る?」

「ええ、このように土に刺して、足で押し込みます。で斜めにグッと持ち上げる。するとこのように土がスコップに乗りますね?」

「うん」

「で、余分な土は横に置いておきます。すると、ほら掘れてますね」

小さく空いた穴を見てライルは頷く。

ベルはシャンテ、ジル、リーンの三人にもシャベルを渡し、空いてる場所に穴を掘るサイズを指示する。私とアリシアは穴の中に苗木を植えて、スコップで周りに土を入れる係だ。

スコップは丸い筒を斜めに切ったような形で、私達でも持ちやすく軽い素材で作られている。

「さ、皆さん。手元と足元に気をつけてやってみましょうか」

「はーい」

みんなで元気よく返事をすると、四人は穴を掘りだす。私はそれを眺めていたのだが、ふとロイ兄様とロビンが何かをしようとしていることに気がついた。

「二人供、何をしてるの？」

「僕は畑仕事は苦手だからね。こっちをやろうと思って」

「兄様、畑仕事苦手なの？」

「ほら、姫さんがミミーを見せたから……」

「あー」

ロビンに言われて思い出す。なるほど、あの太くて大きなミミーか……確かに前に卒倒するほど驚かせてしまったな、と反省する。

「ルティア様、ミミーってなんですか？」

「ミミーはね……」

説明しようとした時に、後ろでキャー！　と悲鳴が上がった。

振り返ると悲鳴を上げたのはジルのようだ。何かあったのかと私が慌てて近づくも、ジルは隣にいたシャンテに抱きついて離れない。

「どうしたの？」

ジルはシャンテに抱きついたまま、シャベルを指さしている。特に怪我をしたわけではなさそうだな、と思いながらジルのシャベルを見た。

何かいるのだろうか？　とジッと見ているとニョロニョロと動く細長いものがいる。

ミミーだ。まだまだ小さいけれど、元気なミミーが一匹。

やっぱりフカフカの土の中にはいるものなのだな、と私はその小さめなミミーを手に取る。するとジルの悲鳴で近くに寄ってきていたライルが、勢い良く私から距離をとった。

「ライル？　どうしたの？」

「お、お前……よく、その……掴めるな？」

「別に……噛んだりしないわよ？」

「そういう問題じゃなくてな⁉」

「あ、でも流石に幼虫は素手では掴めないわね。挟むやつで掴んで池の中に入れちゃうわ」

幼虫はダメだ。毛虫も。後ヘビも。幼虫までならなんとか挟むやつで池の中に落として魚の餌にできるけど、毛虫はあの毛が意味がわからないし、ヘビも噛むから嫌だ。それに動きも速いし！

ニョロニョロ〜とした姿を思い出し顔をしかめる。

「あのーどうしたんですか？」

アリシアに声をかけられ、私はミミーを手にしたまま振り返った。ライルのあ、と言った声が聞こえた気がしたが、私はかまわずミミーをアリシアの手に乗せる。

「あのね、さっき言ってたミミーってこれのことよ」

「ミミー……みみ、ず？　ミミズ？」

「そう。兄様に見せたのはもっと太くて長くて立派な子だったの！」

そう言い終わる前に、アリシアの体がふらりと傾ぐ。わー!!　っと声を上げて、慌ててライルがアリシアの体を支えた。なんとアリシアはミミーで気を失ってしまったのだ。

「あ、アリシア⁉」

「ルティア！　お前、自分の基準でそれを普通の令嬢の手に乗せるなよ！」

「え⁉　ダメだった⁉」

「たぶん、一般的に女性はミミズ、ダメでしょうね」

シャンテが後ろで同意している。私は慌ててアリシアの手からミミーを取り、少し離れた場所に放してあげた。普通の女の子はミミーダメなの⁇　でもアリシアは、畑仕事を嫌な顔せず付き合ってくれている。それにこの間も「ミミズいますねー」って言っていたからてっきり平気なのかと思っていたのだ。

これからは事前に聞いてからにしよう。

アリシアは目が覚めるまで馬車の中でランドール先生が見てくれることになった。私はアリシアの分まで植えるのを頑張り、ミミーが出たら別の場所に放すを繰り返す。畑の為に頑張ってくれているけれど、今だけは別の場所に移動させてね。


そしてようやく届いた苗木達が植え終わる頃には、少し陽も傾き始めていた。

「みんな、お疲れ様。手を洗ってお茶にしよう」

兄様の声に振り向くと、元々四阿があった場所にお茶が出来るよう、テーブルと椅子ができている。どうやら私達が作業している間に兄様とロビンで作ったようだ。

「すごい！　兄様、これどうしたの？」

「材料は持ってきてもらっていたから、作ってみたんだ」

「土木系の魔術式には簡易的なテーブルとか椅子とか作れるのがあるんですよ。まあ、簡易的なので長期は使えないんですけどね」

「それでもすごいわ。ありがとう兄様、ロビン」

「どういたしまして。さ、みんなも席についてお茶にしよう？　たくさん動いてお腹が空いたろ？」

そう言うとロビンとユリアナがササッとお茶の準備をしてくれる。

そして気を失っていたアリシアも目を覚まし、恐縮しながらお茶を飲んでいた。アリシアが倒れる原因を作ったのは私だから、そんな畏まる必要はないんだけどね。アリシアの分は私が働いておいたから問題ないし！

「す、すみません。何もしてないのに……」

「ううん。私が悪いの。普通の女の子はみんなミミーがダメなのね」

「なんと言いますか……虫系はちょっと……ヘビもですけど。見るだけなら何とか、でも直接触るのはダメなんです」

「私も虫はそんなに好きじゃないし、ヘビもダメよ？」

「ミミズは良いんだ……」

ジルがポツリと呟く。私はその問いに首を傾げた。

「ミミーは良い子だもの」

「良い子って、そういう問題か？」

私の言葉にライルが呆れた視線を寄こす。そんな私をフォローしてくれたのか、ベルもミミーの良いところを話してくれた。

「そうですね。確かにミミズが多い畑は土が豊かで実りが多いと言います」

「ああ、ミミズって確か土を柔らかくしてくれるんでしたよね。益虫でしたっけ」

アリシアがそう言うと、ベルが嬉しそうに頷く。

「ええ。よくご存じですね」

「でも苦手なものは苦手なんです……」

アリシアは項垂れながらそう答えた。ミミー良い子なのに、残念。

「ルティアは、今後何か見せる時は事前に言おうね。誰もが平気なわけじゃないんだからね？」

「はーい」

兄様にも注意されたので今後は気をつけることにする。豊かな畑の象徴なのに、ミミーと仲良くできそうな子がいなくて少しだけ残念に思った。

新しい先生

ライル達と新しい果樹の苗木を植えてから数日、今日は新しい魔術の先生が来る日だ。

ロックウェル魔術師団長の推薦で魔術式研究機関の人が来るそうだが、初めて会うのでやっぱり少し緊張する。おかげで昨日からソワソワしっぱなしで、今朝も早く目が覚めてしまった。

部屋に入ってきたユリアナは、ベッドの中で着替えの準備をしていた私を見て笑いだす。

「姫様、そんなに待ち遠しかったのですか？」

「だって初めて会う人だもの……」

「そんなに早く起きなくても、会う時間は変わりませんよ？」

クスクスと笑いながら私の支度を手伝ってくれる。

私はいつも通りのシンプルな服を着てから顔を洗い、髪を結ってもらうと朝食を一緒に食べる為にマリアベル様のお部屋へ向かった。

「おはようございます！　お母様」

「おはよう、ルティア」

優しい微笑みを浮かべてマリアベル様が私を迎え入れてくれる。私はそっとマリアベル様に抱きつくと、マリアベル様のお腹にもおはようと声をかけた。順調に育っているお腹はだいぶ目立つようになってきている。

それにたまーに中から反応も返ってくるのだ。マリアベル様は「お腹の中で元気に育っている証拠ですよ」と教えてくれた。

「早く会いたいなあ」

「あと……三ヶ月はかかりますわね」

「あと三ヶ月もいるの⁉」

「ええ、その間にもっとお腹も大きくなりますよ」

「そうしたら、もっと歩くのが大変だわ」

今でも大変そうなのにと言うと、周りにいた侍女達が頷く。今はまだ動き回れるが、生まれ月になったらお腹が大きすぎてあまり動き回れないのだそうだ。でも全く動かないのもよくないらしく、なかなか難しいらしい。

そしてどのぐらい大きくなるのか聞いたら今より一回りは大きくなるという。

「そんなに大きくなるの？　そんなに大きくなって大丈夫なの？　裂けちゃったりとかしない⁉」

「ルティアもカロティナ様のお腹にいた時はそうだったんですよ？」

衝撃の事実に私はポカンと口を開けてしまう。そんなに長い間、赤ちゃんはお腹の中にいるのか……そして私もお母様のお腹の中にいたのかと思うと驚きだ。でも確かにお腹の中にいないと、産まれてこれない。

「お母様ってすごいのね」

「ふふふ。ルティアもいつか大人になって好きな人ができて、そして子供を産む時にわかるわ」

「そうかしら……でも、あと三ヶ月……まだまだ会えるのは先なのね」

マリアベル様の膨らんできたお腹をそっと撫で、小さなため息を吐いた。

用意された朝食は私とマリアベル様ではちょっと違っていた。マリアベル様の食事は今食べられる範囲で、栄養価の高いものを選んでいるらしい。

赤ちゃんの分も栄養を取らないといけないから大変なんだそうだ。朝食を食べ終わったら、魔術の先生が来るのでその準備をしなければいけない。本当はマリアベル様に教えてもらいたいのだけど、大きなお腹を抱えているマリアベル様に何かあってからでは大変だ。

それもあって魔術の先生が変わったのだ。

「そういえば、今日から新しい魔術の先生が来られるのよね？」

「はい！　魔術式研究機関の方だそうです。えっと……フォルテ・カーバニルさんと伺ってます。ライルも一緒に勉強するんですよ」

「まあ、ライル殿下も？」

「兄様の宮で生活するようになって、だいぶ改善されたみたい。離宮の人手は後宮に比べると少ないから……自分で出来ることは自分でしなきゃいけないし」

私がそう言うと、マリアベル様付きの侍女もそうですね、と頷く。

「確かに、離宮は人手が少ないですね。こちらだけかと思ったのですが、ロイ殿下の離宮も同じぐらいの人数のようですし……」

「前の侍女長の時に比べたら断然良いのよ？　前の侍女長の時はちゃんと働いている侍女はユリアナぐらいだったけど、今の侍女長は率先して働いてくれるわ！　怒るとちょっと怖いけどね」

そう言うとマリアベル様の侍女達はみんな小さく噴き出す。みんなの間でも侍女長はちょっと怖いと有名なのかもしれない。

新しい侍女長のカフィナ・テルマは黒い髪をぴっちりと後ろでまとめていて、そのふくよかな体型に似合わずとても動きが素早い。彼女が来たばかりの頃、まだ淑女教育の重要性を理解していなかった私は何度も部屋を抜け出して、外に遊びに行こうとしていたのだが……その度にあっさりと捕まってしまうのだ。

あんなに素早く動くだなんて想像すらしてなかったもの！　それに走るのも得意だったから、かなり衝撃的な出来事だった。その時に毎回毎回ものすごーく丁寧に、だけどみっちりと淑女教育の重要性を話してもらい、最終的にもう逃げ出すのはやめよう、と決めたのだ。

侍女長は怒ると本当に怖い！

でも前の侍女長と違って、ちゃんと私の話を聞いてくれるし、無視されたりもしなければ、宮の掃除も行き届いている。食事だって美味しいし、お菓子だって食べ過ぎなければそう怒られることもない。今までの待遇に比べて格段に良くなっている。

それなのに前に比べて宮の人数は少ないまま。一度、人が少なくて大変じゃない？　私も手伝った方が良い？　と聞いたことがあるが、適材適所なので大丈夫です。と断られたことがある。前の侍女長が辞めたことで、離宮の侍女達も入れ替わっているからきっと彼女《カライナ》のお眼鏡にかなった人しか勤められないのかもしれない。

そんな話をしてる間に、ライルが見知らぬ男の子を連れてマリアベル様のもとを訪ねてきた。ちょっと驚いた顔のライルに私は軽く手を振る。

「いらっしゃい、ライル」

「ルティア、お前なんで……っと、あの、マリアベル様、おはようございます。お久しぶりです」

ライルはマリアベル様に頭を下げる。きっと後宮で何度か顔を合わせたことがあるのだろう。

マリアベル様は静かに微笑み、お久しぶりですねとライルに声をかけた。そしてライルが顔を上げると、その視線がマリアベル様のお腹の辺りを彷徨う。マリアベル様のお腹がだいぶ大きいことに気がついたのだ。

そしてチラリと私を見る。

「……本当に自分が食べたいだけ、じゃなかったんだな」

「そうよ？　最初にそう言ったじゃない」

「……それは、その。悪かった」

「でも美味しいものを食べたいのは本当だから良いのよ」

ニッと笑うと、ライルは目をパチクリとさせてから笑った。そしてそれを誤魔化すように小さく咳払いをすると、ライルの後ろにいる男の子を紹介してくれる。

「ルティア、マリアベル様、俺の従者が新しく決まりましたので紹介します。彼はアッシュ・ラード、俺の四つ上です。正直者で、とても良い従者です」

「初めまして、アッシュ・ラードと申します。よろしくお願い致します」

「初めまして、ルティア・レイル・ファティシアよ。よろしくね」

ライルの従者は少し浅黒い肌に黒い髪、濃い緑色の瞳をしていた。背の高さはロイ兄様と同じか、少し高いぐらい。ロビンと同じ従者のお仕着せを着て、私達に挨拶をする。

肌の色からきっと他の国の血が混じっているのだろう。小離宮全体では珍しいけれど、王城内を含めれば珍しいことではない。お城の侍女や侍従にも肌の色が違う人は普通に働いている。もちろん出入りの業者にも。

ファティシアでは他国の人との婚姻は特に禁止もしてないし、他国の人でもある一定の決まりをクリアすればファティシア王国の住民となれるのだ。もちろん生まれた子供はそのまま住民として認定される。

国によってはそういう事を禁止している所もあるけれど、ファティシア王国は三つの国に接していて更に海もある。貿易をする関係上、その辺はゆるいそうだ。

私的には色んな国の色んなことを知る機会が増えるから楽しいな、と思う。

きっと大人になるとそれだけではないとは思うけど。そんな事を考えていると、いつの間にかライルが側に来てツンツンと私の服を引っ張ってきた。

「どうしたの？」

「その、さ……畑なんだけど……」

「うん？」

「拡張するって言ってたろ？」

「ああ、魔術師団長が張り切ってたから……たぶんお父様から許可をもぎ取ると思うわよ？」

「そしたらさ、その、ベリーの木も植えさせてくれないか？」

「ベリーの木？　もちろん良いわ」

私が了承すると、ライルは嬉しそうに笑う。なんでもリュージュ様の好きな果物らしい。季節になると生でヨーグルトの上にのせたり、パイを作ってもらったりして、よく召し上がっていると教えてくれた。

最近はリュージュ様との会話の機会も増えたのか、ライルはこうして話してくれるようになった。二人が後宮で一緒に暮らしていた頃は全然話してなくて、最初は何を話せばいいのかわからなかったみたいだけど、今は教えてもらっていることや日々の小さなことを報告しているらしい。

ちょっとずつリュージュ様とライルの関係も改善しているのなら、これはきっととても良いことなのだと思う。それにライルが育てたベリーをきっとリュージュ様は喜んでくれるはず。

「じゃあ、たくさん植えてジャムがたくさん作れるようにしましょう？　そうしたら、季節が過ぎても食べられるわ。紅茶に入れたり、それこそパイに入れたりね」

「うん。ありがとう。苗の手配は兄上に教わって俺がやってみるから、届いたら植えさせてくれ」

「わかったわ。よろしくね」

そんな話をしていると、マリアベル様はニコニコと嬉しそうに笑っている。どうしたのかしらと首を傾げると、仲が良くなって嬉しいんですよと教えてくれた。

「そうかしら……？」

「まあ、前は全然こっちにも来なかったし、兄上やルティアがどんな生活をしてるのかも知らなかったからな」

「そうね。お互いに知らないことの方が多かったかも」

「これからはたくさん交流して、仲良く過ごしてくださいね」

「うん……それは、たぶん。大丈夫だと思う。思います」

ライルはコクリと頷く。私も同意するように頷いた。

「そうね。それにこれから産まれてくる赤ちゃんに私達の仲が悪いって思われると悲しいもの」

兄弟仲が悪いなんて、きっと悲しむはず。そう思っていると、ライルがジッとマリアベル様のお腹を見る。

「あの、赤ちゃん……後どのぐらいで産まれるんですか？」

「あと、三ヶ月ぐらいですね」

「三ヶ月……あっという間だな」

なんでもフィルタード侯爵家にはライルより四つ下の従妹《いとこ》がいて、その子が産まれる時もあっという間だったらしい。

ちなみに三兄妹でライルの一つ上と一つ下の子は男の子だそうだ。ということは、ライルの一つ上の子は私と同じ歳ということになる。表向きは従兄弟にあたる子達。そういえばフィルタード侯爵家の子供達と一度も会ったことないな。ライルに尋ねてみると、ライルは末の子が産まれた時に会ったことがあるそうだ。なるほどその時の事があってあっという間、と言うのかな？

「でも、赤ちゃんって十カ月もお母様のお腹の中にいるのでしょう？　それってあっという間、って言うかしら？」

「それまでに準備するものが多いんだ。マリアベル様は乳母を用意されますか？」

「ええ、そうね」

「と言うことは、乳母も手配しないとダメだろ？　産着に、おしめに、ゆりかごに、産まれてくる季節でも必要なものは変わってくる。その年によって暑さや寒さも多少違うし……」

「……つまり準備をしていたらあっという間に産まれちゃうのね？」

「そういうことだ」

つまり私も、まだかなーまだかなーとしてるよりは赤ちゃんの為に何かできることを探していれば良いということだろうか？　私にできることってなんだろ？

あ、でも産む時はすごく大変だって聞いたから、マリアベル様の為に用意した方が良いかもしれない。赤ちゃんの物ならきっと他のみんなが用意してくれてそうだし……そうなると、やっぱりぽーしょんを作れるようにならないとダメね。

ぽーしょんは万能薬だって言っていたし、きっと疲れた体にも効くはず！　そんな事を考えていると、ユリアナが、先生が来たと教えてくれる。もうそんな時間になっていたのか！

「さ、お二人とも。しっかり学んでいらしてくださいね」

「はい！　お母様」

「では、失礼します」

私達は連れ立って小離宮内の魔術を学ぶ為の部屋に向かう。

本当は魔術を学ぶ為の部屋というのは前から存在していたらしいが、今までマリアベル様から教わっていたから使ったことはなかったのだ。

教わるのが初歩の初歩なら必要ない部屋でもあったし。でも私の魔力量ならちゃんとした部屋で学んだ方がいいと言われ、今日から使うことになった。それにライルも一緒だしね。

部屋の中に入ると、中では灰色がかった銀髪を後ろでゆるく三つ編みにした……女の人？　がいる。

聞いていた話では男の先生のはずなのだが、目の前のすごく綺麗な人は背の高さを除けば女の人にしか見えない。ライルと顔を見合わせて首を傾げると、少し野太い声が豪快に笑った。

「あらやだー！　こーんなに可愛い子達に教えられるのねぇ!!」

「ええっと……フォルテ・カーバニル先生でよろしいですか？」

私は恐る恐る聞いてみる。するとその人はふわりと前髪をかきあげ、臣下の礼をとった。

「ええ、そうよ。フォルテ・カーバニル、魔術式研究機関の研究員をしています。今日からライル殿下とルティア姫殿下の先生になりますわ！」

「あの、男性の方だと伺っていたのですが……」

ライルは困惑気味に尋ねる。

声だけだと男性だけども、見た目は大柄な女性だものね。確かにそこはちょっと気になるところだ。

そしてそんなライルの後ろでは、アッシュが笑いを堪えきれずに肩をプルプルと振るわせていた。ロビンだったらシレッとした表情で立っているだろうけど、まだまだその辺は修業が足りないらしい。

カーバニル先生はそんなアッシュの様子を気にすることもなく、ライルの質問ににこりと笑って答える。

「確かに体は男ね。悲しいけれど。でもアタシ、心は女なの」

「はあ……」

くねっとシナを作り、私、綺麗でしょう？　とアピールしている。ライルはどう反応したものか、と困惑してるのが手に取るようにわかった。アッシュに至っては完全に撃沈している。

何というか、私達の魔術の先生はとても個性の強い方みたいだ。

今まで私の周りでは全く見かけないタイプなので、どう反応したらいいのかちょっと困る。

それはライルも同じようだった。先ほどまで肩を震わせていたアッシュは、今はすました顔をして部屋の隅に立っている。一人だけ逃げた感じがして何だかずるい。用意された席に座りながら、チラチラと目の前の先生を見上げる。しかし先生は特に気にした様子はないようだ。

慣れている、とでも言えばいいのか、それともこうなることを想定済みだったのか。ちょっと見当はつかないけれど、ひとまず男の先生というより男性の強さも兼ね備えた女の先生と思えばいいのかな？　そんなことを考えていると、先生は魔力を測定する器具を私達の目の前に広げだした。

「えーっとまずはライル殿下の魔力測定ね？」

「まだ、十歳になっていないのにしても問題はないのか？」

「ないわよ。単純に十歳までしないのは魔力が安定しないからなの」

そう言うと先生は私がマリアベル様にしてもらったように、ライルにも六角形の台に丸い球が埋め込まれた石板を取り出してみせた。それと一緒に細長い筒状の物も。ライルはその両方を興味深げに見ている。

「これが、魔力測定器？」

「ええ、これに魔力を流すと属性がわかる。で魔力量を細かく測るならこっちね」

普段見ない物はそれだけで興味を引く。石板を手に持って眺めているライルを見て、先生は測定を始めましょうと言った。

「魔力の流し方はわかるわね？」

「あ、ああ。たぶん」

「たぶん？」

ライルの言葉に先生が首を傾げた。それはそうだ。たとえどんなに小さな子供でも、魔力の流し方だけは物心ついた頃には教わる。そうしなければ生活できないからだ。私だってユリアナから教わっているし。魔法石を使うのに魔力は必須。それがこの国の常識でもある。しかしライルは少し不安げな視線を私に寄越す。

どうしたのだろうか？　と考えて、ふとあることに思い至った。

「あ、そうか……後宮だと何もしなくても誰かがやってくれたものね。でも小離宮では自分でもやるでしょう？　人足りないし」

そう聞くと、ライルは小さく頷く。たぶん、自信がないのだ。

するとアッシュがサッとライルの側に寄ってくる。

「ライル様、今朝、水道から水を出すのに魔力を流したでしょう？　あの要領で良いんですよ」

「あれで、良いのか？」

「はい。あれで大丈夫です」

アッシュはニコリと笑うと、大丈夫ですよと安心させるようにライルの肩を軽く叩く。その言葉のおかげか、ライルは先ほどよりも落ち着いたようだ。目を閉じて何度か深呼吸を繰り返すと、石板の中央の球に手を置いて魔力を流す。

石板がふわりと光り、六つあるうちの四つが光りはじめた。一度見てはいるけれど私には何の属性なのかわからない。先生は興味深げに頷きながら石板を見ている。そして少しすると石板から手を離すように言った。

「さ、次はこちらの筒を握ってね？　同じように魔力を流してもらえれば大丈夫よ」

「わかった」

今度は筒状の測定器に魔力を流す。筒の中の球がふわふわと浮き上がり、ある場所で少し揺れながら止まった。

「はい！　いいわよ。ライル殿下は四つの属性持ちで、魔力量もそれなりにあるわね。この歳でこの量なら大人になればもっと増えるわ……羨ましい」

いいわねえ！　とバンバンと背中を叩かれ、ライルは嬉しいような困ったような微妙な表情を見せた。私はそんなライルを見ながら先生に質問をする。

「先生、ライルはどの属性なの？」

「一応、現段階では……となるけど、火・風・土・闇ね。魔力量は十三で、一般の貴族よりは多い。この辺は王族だから、ってのもあるかしら。まあでも将来的にはもっと伸びるわ」

「そうなのね。あ、でも現段階では、ってことは……大きくなったら属性が変わることもあるの？」

私の質問に先生はうーんと唸り、顎に手を当て難しい顔をする。

「増える、ことはあっても減ったり変わったり、は今のところ報告はないかしらねえ。たとえば、火属性がなくなって、水属性になる、とかね」

「でも増えることはあるのね？」

「ええ、突発的な何かがあった場合に目覚めることが稀《まれ》にあるのよ。といっても過去の文献にそんな記述があるだけで、実際にそうなった人を見たわけではないけど」

突発的な何か、と言われて私は崖から落ちた日のことを思い出す。やはりアレが原因なのか。命の危機。確かに突発的な『何か』にあたるだろう。アリシアの話す物語――では私にそんな力はなかったはずだしね。

「なあルティア、お前は測らないのか？」

「私は前に測ってるの。でも魔力量は毎回測ってたけど……」

測るべきかしらと見ていると、今日は大丈夫だと言われた。すると私の属性が気になったのか、ライルが私の属性を先生に尋ねる。

「姫殿下の属性は風・水・土・闇、ね。ロイ殿下も同じと聞いてるわ」

「そうなの？」

「ええ」

兄様の属性は聞いていないので知らなかったのだが、聖属性以外は同じなのか。もしかしたら兄様も何か危ない目に遭ったら目覚めたりするのかな？　と考えて、それはダメだなと思い直す。

聖属性が目覚めるかもわからないのに、危険な目に遭ってほしくない。

うっかり口を滑らせたが最後、じゃあ試してみようか？　と言い出す可能性がある。

兄様の方が大人しいとか言われているけど、何だかんだ言って私達は――兄妹なのだ。根本のところは全く変わらない。好奇心旺盛なところは兄妹共通事項なのだ。

「……俺だけ水はなくて火なんだな」

ポツリとライルが呟く。その言い方がなんとなく寂しそうに聞こえた。きっと……リュージュ様の言葉が嘘であったらな、と思っているのかもしれない。自分だけ実はお父様の子ではありませんでした、と言われてハイそうですか、なんて納得できるわけがないし。

頭で理解できても、感情は別物なのだ。

「あら、殿下はご存じありません？　陛下は聖属性以外の五属性全てをお持ちです。リュージュ様も他の属性に比べて火属性が強かったはずよ」

「つまりライルは火の属性が強く出る素質があったってこと？」

「当たり。姫殿下とロイ殿下が同じ属性なのは両殿下の母君の属性が強く出たのかもしれないわね。あの方は水属性が強かったはずだから」

先生の言葉にライルは少しだけホッとした表情を浮かべた。やはり家族と同じと言われると嬉しいものだものね。

＊＊＊

魔術式、とは――

大昔からある、魔術を行使する為に使う補助具のようなものである。

「補助具？」

私は先生の言葉に首を傾げた。魔術式は魔術式で……補助具と言うにはちょっと変な感じだ。だって頭に思い浮かべるだけで、術式は展開していく。

「簡単に言うとアタシ達の力は、『魔術式』がなければ十全に使いこなせないってことね。魔術式なしだと、かなり大量に魔力を消費するしね。もちろんそれに見合うだけの魔力量があれば別だけど、そんな無尽蔵で底なしの魔力量を持った人なんていないしねぇ」

「そうか。そんなに変わるんだな」

「変わるわ。知ってるのと知らないのとでは大違いよ。本当に天と地の差があるわね」

「……つまり、属性のある人間はきちんと学ばなければならないということだな？」

「ええ、その通り」

ライルの言葉に先生は嬉しそうに笑う。

「さて、魔術式は人が魔術を行使するために使う物ね？　ではなぜ、魔法石に入れて使うと思う？」

「魔法石に入れる理由？」

「使いやすいからじゃないのか？」

「その方が魔力の消費も少ないし……」

私とライルは顔を見合わせてそう答える。だが、それだけでは不十分だったようだ。

「魔術式を魔法石に入れる、ということは属性を持たない人も使える、ということよ。この部屋の灯りは火の魔術式が使われている。でも火の属性を持たない姫殿下にも灯りはつけられるわよね」

そう言って魔法石が使われている物を先生はあげていく。火の魔術式で灯り、水の魔術式で綺麗な水、そして蛇口の水を出したり、止めたりするのは闇の魔術式が使われていると。

確かに魔法石が使われているものは生活に根ざしたものが多い。

魔術式自体は誰でも入れられるわけじゃないけど、入れるだけなら道端の石ころにも入れられて、魔力があれば誰でも扱える。もちろん魔術式を入れるには魔術式を扱える、属性持ちの人に頼まなければいけないが、それを生業《なりわい》にしている人はそれなりにいるから困ることもない。

そう。魔力さえあればどの国の人だって簡単に使える。とても便利なものだ。

でもこういった物は他の国では珍しいと言う。

「なぜ他の国では使われていないの？」

「簡単よ～その方が特権階級って感じがするでしょう？」

属性を持ち魔力量の多い自分達は特別である、と庶民にアピールしたいのだ、と先生は言った。

「威張りたいから使われていないの⁉　便利な物をわざわざ使わないなんておかしいわ！」

ない生活なんて考えられないのに！　と私が驚いた声をあげると、先生はクスクスと笑いだす。

でもライルはその理由が納得できたようだ。

「特権階級ってさ、それだけで偉いんだよ」

「でも魔力なんて大体の人が持ってるものでしょう？　そりゃあ保持する量の差はあるけど」

「国によりけり、かしら？　全くない人もいるわよ。そういう人にはファティシア王国みたいな国は生きづらいかもしれないわね」

「魔力がない人もいるの⁉」

「そうよ。極々稀にこの国でも生まれる。そういう人達は神殿預かりになるけど」

なぜ神殿で預かるのかと言えば、神殿は基本的に魔法石を使わずに生活しているからだ。神殿で働いている多くの神官達はとても貴重な聖属性。

日常生活で魔力を極力使わないようにしていると教えてくれた。

つまり日常生活に回す魔力があるなら神殿に助けを求めに来た人を救う方が先決、らしい。なかなかハードだ。神殿預かりになった魔力なしの人達は、そんな神官達の生活を日々サポートしている。朝は元気でも夕方には魔力が足りなくてゲッソリしてるので食事や掃除、洗濯といった準備なんかは彼らの仕事になるらしい。

でもその生活を維持するのに魔法石は欠かせないのではなかろうか？

「うーん。確かに魔法石は便利だけど、代わりになるものもあるわよね。火を起こすのだって火打石と呼ばれるもので起こせるし、水だって井戸に桶を入れて引き上げればいい。洗濯も手でやればいいし、掃除は道具を使って手でやるでしょう？」

「そっか。代替品があるから、それで生活ができるのね？」

「そう。便利なものに慣れると、それがないと大変！　ってなるけど、そもそもうちの国みたいに魔法石が王侯貴族から庶民まで広がっている方が珍しいのよ」

つまり他の国では、神殿での暮らしの方が『普通』ということだろうか？　国が違うと文化も違う、なんとも摩訶不思議なお話だ。

「……魔力はあってもなくても大変なんだな」

ライルの言葉に先生が苦笑いを浮かべる。

「そうねえ……でもみーんなそんなものよ？　何かしら足りないって思ってる。でも足りないからと言って、文句を言うよりも自分から何かを始めた方がお得じゃない？」

「得……？」

「そっ！　悩んでる時間がもったいないわ。人間の一生の時間は限られているんだから、悩むことも大事だけど、それよりも行動した方がいい時もあるのよ！」

先生はそう言うとバチン！　とウィンクをして見せた。その言葉にライルは私の顔を見る。そしてなるほど、と頷いたのだ。なんだろう、その納得の仕方は……別に私だって悩みがないわけではないし、色々考えてはいる！　――――大体行動した後にだけど……

でも失敗したら謝るし、人の迷惑にならないように気をつけてはいるつもりだ。

「あら、姫殿下は何か心当たりでもあるのかしら？」

少し意地悪げに先生が笑う。

「そ、そんなことはないもの！　……一応、考えてはいるわよ？」

「一応、な……」

「まあ一応でも考えてるだけ良いわよ。ロックウェル魔術師団長なんて、アタシと接触禁止令出てますからね！」

接触禁止令なんて職場が近いのに、なぜそんなことを？　と私達が首を傾げると、先生はスッと遠くに視線をやる。きっと聞いてはいけない話なのだな、と私達は瞬時に悟った。

ポンコツな王子の日常（ライル視点）

例の事件から小離宮で暮らすようになった。

最初、小離宮の人の少なさに驚いたが、ここではこれが普通なのだと言われ、自分がいかに恵まれた生活を送っていたのかと自覚する。いつも羨んでいた生活は、彼らがその中で地に足をつけて生きていたからこそ楽しそうに見えたのだ。俺と違って。

俺、俺は――――父上の、アイザック陛下の子供ではなかった。

本当は陛下の亡くなった兄上の子供だったのだ。先代の王太子であった父上が急に亡くなったことで、母上が陛下とカロティナ妃を頼ったからこんな間違いが起きてしまった。

本当の父上が亡くならなければ、確かにそうであったのだろう。確かに俺は継承権一位の王子であったのだ。でも、俺は……どうして俺なんだろう？　とずっと思っていた。

誰も彼もが俺が次の王になると言っていて、それだけお祖父様の影響力が強いのだろうと考えていたが、それだけではなかったのだ。陛下が、俺を王太子とすることを良しとしていたからだったんだ。今の自分の地位は仮初《かりそめ》のもので、いつか正しい後継である俺に返すのだと。

理由がわかってスッキリはした。でも今度はまた別の問題が発生したのだ。陛下は愚かな振る舞いをした俺から継承権を剥奪しなかった。

本当なら、面倒な立ち位置の俺の継承権なんて今回のことを理由に剥奪する方が楽だったはずなのに。俺がいるからフィルタード派は王宮内でのさばっている。母上のことも監督不行届きとして、後宮から出ないようにするか王都から隔たった離宮にでも追いやれば良かった。

それにそれを母上も望んだだろう。偽り続けた罰を受けるためにも。

でも陛下はそれをなさらなかった。その意味を、俺はずっと考えている。

「殿下、どうかしましたか？」

兄上の従者であるロビンがぼんやりとしていた俺を見て声をかけてきた。

そこで着替え途中だったことを思い出す。服のボタンはまだ掛け終わっていない。俺はそれを慌てて掛け、着替えを完了させる。

朝の忙しいであろう時間に、兄上の従者であるロビンの手を煩わせるわけにはいかないからだ。

「何でもない。もう終わった。これで大丈夫だろ？」

「ああ、大丈夫ですね。最近は俺が手伝わなくても平気になってきましたね」

そう言うと、最後に上着を着せてくれる。何か思うことがあっても、ロビンは何かあったのか？とわざわざ聞いてくるような真似はしない。その心遣いが嬉しかった。

後宮の侍女達なら俺がぼんやりしていただけで医者を呼びかねないほどの大騒ぎをするのに、小離宮の者達はそういった事が一切なかった。

別に俺に関心がないわけではない。

放置されているわけでも、見放されているわけでもない。

自分から言い出すのを待っているのだ。言葉にしなければ伝わらない。とても単純で、当たり前のこと。最初こそ戸惑ったけど、甘やかされて育った俺にはその環境がありがたかった。

それに自分で出来ることが増えていくのはやっぱり嬉しい。

ルティアは……一つ上の姉はどうだったのだろう？　何でも率先してやっている彼女の姿を思い出す。一年前までは淑女教育もまともに受けていなかったと聞いている。その理由も、フィルタード派の侍女長が彼女を下に見ていたせいだと。

今でこそ普通に淑女らしく振る舞えているが、そこには本人のたゆまぬ努力があったはず。

俺は、恵まれた環境にあったのにその努力をしてこなかった。

「なあ、ロビン、一つ聞きたいんだけど……」

「俺でわかることなら」

何ですか？　とロビンは俺の目を見て問いかけてくる。その目には俺を嘲笑《あざわら》うような色は一切ない。

「フィルタード派の力はそんなに強いのか？」

「また直球で聞いてきますね」

「聞いてはいけないことだっただろうか？」

「いいえ、知ろうとするのは良いことです。それに聞く相手も間違っちゃいない」

「聞いてはいけない相手も……いるんだな？」

「ええ、でもこの宮の人間は平気です。あと姫さんの宮は……マリアベル様の侍女達はダメかな」

「どうして？」

「そりゃあ、自分達に都合の良いように話すからですよ」

ロビンはあっさりとそう告げる。でも基本的にはどの侍女や侍従もそうではないのだろうか？　主人の為になるように言葉をつくすものだ。

ロビンの言い方では小離宮の人間と、外の人間とでは明確な違いがあるかのようだった。

「まあ、簡単に言うとですね……今、この離宮全体の人間は最初にリュージュ様が手配した時とまるっと入れ替わってるんですすよ」

「入れ替わったのは……それは、ルティアの件があったからか？」

「それより前から少しずつ。でも姫さんの件で一気に入れ替えがやりやすくはなりましたけどね」

フィルタード派を排除して、新しく小離宮に入った人間はどこから来たのだろう？

その手配された人間はフィルタード派に寝返らないという確証があるのだろうか？　そんなことを考えてしまう。せっかく入れ替えてもフィルタード派に寝返ったら同じことの繰り返しになる。

でもロビンの口ぶりでは寝返らないと自信があるようだった。だからこそ、入れ替えたと言ったのだろう。

「ロビンは……兄上の味方、だよな？」

「もちろんです。俺はロイ様の従者。ロイ様の絶対的なる味方です」

「なら、良いんだ」

「いいや、良くないですよ？」

その言葉に俺は首を傾げる。兄上に忠実な従者であるなら、別に良いのではなかろうか？　絶対に裏切らない、と言ったも同然なのに。

「ダメですね。そういうところが詰めが甘い」

ピンッ！　と鼻先を指で弾かれる。思わず鼻を押さえると、ロビンはニヤリと笑った。

「俺はロイ様の味方です。死ぬまでずっとね。だからライル殿下は俺を信用しすぎちゃあいけない。ロイ様の為にならないと思ったら、俺は殿下を切り捨てますよ？」

背筋がゾワリとする。ロビンが本気で言っているのがわかったからだ。

「――――それで、良いと思う。俺がまた、愚かなことをしたら……ちゃんと切り捨ててくれ」

「殿下は甘い子ですねぇ」

ロビンの大きな手が俺の顔に添えられて、そのままムギュッと潰される。俺が口を尖らせると、ロビンはおかしそうに笑った。

「まだまだ人生は長いんです。先を決めるのは早いですよ?」

その言葉に、俺は何と答えれば良かったのだろうか……?

＊＊＊

小離宮での暮らしは知らないこと、わからないことの連続だ。

でも周りにいる侍女や侍従達は俺がわからないから教えてほしいと言うと、馬鹿にすることなく丁寧に教えてくれる。魔力を魔法石に流す、という一番基本的なことを聞いた時ですら呆れられることはなかった。ただ魔力を流す加減、それに関しては皆それぞれ魔力量が違うせいで上手くいかず魔法石を壊してしまうことも……ある。

「……入れすぎ注意」

そんな張り紙がされるようになったのは、俺が魔法石を頻繁に壊すようになってから。

何度目かの破壊で俺が真っ青になっているのを見た侍従長が、気の毒に思って書いてくれるようになったのだ。壊したいわけではない。

力加減を考えずに魔力を流し込むと、石の方が魔力量に耐えられなくなってしまうのだ。

「そーっと、そーっと……」

水を出すために蛇口に魔力を流していく。少しずつ、少しずつと……そう考えながら魔力を流そうとしていたけど上手くいかない。蛇口を捻っても水は出てこず、もう少し魔力を流すべきか、それとも人を呼んで見てもらいながらやるべきかと悩んでしまう。

壊すぐらいなら見てもらって、指導してもらいながらやったほうが良い。しかし小離宮の侍女や侍従は人数が限られている。ロビンも普段は兄上の側にいるし。暇な人間はこの宮にはいない。

後宮では散々持ち上げられていたけれど、自分という人間はとてもちっぽけで、普通の子供なら誰でもできることすらできない。悲しいけれど、これが俺という人間の現実なのだ。

「そこでなに固まってるんだ？」

急に声をかけられて、俺は抑えていた魔力をそのまま蛇口の魔法石に流してしまった。するとピシリ、と嫌な音がする。

「ああぁ!! わ、割れた……」

「え！ あ、ごめん。俺が声かけたせいか」

そうだ！ と思わず文句を言いたくなったが、俺は頭にのぼった血を、一度深呼吸をして抑えてから考える。声のかけ方からして俺が困ってると思って尋ねたに過ぎない。それに文句を言うのは筋違いと言うものだ。俺は小さく頭を振って、大丈夫だと告げる。

「なんかその、悪かったな……」

「いや、良いんだ。俺が未だに魔力の流し方のコツが掴めないのが悪いだけだし」

俺の話し方のせいか、ポンポンと慰めるように背中を叩かれる。

「まあ人には得手不得手があるからさ」

「でも、俺よりもちっちゃい子供だってできることだ」

そう言いながら振り返ると、そこにいたのは黒い髪に褐色の肌の少年だった。一応、兄上の宮で働いている者は皆覚えたはず。その中に彼はいなかった。

では誰かの身内だろうか？　そう考えて記憶を探る。確かこの宮で働いてる者の中に、同じ肌の色をした侍女がいたはずだ。もしかしたら彼女の弟かもしれない。そう思って彼を見ていると、遠くから侍従長が歩いてくるのが見えた。

「あ、侍従長……」

まさか俺が壊したのが直ぐに伝わったわけではないだろう。でも壊してしまったものは仕方がない。素直に謝ろうと思っていると、少年が侍従長に反応する。

「侍従長？　あ、ホントだ。ラッキー！」

「ラッキー？」

「うん。俺、今日からここで働くことになったんだ。だから丁度良かった」

「働くなら……待合室で待っていたら迎えにきてくれたと思うぞ？」

小離宮の中をフラフラと歩いていたら、案内してもらえるものもしてもらえない。いや、普通に考えてこれから働くとはいえ、見ず知らずの人間が小離宮内をウロウロしていて大丈夫なものなのだろうか？　この小離宮にも近衛はいるはずだが、ちゃんと仕事してるか？　と不安になる。

「アッシュ！　勝手に待合室から出てウロウロしない!!」

グルグルと考えていると、侍従長は彼の名を呼び、その頭にゲンコツを落とした。

「いってぇええ!!」

「当たり前でしょう！」

アッシュと呼ばれた少年は頭を押さえてその場にうずくまっている。あの音は相当痛いはずだ。思わず痛くもないのに頭を押さえてしまった。それに気がついた侍従長が首を傾げる。

「ライル殿下？　どうかされましたか？」

「あ、い、いや……あ、でもどうかはした。うん。してしまった……」

そう言って俺は壊してしまった魔法石を指さすと素直に謝る。

「ごめんなさい。また力の入れ具合を間違えてしまった」

「あ、でも俺が急に声かけたせいかも？」

「いいんだ。俺が普通に使えないから割れたんだし」

彼の言葉に俺は首を左右に振った。確かに驚いたけど、結局のところできない自分が悪いのだ。侍従長はおやまあ、と言いながら壊れてしまった魔法石を蛇口から外し、ポケットの中から新しい石を取り出してつける。

「さ、これで大丈夫ですよ」

「本当に、ごめん。早くできるようにはなりたいんだけど……」

「本来叱責されるのは殿下ではなく、それを正しく教えなかった後宮の侍女や侍従達です。それに今、ライル殿下が使う場所に埋め込まれている魔法石はロイ様が作られたものなので、いくら壊しても問題ありませんよ」

「え？」

「魔法石を壊してしまうことを気にしてらっしゃるようだとお伝えしたところ、ライル殿下が使われる場所の魔法石は全てロイ様がお作りになってくださいました」

「兄上が？　どうして……」

「自分が作ったものなら、気兼ねなく壊せるだろう、と」

そう言うと侍従長が小さく笑う。丁度、兄上は魔法石に魔術式を入れる勉強をしているところらしく、俺が多少壊してくれた方が勉強になると言っていたと。

「なら、俺は兄上が練習にならない、と言うように頑張らないといけないな」

「さてどちらの上達が先でしょうね？」

「……なるべく、早く壊さないようにする」

「そしたら練習あるのみだな！」

アッシュの言葉に頷くと、侍従長は「ならアッシュが手伝えば良い」と言ってきた。

「アッシュは新しい侍従ではないのか？」

「本当はもう少し訓練をしてからと思ったのですが……アッシュはライル殿下の従者候補です」

「従者候補？」

他にも何人か候補はいると言われたが、俺は直感的にアッシュが良いと感じた。

きっとこの勘は正しいはず。

「侍従長、俺の従者は彼にしてほしい」

「よろしいのですか？　他の者も見てみては？」

「いや、良いんだ。アッシュ、俺はライル・フィル・ファティシアだ。迷惑をかけることも多いが、俺の従者になってもらえるだろうか？」

そう言って手を差し出すと、アッシュはニコリと笑い俺の手を握り返してくれた。これが俺と無二の親友となるアッシュ・ラードとの出会いとなる。

魔力過多の畑、再び！

カーバニル先生から魔力の制御や魔術式、そして簡単な魔術式を魔法石に入れる勉強を教わるようになってから少し経った頃――

私はロックウェル魔術師団長とお茶をすることになった。彼女と会うのは、畑を直して以来だろうか？　ベルの話によると、ちょくちょく時間を見つけては畑を見に来ているらしい。時間帯が遅いのか私達が作業している時間と被らないみたいだ。

それにしても今までは彼女の息子であるシャンテや、面倒を見ているリーン、それにアリシア達が一緒だったりしたけど、一対一は今日が初めてだ。何かしちゃったかしら？　って思うじゃない？

なんせまだ私の聖属性に関しては箝口令《かんこうれい》が敷かれている。でも魔術師団長は魔術のエキスパート。一緒に作業しているうちに気がついたかもしれない。

なんせ師団長の役職を持つ人は皆忙しい。そんな忙しい人がわざわざ私を訪ねてきたのだ。しかも単独で。ちょっと身構えてしまうのは仕方ないじゃない？

「お久しぶりです。ロックウェル魔術師団長」

「ええ、お久しぶりです。姫殿下」

ニコニコと上機嫌でやってきた魔術師団長は、挨拶もそこそこに自ら持参したケーキを美味しそうに頬張っている。

特に何かあるわけじゃないのかしら？　単純に挨拶に来ただけ、とか？　ケーキを口に運びながらそんなことを考える。

「姫殿下、実は姫殿下にお願いがあって参りましたの」

たわいもないおしゃべりをして、半分くらいケーキを食べ終わったところで、魔術師団長が本題に入りましょう、と言わんばかりの真面目な顔で私に告げる。私はお願い、と言われて首を傾げた。魔術師団長クラスの人にお願いされるようなことは、ほぼほぼ何もできないからだ。まだ子供だし。権力とも遠い場所にいる。

それは魔術師団長もよく知っているはず。ただ、以前シャンテに「母に気をつけてください」と助言を受けたことがある。もしやこれは、その「気をつけなければいけない」時なのか？

私は彼女が口を開くのを待つ。

「陛下から許可がぶん取れ……いえ、いただけましたので、魔力過多の畑を作っていただきたいのです」

今、途中でやめたけど、確実にぶん取ったと言わなかったか？　魔術師団長を見ると、口元に手を当てながら「ほほほほほ」と笑っている。

魔力過多の畑。

確かに私の魔力量なら、今の面積かそれより多少大きくても作れるだろう。それにあそこの土地はまだ余っているし。でも私は魔術師団長の領地の余っている土地を魔力過多の畑に変えるものかと思っていたのだ。シャンテ風に言うなら「未知のものにお金は出せない」と言われると思っていたから。

「お父様が、よく許可をくださいましたね？」

「ええ、陛下には魔力過多の畑の有用性をそれはもう丹念に丹念にお伝えしましたからね！　最後にはハウンド宰相と一緒になって頷いてくださいましたよ？」

それは、なにかこう……脅したの間違いではないのだろうか？　本当に大丈夫？　と心配になってしまった。そして丹念に丹念に説明されて、その為に他の業務が滞ったお父様と宰相様を思い浮かべる。きっと説明が終わったころにはゲッソリしていたに違いない。それが顔に出ていたのか、魔術師団長は苦笑いする。

「マリアベル様のこともありますし、私が長い説明をしなくとも最終的には許可をくださる予定だったと思いますよ」

「お母様のこと？　なぜ？」

「出産とはとても大変なものです。まさしく命がけ。ならば尚更、慎重になるというものです」

「お母様にもしものことがあったら、とお父様は考えているのね？」

「ええ。きっと姫殿下やロイ殿下がお生まれになった時も、そうだったと思いますよ」

魔術師団長の言葉に私は頷く。そうか、ぽーしょんは万能薬。もしもの時に飲ませれば、出産で命を落とす母親を減らせるかもしれないと彼女は訴えたのだ。

後で調べたのだけど、お産って本当に大変なのよね。お腹の中にいる時もとても気を使うのに、産むときはすごく苦しくて、痛い思いをするのですって！　そして産後の肥立ちが悪いと、そのまま命を落とす人もいるらしくて……その手助けをぽーしょんができるなら、悲しい思いをする人も減るし一番良い活用法かもしれない。

もちろん怪我や病気が治るのも大事だけどね！

「それなら私も協力するわ！　ぽーしょんが国中に広がれば、それで命を落とす人が減らせるかもしれないもの！」

「ポーションは飲むだけでなく、傷口にかけるだけでも効果はあります。服用と同時に傷口にもかければかなりの確率で亡くなる者は減らせるでしょうね」

「そんなにすごい薬なのね！　それなのに……どうして他の国はぽーしょんを作ろうとしないの？」

ぽーしょんのレシピをリーンは知っていると言っていた。つまりレシピ自体は門外不出というわけではなさそうなのだ。だったらもっと普及していても良いはず。

「確かに他の国でも存在を知っている人はごく少数いると思います。ですが、ラステア国では薬草の輸出を禁じているので他国では作れないのですよ。作るのにも魔力がいりますからね」

「ぽーしょん自体も輸出してないの？」

「自分でお土産程度に買って帰る分には平気です。ですが……大量には無理ですね」

「それはどうして？」

「軍事国家に渡ると大変だからです」

あっさりと言われてしまい、私は困ってしまう。軍事国家に渡るとなぜ困るのだろう？

「……ごめんなさい。魔術師団長、私にはどうして軍事国家に渡るとダメなのかわからないわ。ぽーしょんは怪我や病気が治せるだけではないの？」

そう言うと、魔術師団長はあまりこの国には縁のない話ですものねと呟く。

「そうですね……軍事国家が戦争で一番大事なのは兵力ですよね？」

「確かに兵士がいなければ、戦争はできないわ」

「では怪我をした兵士がポーションを飲んだらどうなりますか？」

「怪我が治って……戦場にすぐ復帰できる、のかしら？」

「その通りです。そうなると、ポーションを持っていない国はどうなりますか？」

「すごく、大変になると思うわ。だって相手の人数は減らないけど……自分達は怪我人が増える。そのうち疲弊して負けてしまうと思うの」

私の言葉に魔術師団長は頷く。

でも、どうせなら全部規制してしまった方が良い気がする。規制して、門外不出にしてしまえば争いの種にもならないし。他の国だって知らなければないのと同じだ。

「ねえ、魔術師団長……どうしてラステア国は全て禁止してしまわないの？　外に持ち出されて、うちの国みたいにたまたま魔力過多の畑が作れてしまったら、ぽーしょんって作れるのでしょう？」

「単純に、善意、だと思います」

「善意？」

「ポーションという万能薬の噂を聞いて、家族や恋人のためにどうしても！　と求めに来る人もいます。それに冒険者達も。魔物という恐ろしいモノを相手に戦っているのに、渡さないのは失礼でしょう？　特にあの国ではスタンピードが頻繁に起こりますから」

「そっか……だから、お土産で買えるぐらいの本数なのね」

本当に必要な人は多くは望まない。ただただ、大切な人を守るために、大切な人を生かすために、買っていくのだ。

だからこそ全て規制はしない。それが善意の心なのかな。

「まあ、ポーションを作れるのがラステア国であるというのも強みですね。あの国の人達は本当に強い。軍事国家のトラット帝国と過去に何度かぶつかってますが、その度に追い返してます」

軍事国家のトラット帝国。

ランドール先生から少し教えてもらった記憶がある。確か、ものすごく広大な領土を持っていて、周辺諸国と常に戦争状態の国じゃなかっただろうか？　常に戦争状態の国。そんな国ならぽーしょんは喉から手が出るほど欲しいかもしれない。

でもそれって不味くないだろうか？　一応、平和条約を結んでいるとはいえ、トラット帝国とファティシア王国は国境が近い。まだぽーしょんを作れるようになったわけではないけれど、もし作れるようになったら狙われてしまう？　それはとても困る！

今後五年のうちにぽーしょんを国内に広めて、疫病が流行らないようにしなければいけないのに。それにロイ兄様だって……

「……もしかして、うちの国でぽーしょんを作れるようになるのは不味いのかしら？」

「現状は、大丈夫かと。我が国とトラット帝国とは平和条約を結んでますからね。今の皇帝陛下も、どちらかと言えば温和な性格と聞いてますし。それにレシピ自体はあの国も入手済みなはずですよ」

「レシピはあっても魔力過多の畑と薬草がないと作れないものね」

「ええ、それに作る工程で魔力を注がねばなりません。あの国は王侯貴族の魔力量は多いですが、一般庶民の魔力量は少ない、というよりもない人の方が多いかもしれません」

魔術師団長の言葉に引っかかりを覚える。ぽーしょんを作るには魔力が必要。それはわかる。でも大多数の人は魔力がほとんどない。

「えーっと……つまり、ぽーしょんを作るには自分達《王侯貴族》がやらなきゃいけないってこと？」

「まあ、そうなりますかね。ですが流石にそんなことはしないでしょう」

私は貴族達が畑に出て農作業をしているところを想像してしまった。多分、彼らは一生そんなことに縁はないはず。うちの国の貴族達もだけど、畑を耕してみんなの為にぽーしょんを作りましょう！とはならないのだ。

「トラット帝国も最近は国内の安定を優先させてますからね。我が国だけならまだしも、ポーションが関わるとなればラステア国も黙ってはいないはず」

「ええ。多分そうなります。戦力的にはこちらが多くなるでしょう。ポーションもありますしね」

「そしたら二つの国を同時に相手にしなければいけない？」

「そう……でも、そうならないといいわ」

「もちろんです。ポーションは怪我や病気をした人達のためのもの。確かに最初、騎士団に卸《おろ》しては？　と言いましたが、本当は一番必要な人のところへ一番に持っていきたいのです」

その言葉に私も頷く。

「じゃあ、私は新しい畑を魔力過多にすれば良いのね！」

「ええ。お願い致します」

「あ、そうだ……その畑は今の畑の直ぐ近くに作るのかしら？」

「その予定です。あそこは昔、離宮があった場所なのですが火事で燃えてしまって、その後は手付かずだったんですよ」

「あんな場所に離宮があったの？」

「なんでも王位を退かれた陛下と正妃様が余生を過ごされてたとか」

「じゃあ、昔はきっと綺麗な場所だったのね」

「そうかもしれませんね。ですがこれからは！　薬草満載でとても綺麗になりますよ!!」

急に魔術師団長のテンションが上がってビックリしてしまう。先程までの真面目な彼女はどこへ行ってしまったのだろうか!?　まるで二人いるみたいだ。

「あ、そうだ……魔術師団長、魔力過多の畑にベリーの木を植えても良いかしら？」

「ベリーの木ですか？」

「ええ。リュージュ様がお好きなんですって。ライルが自分で世話をするから植えさせてほしいってお願いしてきたの。私の畑は薬草と他の植物が植わっているし……どうせなら新しい場所にライルのお世話する場所を作ったらどうかなって」

「あらまあ、ライル殿下も変われば変わるものですね」

「そうね。前のライルだったらきっと土いじりなんてしなかったわ」

「大変良い変化だと思います」

「王族なのに土いじりよ？」

そう言って笑うと、魔術師団長は一瞬キョトンとした表情を見せる。

「良いじゃないですか！　土いじり!!　きっと、私達が多くの人達によって生かされているのだとわかっていただけます」

「そうね。税金を納めてくれてる人達がいるから、私達は贅沢な生活ができているのだもの。多少でも理解できた方がきっと将来役に立つわ。まあ、私は好きでいじってるんだけどね」

そもそもがアリシアの話から始まっているのだ。まさかそれを正直に言うわけにもいかないが、土いじりが好きなのは本当のことだし。それでみんなが幸せになるなら良いことだと思う。

「じゃあ、日取りを決めましょう！　魔力過多の畑をたくさん作っちゃうんだから!!」

私は高らかに宣言した。

王子と王女と悪役令嬢の密談

今日は定期的に開いているアリシアとのお茶会の日だ。このお茶会にはロイ兄様もたまに参加する。それを事前に知らせてはいたけれど、アリシアは兄様が部屋に入ってきた途端、借りてきた猫のようにピタッと固まった。そしてその後ろからライルが入ってこないかと心配そうに見ている。

「こんにちはアリシア嬢。ライルなら今頃、宮でアッシュと一緒に魔力制御の特訓中だからいないよ」

にこりと笑う兄様に、アリシアはちょっとおどおどしたままカーテシーをしてみせる。アリシアはちょっと兄様の笑顔の圧が苦手みたい。

「ご、ごきげんよう。ロイ殿下……その、ありがとうございます」

「大丈夫よ、アリシア。兄様は別にアリシアのことをとって食ったりはしないわよ？」

「そ、そそそそんなこと考えてないですよ!!」

「そうなの？　じゃあ平気だよね」

そう言うと兄様はアリシアの手を取り、庭園の見えるバルコニーにエスコートする。私もユリアナにお茶の支度を頼んだ。バルコニーから見える庭園は私も手伝っていて、お気に入りの景色の一つだったりする。花の盛りは本当に見事なのだ！

「ひとまず、ぽーしょんを作るための畑の確保はできたみたい」

私は兄様とアリシアに魔術師団長からの話を伝える。

「場所はどうなるんだい？　ぽーしょん用にまた別に作るんだろう？」

「同じ場所に作るそうよ。そのまま土地を広げる許可を魔術師団長がお父様から取ったの」

流石にぶん取った、とは伝えられないが。数日前の魔術師団長の姿を思い出して少し笑ってしまった。きっとものすごーく早口でまくし立てたに違いない。

「あの場所って、そのまま使ってても良いんですか？　何か建物でもあったように思えますけど」

アリシアの言葉に頷く。そして昔、火事が起きて離宮が無くなってしまったのだと教えた。流石に火事の起きた場所にもう一度、建物を建てるのは気が引けたらしく放置されていたのだと。

「ああ、そうなんですね。立地は良さそうなのに、珍しいなあって思っていたんです」

「私もよ。門があった跡もあったし……なにか建物でもあったのかなって。そしたら何代か前の引退された王様と正妃様の離宮があった場所なんですって」

「引退されたということは、お歳だったんですね」

「いや、そうじゃなかったはずだよ」

兄様の言葉に私とアリシアは首を傾げた。普通、歳をとって王位を退くことはあっても若いうちから王位を退くことはない。亡くなった場合を除いて、だが。

「兄様はあの場所が元々どんな場所だったのか知っていたの？」

「うん。でもいわくつきの土地というわけじゃないから。火事もお二人が亡くなった後の話で、確かたまたま風通しに来ていた使用人が火の扱いを間違えてしまっただけだし。その使用人も怪我はしたけど無事だったからね」

そう言われてちょっとホッとする。いわくつきの土地なんてちょっと怖いではないか。なんと言うか、ああいったモノは実体がないから怖いのだ。だって物理攻撃ができないじゃないか！

殴ればなんとかなる分、人間の方がまだマシな気もする。

「でも……なぜ若いうちに引退されてしまったのですか？」

「そういう約束だったみたいだね」

「約束？」

「うん。引退した王には兄上がいてね、最初はその方が王位に就いていたんだけど、王位に就いてすぐ亡くなってしまったんだ。その方には産まれたばかりの子供がいて、男の子だったからその子が成人するまでの条件で弟が王位に就いた、と言うわけ」

なんだか似たような話をこの間された気がする。そう。ライルの状況ととてもよく似ているのだ。ただし、この話の兄は王位にちゃんと就いていて、その後に子供も産まれているが。

ライルの出生の秘密。

実はアリシアにはまだこの話はしていない。知っているのは騎士団長、魔術師団長、宰相様、司法長官、そしてライル本人とリュージュ様、お父様、私と兄様ぐらいだろう。

もしかしたらファーマン侯爵にはお父様から話が行っているかもしれないけど。でもなんで兄様はこんな話をしだしたのだろう？　内心で首を傾げていると、兄様がアリシアを見てニコリと笑った。

「ねえ、アリシア嬢、この話に心当たりはないかい？」

「そう。似た話を聞いたことはないかな？」

そう問いかけられ、アリシアは腕を組んでうーんと唸りだす。

「心当たり、心当たり……あ、そう言えばライル殿下のルートでチラッと同じ話があったかも」

「よし、もっとしっかり思い出そうか？」

笑顔の兄様がちょっとだけ怖い。アリシアに何を思い出させたいのだろう？

アリシアの前には以前アリシアが書いた年表のようなものが、兄様の手で置かれる。そしてニコニコと笑いながら、さあ思い出せ！　とアリシアに圧をかけているのだ。そんな兄様を見てアリシアは挙動不審になる。

「ま、待ってくださいね。私もそう記憶力の良い方ではないので!!　それと、そこまでやりこんだゲームでもなくてですね……」

話しているうちにだんだんとアリシアがしょんぼり落ち込んでくる。そんな彼女を見て、流石の兄様もちょっとだけ圧をひっこめた。

「実はね、君の書き出した話を見ていたら、この乙女ゲーム？　というものの根幹部分である謎が少ない気がしてね。だからしっかり思い出してほしいんだ」

「謎が少ないの？」

私はビックリして身を乗り出してしまう。謎が少ないって何だろう。私にしてみれば十分謎が多い気がするけれど、兄様にとってみたら違うのかしら？

「謎解きをするゲームなら、この程度で終わりのわけがないと思うんだよね。僕ならまず、最初は普通にクリアさせる。でも謎が全部明るみになっていないから、攻略者に何度もいろんなパターンのクリアを試みさせると思うんだ」

アリシアは兄様の話を聞きながらうんうん唸っているが、どうやら思い出せないようだ。でも兄様的に足りないだけで、私的には十分謎が多いと思うけどなあ。

「あの、私、隠しキャラのロイ様の部分までクリアしたんですけど、でもフルコンプした状態ではなかったんですよね。スチルが足りなかったので……」

「ふるこんぷ？」

私は聞き慣れない言葉に、話を途中で折るとはわかっていてもつい聞き返してしまう。

「あ、えっと……全ての対象を回収したり、集め終わることをコンプリートと言うんです。フルはいっぱい、とか全てって意味ですかね？」

「じゃあ全部の謎は回収してない可能性があるってことだね？」

「……はい」

「ということは、僕は隠しキャラじゃないかもしれないね」

兄様の発言にエッ⁉　とアリシアが声を上げる。

「だって、僕は隠れていない」

「で、でも……病で臥せって……」

「病で臥せった王子。だからライルを攻略しないと出会えない。ここまではいいね？」

「はい」

「ライルを攻略したら必然的に出会えるなら隠れてないよね？」

確かにそうだ。ライルを攻略した後に必ず出会えるなら隠れていない。そもそも兄様と会うためには、ライルと出会う必要がある。王城に入るために。

貴族であるなら誰でも王城に入れるわけではないからだ。王族自らが招き入れるか、高位貴族が謁見を求めて会いに来るかのどちらかになる。

ヒロインは下位貴族の女の子。しかもアカデミーに入学したばかりでは、王城には簡単に入れないだろう。デビュタントに招かれていたら別だけど……それでも勝手にお城の中をうろつくことはできない。不審人物として捕まってしまう。それでは臥せっている兄様に会うことは不可能。

なんせ私達が住む場所は小離宮。パーティーを開催する大きな部屋とは全く位置が違うのだ。

ということは——別に『隠しキャラ』という人がいるかもしれない。

「兄様はその隠しキャラという人が知りたいの？」

「そうだね。ライルに関して言えば、このまま育つのであれば大丈夫そうだ。他の子達の謎はわからないけど、今のところ悩んでいるような様子は見えない。それにもし悩みがあるなら、このまま交流を続けて行けば相談にのってあげられるだろう」

「そしたらみんなの謎ってなくなっちゃうの？」

「そうですね。シャンテ君やリーン君、ジル君のルートを詳しく覚えているわけではないですけど、彼らの悩みは謎に関わる部分でもありますし……悩みがなければ、謎もないですよね」

つまり今のままならアリシアは将来的に彼らから断罪されることはない。それは喜ぶべきことだけど、たぶんそれだけでは解決にならないのだ。

「じゃあ、つまりアリシアのその見てないというすちる？　というのが、本来の謎の部分なのかしら？」

「ゲームの根幹部分が謎解きならね。ただ謎の部分はおざなりにして攻略対象が抱えている謎？　うーん謎と言うよりは悩みだね。悩みを解決するのが主目的ならまた話は変わるけど。彼らとヒロインが仲良くなるためのイベントのようだしね」

確かに兄様の言う通り、アリシアの話す物語はどこか欠落しているのかもしれない。

ただ私には上手く理解できないけれど。兄様はそういった矛盾点を調べて、こねくりまわして、正解に辿り着くのが好きなのだ。ここら辺はお祖母様のローズベルタ家の血かもしれない。

ローズベルタ侯爵家は学者を多く輩出している家系だし。まあ、私にはそういった才能は受け継がれなかったけどね！　兄様は記憶力もいいし、勉強もとても好きだからそっち方面の好奇心は私よりも上なのだ。

「でも悩みと謎って、決定的に違いますよね？　謎解きゲームだからやっぱり謎があるものでは？」

「それは……君がやっていたゲームの話だし、僕らにはなんとも。ただ、さっきも言ったように、謎解きなら随分と雑だな、とは思う。ただヒロインの為の物語として成立させているのであれば、そこはもう作った人間の匙《さじ》加減になるんじゃないかな？」

ヒロインの為の物語。それはなんだか嫌だな。この世界はゲームの中ではない。みんなそれぞれ悩みを抱えて生きている。悩みのない人もいるかもだけど。生きている一人一人に物語があるのだ。誰か一人の為ではない、自分だけの物語が。

「ねえ、兄様。例えばゲームをやりやすいように謎を簡単にしてるだけ、とかは？」

「そうしたら、わざわざ謎解きなんて入れる必要ないんじゃないかな？　悩みを解決してあげるだけでも、当人達にとっては大事なことだと思うよ？　一人で解決できないで抱えているわけだからね」

兄様の悩みは病で臥せった状態のことだろう。いくらライルが継承一位とは言え、同じく継承権を持つ兄様が病に臥せたままでは示しがつかない。疫病が流行った国内は疲弊していることだろう。その助けとなるべく、長兄である自分が率先して動かねば……と兄様なら考えそうだ。

そんな時、聖属性持ちのヒロインが現れたら？　彼女なら兄様の病をすぐに治せるだろう。

「あれ、でも……兄様が病に臥せるのよね？」

「そうですね」

「国中に疫病が流行るでしょう？　それはもちろん、貧困層の人達から広がるわよね。でも兄様は王族だわ。神官達も大変だろうけど、兄様がずっと病の床についているのはおかしくない？」

「ああ、それもそうだね」

私の言葉にアリシアは、またうーんと唸りだす。

「あ、そうだ。確か……トラット帝国と小競り合いが起きてるんじゃなかったかな？」

「トラット帝国？　あの軍事国家の？　アリシアの領地と近かったわよね」

「はい」

トラット帝国の名前を聞いて考えこむ。将来、疫病が流行する。そうなると国力がまず落ちるわね。国力が落ちたら、トラット帝国のような国が放っておくかしら？　これ幸いに、って攻め込んできたりして？　そして国境付近で小競り合いがあれば、神官達は騎士達の治療に駆り出されるかもしれない。

元々聖属性持ちの神官は少ないのだ。そこに疫病と戦争。王族ですら後回しになるかも……

そんなことを考えていると、兄様がスッと手をあげる。すると何処にいたのか、ロビンが紙とペンを持って現れた。

「――――アリシア嬢、まだここに書いてないけど重要なことはあるんじゃないかな？」

にこり、と兄様が笑う。笑顔の圧が!!　怖いです兄様!!　思わず隣に座っていたアリシアと手を取り合ってしまう。それぐらい怖い!!

「あのね、君が将来的に生きるか死ぬかの話になるのは確かに問題なんだけど、それ以外にもこの国にとってマイナスになることは事前に知っておきたいんだよ」

「そ、それはもう、重々承知しておりますっ！」

「だからそのゲームとやらの細かい設定を覚えている限り全部書き出してほしいんだ。今後の対応を検討しなきゃいけないから」

「は、ハイッッ!!　ぜひ!!」

アリシアはロビンが用意した紙に思い出せることを全て書いている。そこには私がどこに嫁ぐ予定かも書かれていた。というか、私嫁ぐの？　お嫁にいけるの??

「私……トラット帝国に嫁ぐ、の？」

「ゲームの中では、ですけどね。その、陛下が亡くなられた場合、王太子であるライル殿下が王位に就ける年齢になるまでは代理の人が必要ですよね？　それを宰相様とリュージュ様のお二人が担うんです。でも王の不在、次期王候補はまだ未熟、更には疫病――――国力が低下しますよね？」

「ああ、その隙をトラット帝国が突いたわけか。軍事国家だからね。なんでもない時なら平和条約があるけれど、弱っている国なら数に物を言わせれば直ぐに制圧できてしまう」

「はい。そんな時に現れた聖なる乙女の存在は国民に勇気を与えるわけです」

「乙女の存在だけで国が助かるわけじゃないんだけどね。この国の聖なる乙女の元は実在した人物で、彼女を讃えて、同じ聖属性を持つ人を『聖なる乙女』や『聖なる守護者』と呼んでるにすぎないから」

そう。この国の聖なる乙女の元となった人物はただの『人』だ。

そして彼女が亡くなった後も、彼女と同じ聖属性を持った人達はたくさんの人々を助ける為にその力を奮っていく。その人達の功績を讃えて神殿が作られ、祀られているというわけだ。ある種の英雄のようなものなのかもしれない。

神殿で魔力測定をして魔力量や属性を検査するのは、聖属性持ちが密かに囲われないようにする為でもある。万民のための力を王侯貴族の私欲の為に使われてはならない。

というのが建前だ。実際には優先順位が発生してる。

昔と違って今の人達は魔力量がだいぶ少ない。優先順位の高い人から治すのは当然なのだが、その優先順位が問題だ。だって神殿から見た優先順位なのだから。

お金がなければ見てもらえない、と言うのはそういう意味だ。

「か、書きあがりましたがどうでしょう？　覚えていることは書き出してみたんですけど……」

アリシアに言われて私と兄様は紙を覗き込む。

ジルは家庭を顧みない父親に対する憎しみと、跡を継がなければいけないことへの苦悩。

シャンテは偉大な母親と比べられ、自分の魔力量や属性の少なさを悩んでいた。そして母親から寝物語で聞かされた他の国へ行きたいという憧れ。

リーンは亡くなった父親から騎士を嘱望《しょくぼう》されていたことで、母親からの期待と本当は魔術の勉強をしたいけれどできないことを悩んでいる。

ライルは母親との確執、自分が兄を退けて王位に就いて良いのかという不安。

兄様は病を患い、ずっと床に臥せていることで弟と妹に苦労をかけている罪悪感。そして疲弊する国をどうすることもできないでいるもどかしさを抱えていた。

そのどれもが『悩み』であって『謎』ではない。私と兄様はそう結論付けた。

「こうなってくると、別に謎がある気がするなあ。その見てないすちる？　とかいうのがものすごーく気になるよねえ」

「そうね」

「ううう……すみません。役立たずで。こんなことになるなら徹夜してでもフルコンプして最後まで見ておくべきでした」

「徹夜は……体に悪いわよ？」

「でもこれだけじゃ、役に立ちませんよね？」

アリシアが残念そうな顔をするが、私は首を左右に振る。

「そんなことないわよ。悩みの原因がわかって、その原因も改善できるものばかりだもの」

「そうだね。やはり、父上が生きてることが大きい。それに騎士団長も」

私達の言葉にアリシアは少しだけホッとした表情を見せた。


アリシアが帰り、バルコニーには私とロイ兄様だけになった。兄様はもう少しだけ話をしよう、と私に言ったけれどアリシアの残した紙を前に腕を組んで考え込んでいる。

謎とは言えない、悩み事が書かれた紙。全部が全部この通りではないかもしれないが、彼らの悩みを勝手に知ってしまったことはちょっとだけ罪悪感がある。たとえこの先のことを考えてのことだとしても。

ちょいちょいと紙をいじっていると、考え込んでいた兄様が顔をあげた。

「ルティア、チェスはある？」

「チェス？　あるけど……私じゃ全く相手にならないわよ？」

「ああ、チェスがしたいわけじゃないから大丈夫」

兄様がそう言うので、私はユリアナにチェスを持ってきてもらうよう頼んだ。一応、嗜《たしな》みとしてチェスは部屋に置いてあるのだ。ものすごく弱いけど。

ユリアナは直ぐにチェスを持ってきて、私と兄様の前にセットしてくれる。

白黒それぞれ六種類、十六個の駒を使って、お互いのキングを追い詰めるゲームだ。私達のゲームとはこんな感じのもの。アリシアの世界にはもっと色々なゲームがあったらしいけど。

その駒をジッと見ながら、兄様は何かを考えている。

「兄様、チェスがどうかしたの？」

「うん？　……うーん、今後のことを考えていてね」

「今後のこと？」

「そう、アリシア嬢が言ってたゲームの話。これを知っているのは彼女だけなのかなあ？　って」

「それは、どういう意味？」

兄様はキングの駒を手に取ると、カツンと一手指す。

「これは、父上。ファティシア王国の王。まさしくキングだね。で、こっちのクイーンの駒がリュージュ妃。僕達は最初、父上とリュージュ妃が反目し合っているのではなかろうかと思っていた」

「そうね。だってリュージュ様の実家のフィルタード侯爵家は王宮内の派閥としては一番大きい……だから邪魔なお父様を廃そうとしてると思った。そうでしょう？」

私の言葉に兄様は頷く。だからこそ、三番目のライルがフィルタード侯爵家のゴリ押しで継承一位になったと思っていたのだ。正妃が産んだ男子こそ王位に相応《ふさわ》しい！　って。

でも実際には違っていて、お父様は亡くなったお母様と一緒にリュージュ様と伯父様の子供であるライルを守っていた。

それこそさっきの話のように、ライルが王位に就ける年齢になるまでの繋ぎとしてお父様は王位に就いたのだろう。だからこそ、ライルが継承一位なのだ。ライルの出生の秘密を知る者からすればライルが王位に就くのが自然の流れ。

でも、フィルタード侯爵家はその事実を知らないはず。普通は婚前交渉なんてあるわけないのだから。特にリュージュ様は次期正妃として、とても厳しい教育を受けていた。淑女の中の淑女と言われていたリュージュ様がそんなことをするなんて誰も思いはしないだろう。

周りの目には正妃の産んだ男児だから継承一位になったと映ったはず。

しかもフィルタード侯爵は本来嫁がせる予定の王太子が亡くなったのに、あっさりと次の王子に嫁がせることに成功した。王家はフィルタード侯爵家を重用しているのか？　と思われるだろう。そりゃあ、王宮内の派閥もフィルタード派に傾くはずだ。事実は違ったとしても、そう見えていることがフィルタード派を増長させている。

兄様はチェスの駒を一つとると、それをジッと見つめた。

「父上が……事故に遭うはずだった件があるよね？　僕はアレをリュージュ妃が手を回したんじゃな

いかって疑ってた。だってマリアベル様が妊娠しているのも、父上の視察について行くと知っていたのもリュージュ妃ぐらいだろうし」

「それってお父様の寵愛がお母様に傾いていて、お飾りの正妃と思われているから？　えっと、こ、こけん？　に関わるって思ったってこと？」

「そう。でも父上にしたら、リュージュ妃は義姉《あね》なんだよね。だから寵愛するわけがない。それはリュージュ妃にとっても同じで、父上のことは義弟《おとうと》で、共通の秘密を守る戦友のようなものなのかもしれない」

確かに二人の関係を知ればそれが妥当だろう。お父様とリュージュ様の間にはマリアベル様と一緒にいる時のような空気？　はないのだから。

「ということは、やっぱりあれは事故？」

「いや、それもないな。だったら先駆けで戻ってくる予定だった騎士が殺されたりはしない。しかも顔を潰されてね。きっと彼らは、内通していたんだと思う」

内通――――その言葉に嫌な気分になる。

誰かが、お父様とお母様を殺そうとした。彼らは日程を逐一報告して、事故を起こすや否や先駆けで戻ると見せかけて、内通者に死んだと報告したのだろう。それを聞いて相手は、騎士達を殺した。秘密を知る者は少ない方が良い。それを実行した。

まるでとんでもないミステリーを読んでいる気分だ。ただし、ミステリーは物語の中だけで完結するが、この話は自分達で犯人を見つけない限り終わりが来ない。そしてその犯人は未だに顔を見せていないのだ。

「今、一番あやしいのはフィルタード侯爵家、これは良いね？」

「ええ」

「二番目にあやしいのは、このヒロインと呼ばれる子」

「ヒロイン？　どうして？」

「そこでアリシア嬢さ。彼女は生まれる前の記憶、と言っていたがそれを持っている。しかしその記憶を持っているのが彼女だけだと断言できないだろ？」

「可能性の問題ってこと？」

「そう。可能性がゼロではない限り、疑う余地はある。アリシア嬢の話は当たったわけだしね」

キングをお父様、クイーンをリュージュ様、そしてビショップの二つをライルとアリシアにした。

「最初からキングを取るなんて戦法あるの？」

「ないよ。流石に不可能だ。でも……人間の戦略としては有りだ。父上がいなくなり、ハウンド宰相とリュージュ妃は父上の代わりに政務にかかりきりになる。そうなると、攻略対象と呼ばれる彼らに色々と問題が浮かび上がる」

ナイトとルークの計四つの駒は攻略対象、と兄様は言う。

ポーンはそれを取り巻く人達。魔術師団長や宰相様、司法長官や、もっと他の人。

私の駒は、ない。

「兄様、でも……もしもよ？　もしも、アリシアと同じでヒロインが記憶を持っていたとするじゃない？　そしたら助けようとしないかしら？」・・・・・・

「どうかな。彼女は物語の中では正しくヒロインだ。物語と同じことが起こってくれないと、彼女はヒロインになれない」

「だから見捨てる？」

「アリシア嬢だって、一番の目的は自分が死にたくない、ってことだろ？」

そう言われると何も言い返すことはできない。確かにアリシアは怯えている。シナリオの強制力に。

でも正直に言えば、そんなものはないと思う。あるとしても先を知っているのなら無理矢理変えることはできるんじゃないかと思っている。

だってゲームは幾らでもやり直しがきくけど、私達はこの世界で生きているのだ。一度死んでしまったら、ゲームと同じようにやり直しなんてできない。

「お父様が生きていることで……良い方向に向かってると思いたいわね」

「そうだね。後はぽーしょん？　が出来上がれば疫病を治すのに有効な手立てとなるだろう。神殿だって、ぽーしょんがあるからといって仕事がなくなるわけじゃない。ぽーしょんでも対応が難しい、重篤な者は神殿を頼るだろうからね。なんせ時間が経つと欠損箇所は治せないらしいし」

「それに神殿なら魔力量の多い子を雇ってぽーしょんを作ることもできそうだもの」

魔力過多の土地を作るための魔術式は確立しているし、花師達にお願いをすれば増やせるはず。魔力のない人達だって、植えたり収穫したりはできる。それを神官達がぽーしょんにすればいいのだ。

もしかしたら普通に売るぽーしょんよりも神殿が売るぽーしょんの方がありがたがられるかもしれない。ぽーしょんを国中に広げるなら一番手っ取り早い手段だろう。

まあ、作れたら、の話だけど！　まだ作れていないから広げようがないけど!!

目標は大きくしておかないとねっ!!

「あ、そうだ。ぽーしょんと言えば、ラステアとトラットが昔それで争ったことがあるって魔術師団長に教えてもらったわ。この国で作れるようになったら、狙われたりしないかなってそこだけが心配」

「トラット帝国か……アリシア嬢の話の上ではルティアが嫁ぐ予定の国だよね」

「そうね。アリシアの話からするなら私は人質として嫁ぐんだろうけど」

「そうなるだろうね。書かれてはいないけど、その辺が僕やライルの悩み、なのかな？　もしかしたらライルはリュージュ妃が父上を亡き者にした、と考えてる可能性もあるけど」

そう考えると、お父様が死んでいたら沢山の人の運命が変わっていたことになる。兄様やアリシア、ライル、ジル、シャンテ、リーン、リュージュ様に他の人達も。みんな、みんな……悪い方向へ向かって行くのだ。たった一人の死。それが重大な起点となっている。

私はポーンの駒をぐりぐりといじりながら考える。

アリシアは私のことをモブ王女だと言った。モブは端役。いてもいなくても良い、さほど重要ではない役。でも、今の私には一つの属性が加わっている。もしかしたらそれは盤上の駒をひっくり返せたりしないだろうか？

「……兄様、私、兄様に一つだけ言っていないことがあるの」

「それは、父上に口止めされていること？」

「そうよ！　どうしてわかるの？」

なぜわかったのだろうかと兄様の顔を覗き込む。すると、兄様は私の頬を軽く摘んだ。

「僕が何年、君の兄をやっていると思っているんだい？」

「……私、そんなに顔に出やすい？」

「何となく隠し事があるんだろうなあとは思っていたよ。いつもだったら僕に真っ先に教えてくれるからね。それがない。つまり誰かに口止めされている。ルティアに口止めできる人は限られるからね」

侍女達や庭師達のような使用人ではそんなことは言えない。ライルでもない。リュージュ妃とは交流がそもそもない。マリアベル様も……多分違う。

そうなると最後に残るのは父上だ、と兄様は私に語る。

「すごいわ！　その通りよ。お父様に口止めされていたの」

「なら父上が僕に言っても良いと言うまでは黙っているんだ」

「どうして？」

「アリシア嬢のシナリオの強制力、かな……」

「そんなのないわよ。だってお父様は生きているもの」

「今はね」

兄様はそう言うと、盤上のキングの駒を倒した。お父様の、駒。

「疫病が流行る年までは、油断はできない。いや、そもそも断罪される時までに亡くなっていたら、結局は同じことだろ？　誰が王位に就けるのかもわからない」

「でも、ぽーしょんは？　ぽーしょんができれば……」

「そのぽーしょんを国中に広めるには、僕らの力では到底足りない」

そうだ。お父様が国中に広める許可をくれて初めて広められる。お父様が亡くなったら、宰相様とリュージュ様の許可がいるだろう。でも疫病が流行り、国力が低下し始めた時にトラット帝国がちょっかいをかけてきたら？　絶対にそれどころではなくなる。

魔術師団長はトラット帝国がぽーしょん欲しさに、ラステア国に戦争を何度も仕掛けていると教えてくれた。つまりは私達が病を治すために作ったぽーしょんは、戦争の道具になる可能性だってある。それは、なんだかすごく嫌だ。

「ぽーしょんを早く、実用化できるようにしないといけないな」

「でも戦争の道具になるかもしれないわ……万能薬ですもの」

「うん。でもね、それがあれば、トラット帝国も下手に干渉できないはずだ。ラステア国もトラット帝国がぽーしょんを手に入れるのは嫌がるだろうからね」

「そうだといいな。でもその為にはラステア国とも交流しないと……あ、そうだわ……今からヒロインを探すのは無理なのかしら？」

「ヒロインを？」

「そう。ヒロインがアリシアと同じかどうか調べてみれば良いんじゃない？」

そう言うと兄様はうーん……と悩みだす。良い案だと思うのだが、ダメなのだろうか？

「そもそも論なんだけど……」

「なあに？」

「ヒロインは誰を攻略する気なんだろう？」

「え？」

「だって攻略対象は僕らと隠しキャラを入れて最低でも六人はいるよね？　ハーレムルート？　とかいうのがあるって言ってたけど、この国じゃ現実的じゃない。いくら聖属性を持っていてもね」

「それは……彼女が聖属性の力を使って、国を助けるならありなんじゃない？」

「ないよ。だって、みんな女性の好みは違うはずだ。それにまるで王になったかのようじゃないか」

そう言われれば確かにそうかも、と私は考える。この国の王は一夫多妻が認められている。ヒロインがハーレムルートを望んだら一妻多夫になるわけで……王でもないのにそんなことできるわけがない。それに女王でそんなことをした人もいなかったはず。

「普通なら、ふしだらな女性になるわよね……いくら聖属性持ちでも」

「聖なる乙女の候補であるなら尚更だね」

「でも、ヒロインを事前に探し出しておけば対策が取れないかしら？」

「男爵家の令嬢で……ピンク色の髪に、ピンク色の瞳……珍しい色だから候補は何人かに絞れそうではあるけど、もしもヒロインがアリシア嬢と同じなら、僕なら髪の色を染めてしまうだろうなあ」

「どうして？」

「アリシア嬢がライルの婚約者になった。しかも予定よりも早く。もしかしたら……って疑うだろ？」

つまり、自分が幸せになるためにヒロインを害そうとする、ということだろうか？　確かに最初からヒロインがいなければ、アリシアは断罪されることはなく正妃の座に収まるだろう。

「そうね。確かにそうかも……」

「それに僕達がピンク色の髪と瞳の子を探してるって、下手に噂が広がるのも不味い」

「アリシアとグルって思われるってこと？」

「うん。まあ父上が亡くなってないのはおかしいな、と思うかもしれないけどね。そこは多少齟齬《そご》が生じたんだと都合よく解釈してくれたら良いなって」

「まあ、本人を知らないんだもの。そう思う以外できないわね」

私は目の前の盤上から倒れているキングを起こす。私達にできることは本当に少ない。悲しくなるほどに。

「お父様には白髪のおじい様になるまで頑張ってもらわなきゃ！」

「そうだね」

兄様は私の言葉に小さく頷いた。

第一王子の憂鬱（ロイ視点）

ルティアやアリシア嬢とのお茶会を終えて、僕は自分の宮に戻る。宮に戻ると、一緒に過ごしているライルがアッシュと他の侍従や侍女達と一緒に僕を出迎えてくれた。

「お帰りなさい、兄上」

「お帰りなさいませ、ロイ様」

「ただいま、二人とも。今日の成果はどうかな？」

そう問いかけると、ライルはアッシュに作ってもらった石十個中三個は壊さずにできるようになったと教えてくれる。前は全部壊していたので、なかなか順調な滑りだしだ。

これなら近いうちにちゃんと魔力を制御できるようになるだろう。

「ライルはよく頑張ってるね。そのうち僕が魔法石を作る必要も無くなってしまうかな？」

「早くそうなると良いんですけど……まだ上手くはできないので、もう少し待ってください」

「いいよ。僕の練習にもなるからね。それにルティアと一緒に魔術の勉強も始めただろ？　カーバニル先生は厳しいけど、教え方が上手い方だと聞いているからきっと直ぐに上達するさ」

そう言うとライルは嬉しそうに笑って頷いた。

彼の頭を優しく撫でてから、一緒に夕飯を食べる。その日あったことを話しながら食べるので、ライルの日常にはだいぶ詳しくなった。

もちろん侍従長からの報告もちゃんと確認している。

その中で思うのは、ライルは育った環境が問題だったのだということ。あのまま、母上が亡くならなければライルは僕達と一緒に育っていた。そうすればあんなことは起こさず、もっと早くに今の状態になっていたのに。それだけが残念でならない。だって兄妹でいがみ合うなんて……

食事が終わり、部屋に戻る。ライルはまだ特訓するのだ！　と楽しそうに話していたから、アッシュがちゃんと面倒を見てくれるだろう。ライルとアッシュの相性が良さそうで安心する。

話をちゃんと聞いてもらえるだけでライルはあんなにも落ち着いた。アリシア嬢の話す、思慮深い、素敵な王子というのもあながち嘘ではなさそうだ。今のままなら、そうなれる要素がある。

「ロビン、チェスの用意をしてくれるかい？」

「もうできてますよ」

その言葉に僕は、小さく息を吐く。さすが僕の従者は察しが良くて助かる。

「ロビンも前に座って。君の意見も聞きたいんだ」

「ええ、構いませんよ」

そう言うとロビンは僕の前の席に腰を下ろす。

ルティアやアリシア嬢は気がついていなかったが、最初からロビンはすぐ側でずっと僕らの話を聞いていた。それがロビンの役割であり、母上からロビンが頼まれたことだからだ。

実を言うと、僕は普通の人に比べるとかなり記憶力が良い。物心ついた、と言うよりはルティアが生まれる前後の記憶から覚えている。普通ではありえないのだろうけど、この秘密を知っている母上からは「あなたはローズベルタの血が濃いのね」と言われた。

どうやらローズベルタ侯爵家では僕のような特異な才能を持った者が生まれるらしい。

僕の場合は記憶力。

ただ問題は、たとえ一度読んだ本が直ぐに覚えられたとしても、直ぐに使えるわけじゃないってこと。経験してないことは幾ら頭の中に情報として入っていても使うことはできない。魔術式だって魔力を形成して使っているわけで、術式だけじゃ発動してくれない。

本当にただ記憶力が良いってだけだ。自分のものにするにはそれなりに訓練を重ねなければならない。探し物をする時とかは便利なんだけどね。

「ねえ、ロビンはライルが僕達と一緒に育っていた時のこと……覚えている？」

「それって六～七年ぐらい前でしたっけ？　うーん……俺も七～八歳の可愛い盛りでしたからねえ。ちっこいのが転がってるとしか……」

「まあ、そんなものだよね」

「ロイ様は覚えているんでしょう？」

「うん。母上がライルの乳母代わりをしていたのを覚えている。あの時はどうしてそんなことするんだろうって不思議だったけど」

「普通は別に乳母を用意するもんですからね」

「そう。普通はね」

カツン、と盤上のクイーンを前に動かす。これはリュージュ妃。彼女のことはたまに僕らのもとを訪ねてくる人、という認識だった。

そしてライルの母親であると。母上とリュージュ妃の仲は良好で、安心して預けられる人だったからこそリュージュ妃は母上を乳母の代わりにしたんだと思う。

ちょうど、ルティアと差もないことだし。

僕は元々、ライルが僕らと兄弟ではないと気づいていた。それは父上の態度が母上とリュージュ妃とでかなり違ったからだ。母上が亡くなった後、父上を支えたのは確かにリュージュ妃なのに一貫して態度が変わらなかった。

理由を聞けばなるほど、となるんだけど……

「僕はね、母上も……殺されたんじゃないか、ってずっと思っている」

「――――可能性、の話ですか？」

「いや、確実にそうするだろうなって話」

たとえ子供がいても、正妃として表に立っていても、フィルタード侯爵家にはリュージュ妃がお飾りの正妃になるとわかっていただろう。なんせ父上は、母上と一緒になりたくて王家を出た身だったし。母上は邪魔だ、と思われてもおかしくないのだ。

それにリュージュ妃がフィラスタ伯父上を深く愛していたことも関係している。義務として王子は産んだ。ならばそれ以降は、と母上にその座を明け渡す可能性を危惧したのだ。

「カロティナ様は……めちゃくちゃ元気な方でしたからね。風邪すら引いたことがない、健康優良児だったって母から聞いてます」

「そうなんだよね。妊娠中でも森に行って自分で魔物を狩って、魔石を手に入れてくる人だから」

魔石、とは良質な宝石の代わりとなる石のこと。

魔物の核のようなものだ。同じ魔術式を入れても、宝石よりも魔石の方が頑丈で壊れにくい。ただし、入手するのが大変なので宝石よりも値段はする。

魔物を狩れば取れるのだし！　と自分で採りに行くような人が果たして衰弱して死ぬだろうか？

産後の肥立ちが悪かったんだろうと医者は言っていたらしいが、ルティアを産んでから三年だ。いや、正確には体調を崩し始めたのは死ぬ一年前から。

そして亡くなり方が伯父上とよく似ている。ゆっくりと、衰弱して死ぬなんて……それを疑うな、と言う方が難しい。

「フィルタード侯爵家が、王家に成り代わろうとしていると思う？」

「可能性は、あるでしょうね。でなけりゃ、フィラスタ様も生きてたでしょうし」

「そうだよね。伯父上は体こそ弱かったが革新的な考えをする方だった」

「今ある草案も大体がフィラスタ様発案のものですしね。それをゆっくりとではありますが、陛下が形にしようとしている」

ロビンがカツン、と駒を動かした。

フィルタード侯爵家。

この国を作る時に、一緒に作った始まりの家の一つ。

「権力って、欲しいものかな？」

「普通は欲しいでしょうね」

「即物的ってこと？」

「いや、疑問……だったんじゃないっすか？」

「一緒に国を作ったのに、片方は王で片方が臣下なことが？」

「ええ。本当なら、そこにいたのは自分だったかもしれない、って夢見てしまったんでしょうねえ」

人間の欲は際限が無い。

今までは戦争があったり、自らの土地を安定させることに尽力したりしてそんなことを考える暇はなかったのだろう。でも平和な時代が長く続き、ふと、どうしてそこにいるのは自分ではなかったのだろう？　と考えてしまった、ということか？

「リュージュ妃が、僕らを後宮から離宮に移したのは守る為だった、と言っていたけど……彼女も疑っていたのかな？」

「可能性は高いですねえ。きっとフィラスタ様の死も疑っているのでしょう」

「リュージュ妃は向こうに取り込まれないと考えても良い？」

「ライル様が、不慮の死を遂げない限りは」

カツン、とまた駒が動く。

そう。多分、リュージュ妃の今の生きがいはライルの成長。

今までうまく向き合えてこられなかったのは、リュージュ妃がフィルタード侯爵家でそういう風に扱われていたから。人間は自分の経験のないことに疎い。それを母上が補い、ゆっくりと教えていくつもりだったのだ。それが母上の死でダメになった。

「彼らは的確に、刈り取ってるね」

「そうですね。王家にとって必要な人物を消している気がします」

先代の王であるお祖父様の死は、病気だったと聞いている。体調が優れないのを隠して政務を行なっていたせいで、気がついた時には手遅れだったと。お祖父様の死は判断が難しい。

けれど伯父上の死は、故意である可能性が高い。母上の死も。

王家にとって必要な『人』

上手く回っていた歯車が、その人が欠けたことにより不調をきたす。

「――――ロビン」

「何です?」

「ルティアの従者も早めに決めてほしい、ってお祖父様に連絡を入れてくれないか?」

「姫さんの……ですか?」

「僕にはロビンが、ライルにはアッシュがいる。でもルティアにはユリアナだけだ。ユリアナは確かに強いけど、一人だけでは心許ない」

「次は……姫さんだと?」

「それこそ、可能性の問題だよ」

母上が抜けた穴をルティアが代わりに埋めようとしている。その歯車はとても上手く回り、きっと良い方向に転がるだろう。なんせあのルティアだ。母上そっくりの性格の、我が道を行く子だからこそ、僕らにはできないことをしてしまう可能性がある。

そしてそれはルティアが僕に内緒にしていることにも関係があるかもしれない。そうなるとユリアナや宮の人間だけでは人手が足りない。ルティアを絶対に守れる者が必要なのだ。

「旦那様には至急でお願いしておきます。一応、姫さんの宮の侍女達はうちの人間に入れ替えましたけど、それでも女だけじゃ安全とは言い難い」

「ルティアの宮の近衛は気の良い者が多いけど、フィルタード派ではないと言い切れないからね。近衛にももう少し潜り込ませてもらいたいなあ」

「そうっすねぇ。何だかんだ、宮の侍女に近づく愚か者もいるみたいですし？　強化できるところは強化したいですよね。もうちょい旦那様が欲出してくれたらなあ」

カツン、とまた駒が動く。

「お祖父様はカタージュを守ることに誇りを持っているからね。確かにもう少し欲を出してくれても良いとは思うけど」

「まあ、良いことなんでしょうけどねぇ」

カツン、とまた一手、駒が移動する。

「一進一退、いや……手の内がわからない分、こちらが少し不利かな？」

「調べてはいますが、フィルタード侯爵はなかなかどうして……尻尾は出しませんからね。それにリユージュ妃の兄も食わせもんです」

「そう簡単にわかっていたら、父上が手を打ってるよ。多分ね」

「そうですね。あ、そうだ。探しておきます？」

「例の子？」

「ええ、確かに姫さんが言った通り、事前に情報があるのと無いのとでは雲泥の差がある」

「まあ、ね……」

チェスの駒を動かしながら、考えを巡らせる。

本当に生まれる前の記憶を持ち合わせているのはアリシア嬢だけだろうか？

可能性の話だけで言うのであればゼロではない。ヒロインと呼ばれる子も持っているのでは？

そして、もしも記憶を持っているのなら話の通りに育つとは限らない。

アリシア嬢の話に出てくるヒロインは、明るく朗らかで、それでいて自分の役割を理解していない子だ。聖属性、それがあったがためにアカデミーに来てしまった子。

記憶があったなら、最低でも二パターンに分かれるはず。

一つは自分はライルと一緒になれるのだから、と尊大になるパターン。もう一つは、アリシア嬢と同じで設定上のヒロインを踏襲しないパターンだ。

前者は扱いやすいから良い。ライルがもう少し大きくなって、きちんと考えて行動できるようになったらこちらに引き込んでしまえば、おかしなことにはならない。

後者の場合、ヒロインが本来のヒロインを踏襲しないとしても、しっかりとした常識のある子に育っていたのなら問題はない。ライルとアリシア嬢は婚約している訳ではないし、本当に好きあっているのであればちゃんとした手順を取るだろう。というか取らせる。

だが、ヒロインがライルのルートを選ばなかった場合。

僕やジル、シャンテ、リーンの誰かであれば対策も練れるが……六人目だった場合が困る。

アリシア嬢は六人目を知らない。

学園生活が始まればわかるかもしれないが、そんな悠長なことは言っていられないのだ。敵に回るか、味方になるか、その見極めをするのにライルやルティアでは力不足だろう。

なんだかんだ言ってあの二人はよく似ている。素直な所が特に。素直とは裏を返せば騙されやすいとも取れる。ルティアは、本能的に回避できるだろうけどまだライルはわからない。

カツン、と駒が動く。

「チェックメイト」

「え？　あ……」

「ダメですよ。考え事しながらやってちゃあ」

「そうは言うけど、僕今までロビンに勝てたことないよ？」

「ふふーん。これだけはそう簡単に勝ちを譲れませんね」

ロビンはニヤリと笑うと、駒をもう一度最初の状態に戻す。

「もう一局、やりますか？」

「……やる」

「熟考しすぎも良くない。たまには姫さんみたくドーン、バーンとやってみちゃあどうですか？」

「それ最初から負けるって……」

「木を隠すなら森、ですよ。陛下だって同じことしてるでしょう？」

父上が、魔術師団長に魔力過多の土地を広げる許可を出したことを言っているのだろう。

それはそうだけど、僕はルティアほど大胆な行動は取れない。

せめて、そう。せめて側で見守ってやるぐらいしかできないのだ。

魔術師団長の悲喜こもごも

アリシアとのお茶会から二日経った。今日は朝からライルと一緒に、ロックウェル魔術師団長と合流して魔力過多の畑を作ることになっている。

さっき見かけたライルは、自分で発注したベリーの苗木を抱えて嬉しそうにしていた。ちゃんとベルにも自分で面倒を見るから教えてほしい、と頭を下げに行ったと聞いている。大きな進歩だ。

わからないこともまだまだたくさんあるけれど、今は前に比べればかなり良い方向に向かっているはず。前まではライルとこんな風に土いじりができるなんて想像すらしなかったわけだし。

「そう言えば……ロックウェル魔術師団長が制服を着てるの初めて見たわ」

私と一緒の馬車に乗った魔術師団長は、いつもの姿とは違い、カーバニル先生が着ている制服と色違いのものを着ていた。

先生の制服のメインカラーは紫系だが、魔術師団長の着ている制服は紺系で、それ以外はローブをとめる金具部分が少し違うように見える。先生よりは金具部分がちょっと豪華な感じだ。

普段の魔術師団長は汚れてもいいように、庶民の人達が着るような簡易な服と、その上に白衣を着ている。だから尚更珍しい。私がジッと魔術師団長の制服を見ていると、それに気がついた彼女が苦笑いを浮かべる。

「あー実はこの後、魔術師団に顔を出さなければいけませんの」

とても残念な表情に私は心配になってしまう。

師団長クラスの人はとても忙しい。リーン達から話を聞いていると、騎士団長もなかなか家に帰れないくらい忙しいと聞いている。

「魔術師団長、もしかして急なお仕事が入ったの？　それならベルと私達だけでも大丈夫よ？　師団長のお仕事はとても忙しいのでしょう？」

そう言うと、彼女はさあぁっと絶望した表情になり、私の手をぎゅうっと握る。それはもう痛いぐらいに！

「姫殿下、そんな殺生なことを言わないでくださいいいいい!!　私、今日をとても楽しみにしてたんですぅぅぅぅ！！！」

「そ、そう……？」

「魔力過多の畑ですよ!?　実は花師達が人工的に作っていたなんて、そんなことも知らずに私は長年生きてきたんです!!　それが!!　今日！　目の前で見られるのです!!　これを楽しみにここ数日生きてきたんですからっっ!!」

この間、畑を元に戻した時の魔術式の方が凄かった気がするけど……魔術師団長にとってみれば、簡単な水と土の魔術式で魔力過多の畑が作れちゃう方が重要なのかもしれない。人の価値観は人それぞれですよ、と前にユリアナも言っていたのでそう思うことにする。

それだけ魔術師団長は魔力過多の畑が好きなのだ。うん。

「そ、そう言えば……ライルの植えるベリーの他にも果樹を植えても良いって本当？」

そう言って無理矢理話題を変える。そうでなければ延々と魔力過多の畑のことについて語りだしそうだからだ。マリアベル様にも、お父様が「ものすごーく懇切丁寧に説明されたよ」と疲れた表情で仰っていた、と聞いているし。話しだしたらきっと畑に着いてからも絶対に止まらない。そんな確信がある。

ちなみにライルは今日別の馬車に乗っている。ベリーの苗木を畑に植える少しの間、小離宮で世話をしていた為だ。ライルとアッシュが乗っている馬車の半分はベリーの苗木で埋まっている。

でも不満は一切言わなかった。逆に、揺れないようにゆっくり行ってほしいと馭者に頼んでいたくらいだ。だからもう少し増やせるなら増やしてあげたいな、と思う。ベリー以外にもリュージュ様のお好きな果樹を植えれば、それをきっかけに会話ももっと増えるだろう。

もしかしたら、リュージュ様も畑を見に行きたいと仰るかもしれない。ライルの育てた果樹を見て、どんな反応をしてくれるかちょっと楽しみになってきた。

「魔力過多の畑で育てた作物は、体に害を及ぼすことはまずないでしょう。ですがその他の影響を確認してみたいのです」

魔術師団長の言葉になるほど、と頷く。確かに他に影響があるなら調べなければいけない。そうしないと流通させることだってできないもの。

「じゃあ、たくさん植えないといけないわね？」

「是非とも！　色んなサンプルをお願いします!!」

こういうところを見ると、魔術師団長は研究者なのだなあと感じる。

魔術師団は魔術式研究機関と違って、騎士団の騎士達と一緒に魔物討伐にも向かうことがある危険な職業だ。それなのに彼女は魔術師団長をやっている。

研究もできて、魔物とも戦えるなんてとても凄いことだ。

馬車が止まり、駁者からつきましたよ、と声をかけられる。

扉が開いて、中から出ると何故か畑の側にカーバニル先生が仁王立ちしていた。そして先生の後ろには魔術師団長と同じ色の制服を着た人達がいる。ズラリと並んでいる姿はなんだかちょっと怖い。

「カーバニル先生、ごきげんよう。今日は授業の日じゃない、わよ……ね？」

一瞬間違えてしまったかと確認をしてしまう。先生はいつも通りのにこやかな笑顔を浮かべて、「大丈夫よぉ」と手をひらひらさせながら言うからちょっとだけホッとした。そうか間違いじゃないのか。それならなんで？　と思っていたら、魔術師団長が馬車から降りた瞬間、その顔が鬼の形相に変わった。

「みーつーけーたーわーよー。アマンダっっ!!」

「ヒッ!!」

先生の怒声が畑中に響く。少し遅れて到着したライルはベリーの苗木を抱えながら何事かと私に聞いてきた。私はライル達と一緒に魔術師団長達から少し距離をとる。

「どうしたんだ？」

「わ、わからないわ。何だか魔術師団長が先生に怒られてるみたい」

「怒られ……？　いや、でも今日の予定は元々ちゃんと立ててたんだよな？」

「そうよ。魔術師団長と予定を合わせてるんだけど……でも、ほら、制服を着ているからいつもとちょっと違うなって。一応確認したんだけど、終わってから魔術師団に寄るって言ってたわ」

コソコソと二人で話していると、ベルに連れられてジル、シャンテ、リーンがやって来た。彼らと

約束した覚えはないが、ライルが呼んだのだろうか？

ライルを見ると、俺じゃない、と首を左右に振る。珍しいこともあるものだな？　と思っていると、シャンテが代表して私達に話しかけてきた。

「ライル殿下、ルティア姫殿下、おはようございます」

「おはよう。今日は、約束があったかしら？」

「いいえ、先ぶれも出さずに急な訪問をしてしまい申し訳ありません」

「ああ、それならいいの。予定を間違えたかしら？　とちょっと不安になっただけだから。それと、魔術師団長はどうしたの？　先生にとても怒られているのだけど」

そう問いかけると、シャンテは少し視線を外して深いため息を吐く。なんだかとても疲れているようにも見えた。

「――――逃げたんです」

「逃げた？」

「仕事から、逃げたんです」

「仕事から……逃げる？」

「簡単に言うとサボリですよ。サボリ」

リーンが笑いながらそう答える。それは笑いごとではないのではなかろうか？

え、いや。仕事を片してきているのではないの!?　大事な仕事を放りだしてまでここに来ていたの!?　私もしかしたらものすごく忙しい魔術師団長に無理を言ってしまったのかしら??

「あの、私……数日前に魔術師団長とお話しして、日程を決めたんだけど、ダメだったのかしら？」

「いえ、姫殿下のせいではありません。単純に母が！　仕事を溜め込んだだけです!!」

ジルに落ち着け、と背中を叩かれると、シャンテは両手で顔を覆ってしまった。きっと魔術師団の人達が魔術師団長を捕獲しにシャンテの家に行った時には、既に王宮に行った後だったのだろう。

そして事情を聞いたシャンテは、確実に畑に現れると踏んで待っていたのだ。

魔術師団の人達と一緒に……

ジルとリーンはそれに付き合ったのだろう。

「あら、でもどうしてカーバニル先生も一緒なの？　確か接触禁止令がどうとか言っていなかった？」

「ああ、最近解かれたみたいです。姫殿下の様子を確認するのにどうしても話す必要があるからと」

「私？」

「今のところ、魔力過多の畑を沢山作れる方は姫殿下くらいですからね」

姫殿下は母の研究対象なんですよ、と言われちょっとだけ複雑な気持ちになった。まあ、うん。魔力量があって、ある程度、時間に融通がきくのは私ぐらいなのはわかるんだけどね。

そうか。研究対象なのか……まるで籠の中に入れてじっくりと観察されている気分だ。

「いやよおおおおおおっっっ！！！！」

突如魔術師団長の悲痛な叫び声が畑中に響きわたる。

私達は驚いて魔術師団長と先生のいる方へ視線を向けると、二人の言い争いが激しさを増していくではないか!!　止めなくていいのだろうか？　とオロオロしていると、シャンテが静かに首を振る。

私の心配をよそに、大きな声で言い争っている二人。しかも内容がしょうもない。

「嫌じゃないわよ！　アンタは自分の責任を果たしなさい!!　魔術師団長様なんだからね!!」

「そう言って私の代わりに姫殿下が魔力過多の畑を作るところを見るつもりなんでしょう!!!!　そうなんでしょう⁉⁉　私だって見たい!!　みーたーいーの!!!!」

「とーぜんでしょうっ!!　姫殿下はアタシの生徒。生徒が実験をするところを見守るのも先生の役目！！！　アンタが書類仕事に忙殺されている間に、アタシは？　先生として？　隅々までじっくりと見させてもらうわ!!」

「アンタいっつもそうやって私の代わりに美味しいところ持っていくんだもの!!　私だって姫殿下の先生になりたかった!!!!　どうして私じゃダメなのよぉぉぉぉ!!!!」

「日頃の行いの違いじゃなぁーい？　そうやっていつまでも吠えてなさい！　アンタは仕事！　アタシがアンタの代わりに見ててあげるわ!!」

おーほっほっほっほっほっ!!　と顔に斜めに手を添えて先生が高笑いをする。魔術師団長はローブの端を噛み締めてキーッ！　と悔しそうに先生を睨む。

その周りにいる魔術師団の人と思しき人達は、逃げられてなるものかとジリジリと魔術師団長を囲む輪を狭めていく。

「……二人の間で取り合いになってるんでしょうけど、珍獣扱いされている気分にしかならないわ」

「俺も、アレじゃ羨ましくはないな」

ライルに憐れみの視線を向けられ、アッシュはライルの後ろにしゃがみ込みお腹を抱えて笑っている。ジルは視線をずらし、リーンからは生温かい目で見られ、シャンテに至っては顔を両手で覆って耳まで赤くなっていた。そして小さな声で「母がすみません」と謝ってくる。

「いいのよ。シャンテが悪いわけじゃないもの。みんな……研究熱心なだけよ」

「そうだな。うん。本人も気にして、ない？　みたいだし……そんなに落ち込むなよ」

ライルは私に視線を寄越して確認してからそう言うと、シャンテはまた「すみません」と小さな声で謝った。そうみんな研究熱心なのだ。だって魔術師団に魔術式研究機関の研究員だもの。新しいものや、既存のものでも違う視点を見つけたのなら詳しく調べたくなるものだろうし。

「どうしようか？　魔術師団長は見たいけど、仕事があるのよね？　仕事をサボるのは不味いけど、このまま引き下がるとも思えないし。仕事中にまた抜け出されても周りの人が困るわよね？」

どうしようか考えていると、ベルが私に体調に問題はないかと聞いてきた。

「ないわよ。すごく元気。今日も楽しみで早く目が覚めてしまったぐらいだもの！」

「なら、直ぐに見せて差し上げれば良いかもしれませんね」

「魔力過多の畑を作るところを？」

「そうです。それなら魔術師団長も納得されてお仕事に戻られるのではないでしょうか？」

「そっか。そうよね。あ、でも前回よりも使って良い土地は広いの。それって時間がかからない？」

お父様は近くにある森の手前まで全部使ってしまっていいよ、と魔術師団長に許可を出したのだ。つまり旧離宮だった場所のおよそ半分。その広さは私の畑の四～五倍はある。

「前回はアリシア様と二人で、魔術式だけを使って作られましたよね？　でも今回は良質な魔法石を準備していただけると聞いていているのできっと一瞬ですよ」

「そういえば魔法石が良くなると、魔力量が少なくても同じ効果が得られるものね」

「そうですね。ひとまず、サクッと畑を作って植えてしまいましょう。せっかくのベリーの苗木が可哀想です」

そこで魔術師団長が可哀想だと言わないところが花師なのかもしれない。ライルが大事そうに抱えている苗木を見て、よく世話をされてますねとライルを褒めている。ベルにとってみれば、不毛な言い争いを続けている大人二人よりも、ライルが大事に育てている苗木の方が大事なのだ。

「魔法石は魔術師団長が持っているから、私が行ってくるわ」

「あ、ああ。なんか悪いな」

「ううん。私も早く植えたいもの」

そう言って笑うと魔術師団長は私を見ると「姫殿下あああ!!」と泣きついてきた。泣きつかれても仕事がなくなるわけではないので非常に困る。

「魔術師団長、お仕事をサボってはダメだと思うの」

「で、ですけどね? 終わったらいくつもりだったんですよ?」

「アンタそう言って居座るでしょっ!」

アタシにはわかるのよ! と先生が怒った。確かに、植えるところまで見ていきそうな気はする。そしてズルズルと居座って、最後まで手伝っていきそうだ。チラリと周りの魔術師の人達を見るとみんな目に涙を浮かべて「断って!」と表情に出ていた。

お仕事、大変なんだな……これはやっぱりそうそうに魔術師団長に仕事に戻ってもらわないといけない。私は魔術師団長に、前回と違って今回は魔法石を使って作るから、魔力過多の畑は直ぐできるんじゃないかと教える。すると私に追いすがっていた魔術師団長はパッと顔を上げた。

「カーバニル先生、多分、ここで言い合いをしているよりも先に作ってしまった方が早いと思うの」

「まあ、それは……そうなんだけどねえ」

「魔術師団長、見終わったらちゃんとお仕事に戻るわよね？」

「ええ、ええ！　もちろんです!!」

「というわけだから、少しだけ待ってもらえて？」

魔術師の人達には申し訳ないけれど、一度見れば大人しくなると思うのだ。すると皆は泣きそうな顔で両手を顔の前に組むと「お願いします！」と言ってきたのだった。

心なしか一緒にいる魔術師の人達のテンションも高い気がするが、きっと気のせいだろう。そして魔術師団長は畑を作る用の魔法石を私の手に置く。

前回畑を直すのに使った石と同等か、それよりも良い石な気がする。こんな良い魔法石を使って本当に大丈夫なのだろうか？

おっかなびっくりしながら、私はベル指導の下、畑にする予定の土地にしゃがみ込む。そして目を閉じると手の中の魔法石に集中した。スッと自分の中から魔力が抜けていく感覚。

でもまだ、まだ大丈夫。もっといける。

もっと早く、もっと隅々まで、魔力を行き渡らせなければ────!!

「姫殿下！　も、もう大丈夫です!!」

慌てた声のベルに止められて、魔法石に魔力を入れるのを止めた。

辺りを見回せばなんだか土がキラキラと光って見える。

「えーっと……成功した？」

念のため、ベルに確認する。彼は何度も何度も頷き、さらに私の体調を気遣ってくれた。

「姫殿下、お体に何か違和感はありませんか⁉」

「ないわ！　むしろもっとやっても平気だと思う」

大丈夫よ、と言って立ち上がり手の中の魔法石を確認した。うん。壊れてないわね。壊れていたら弁償できないもの！　内心で拳を握りながら私は安堵する。それから魔術師団長とカーバニル先生を見ると二人ともポカンとして口を開けていた。一緒にいた魔術師の人達も。

「私、何かおかしなことした？」

「いえ……その、魔力過多の畑が過多すぎると言いますか……」

「魔力過多の畑がさらに魔力過多ってこと？」

「ええ。隣り合ってた元の畑まで巻き込むほどの魔力量だったので、畑が光って見えますね……」

「あ、やっぱりこれは私の目がおかしいわけじゃないのね？」

キラキラと土が光り輝いて、何だか土ではないみたいだ。魔法石をポケットに入れてから、私は土を手で掬《すく》ってみる。ふわっふわでしっとりとした柔らかい土。

こんな土ならお野菜も果物もよく育ちそうだ。

「ねえ、ベル。畝《うね》を作らないといけないのよね？」

「あ、え、ええ……本当に大丈夫ですか？」

「ええ。全然平気よ？」

そう言ってその場に立ち上がるとぴょんぴょんとジャンプしてみせた。ベルはちょっと慌てたけれど、私は問題ないわよ、ともう一度言う。

「私、普通よりも魔力量が多いみたいなの」

「はあ……それにしても、これほどとは……」

それよりもまずは、魔術師団長を仕事に戻すためにも畑を仕上げてしまわなければいけない。私はベルから畑を整えるための魔法石を借りると、先ほどと同じように魔力を込める。ただし今度はゆっくりとやってくださいと、とベルに注意されたからゆっくりと、少しずつ範囲を広げていく。

畑は私の目の前でムクムクと膨れたりへこんだりして、等間隔の立派な畝が出来上がった。

もちろん果樹を植えるスペースはちゃんと取ってある。

「ルティアは……すごかったんだな」

「そうかしら？　ライルだって、魔力が上手くコントロールできるようになればこれぐらいやれるようになるわよ。私達、魔力量多いもの」

「そう、かな……俺も、できるだろうか？」

「殿下、精進あるのみです」

アッシュに背中をポンと叩かれ、ライルはコクリと頷いた。

「俺も、上手くできるようになったら父上に畑をいただけないかお願いしてみる。俺は花も植えてみたいんだ。母上の好きな花を。そしていつか贈るんだ。母上に」

「その時は私も力になりますよ。なんせ花師が本業ですからね」

「うん。その時はお願いします」

そう言うとライルはベルに向かって頭を下げる。その姿を見たジルとシャンテ、リーンは驚いたように目を瞬かせた。私は三人に向かってにっこりと笑う。

「きっとライル一人じゃ大変だから、三人も手伝いに来てあげてね」

「ル、ルティア⁉」

「あら、だってちょうど良いじゃない？　みんなで勉強しながらできるもの。それにぽーしょんを作るのに人手だっているでしょう？」

「そうですね。その、虫はちょっとアレですけど、でも学びながら覚えられるのは良いことです」

「俺も！　魔力過多の畑作ってみたい‼」

ジルとリーンが手伝うと言うなか、シャンテだけが少し暗い顔をする。私はシャンテの顔を覗き込んだ。だって苦手な仕事を無理矢理手伝わせるのは気が引ける。

「シャンテは畑仕事、無理そう？　でもその、無理矢理手伝わせたいとかじゃないからね？」

「あ、いえ……その、私は……そんなに魔力量が多い方ではないので」

「そうなの？　なら何が好き？」

「え、な、何が好き、ですか？」

「そう。何が好き？」

私の問いかけに、口元に手を当てて考え始めた。そして、ポツリと「他の国のことに興味がある」と教えてくれた。そういえば、アリシアがそんなことを書いていた気がする。仕事に忙殺されている魔術師団長にそれを上手く相談できなかったから、悩みになったのかしら？

シャンテが自分からしたいことを主張するきっかけを作るには……

「他の国のことに興味があるのよね？　それなら他の国で栽培されている野菜とか果物を調べてもらえないかしら？」

「え？」

「取り寄せられるものなら、取り寄せて、一緒に畑に植えましょう？　いろんな作物を植えたいの！」

上手く育ったら、その国のレシピも一緒に調べて調理してみないか？　と持ち掛けると、シャンテはとても驚いた顔をする。

「その、おかしく……ないですか？」

「何が？」

「私は……魔術師団長の息子なのに、魔力量もそんなにないし、魔術にもあまり興味がないんです」

「別に魔術師団長の息子だから、魔術に興味がなければいけないわけじゃないでしょう？　世襲制じゃないんだもの。その時、一番相応しい人が魔術師団長になるわよ。自分のしたいことがあるならそれで良いじゃない」

彼女だって実力で魔術師団長になったのだ。シャンテが望まないのに無理矢理押し付けたりはしないだろう。それに……あの尋常じゃない魔術への情熱を基準に考えてはいけない。アレは普通の人には無理だもの。

「もしも、将来的にシャンテが外交に携わる仕事に就いたなら、いろんな国のいろんなレシピを知ってて、食べたことがある、美味しいですよね、って言うだけで話は弾むと思うわよ？」

「そんな簡単にいくものでしょうか？」

「誰だって故郷の味を褒められて悪い気はしないわよ。それに試してみたんですが、これが苦手だったんです。もっと美味しく食べられるレシピはありませんか？　とも聞けるじゃない？」

「料理は会話の幅が広がりますからね。服や装飾品は知ってて当然ですが、料理の味までになると相手も気が緩むものですよ」

アッシュが私の言葉に付け加えてくれる。そしてライルにも「したいことは出来るうちにした方が良いぞ？」と言われ、シャンテは少し恥ずかしそうに頷いた。

「そうですね。確かに、外の国を見て回りたいなら知っていた方が良いですね」

「そしたら僕が種の手配をしようかな」

「俺と殿下で畑作りですね！」

「そうだな。今はまだルティアと魔術師団の畑に間借りする形だが、ちゃんと魔力をコントロールできるようにして父上に畑をいただけないか頼んでみる」

ジルとリーンがポンポンとシャンテの肩を叩きながら手伝うと言ってくれた。ライルもみんなと一緒にできれば、今後の訓練もきっとはかどるだろう。でも一つ問題がある。畑が欲しいと言っても、お父様は簡単にはくださらないということだ。

これぱっかりは釘を刺しておかなければいけない。欲しい、だけではもらえないと。

「ライル、『魔力過多の畑が作りたいから欲しい』だけでは、お父様は畑をくださらないわよ？　どうして欲しいのか？　をちゃんと伝えないとね？」

「そうか。そういえばルティアが畑をもらったのは、父上達を助けた褒美、だったんだよな？　理由、そうか何か理由か……」

「そうよ。私が畑をもらったのはご褒美としてだし、魔術師団長が畑を欲しいと言ったのは研究をするのに王城から近い場所にあるからだと思うの。ライルはどうして畑が欲しいの？」

「俺が、畑を欲しい理由……それは、その、母上に美味しいものを食べてもらいたいし、綺麗な花を見てもらいたいからだし。それに、きっとここが一番初めだと思ったから」

その後のことは上手く言葉にできないようで、ライルは腕を組みどんどん眉間に皺を寄せ始めた。そしてうーんと唸っているところに、ジルが手をあげる。

「殿下！　殿下の考えがまとまったら声をかけてください。どうしてほしいのか、何をしたいのか、それを上手くまとめて陛下と父に提出して許可をもぎ取って見せます！」

「そうか。ありがとうジル！」

私はライルにどうせなら四人の共同の畑にすればいいのに、と助言をする。

「シャンテが他の国の作物を調べるでしょう？　で、ジルが手配する。ライルとリーンで魔力過多の畑にして、色々な作物を育てるの！　素敵じゃない？」

「食べ物以外も育てるけどな。花とか」

食べ物だけじゃないんだぞ、と念を押すようにライルが言う。そんな食いしん坊じゃないわよ、と私は口を少しだけ尖らせた。

「みんなで一緒に育てて、工夫していけば色々出来る気がするのよね！」

「そうだな。今まで育てられなかった他国の作物が育てられるのがわかれば、新しい産業になるかもしれない……そうか、そうだよな……」

ライルはうんうん、と頷きだす。これでライル達も畑がもらえるかもしれない。交渉するのは大変だろうけど、その辺は四人で知恵を出し合えばいいのだ。

「とりあえず、これで畑は出来上がったし！　今は新しい薬草とライルのベリーを植えないとね」

「その前に、母を仕事に戻さないといけません」

「あ、そう言えばそうね」

魔術師団長達に視線を移すと、未だに呆然としている。私はベルを見上げ、やっぱりおかしかったのだろうかと問いかけた。

「まあ、ここまでの畑は余程特急で無ければ作ったことがないですからね」

「あら、作ったことはあるの？」

「ここまでではありませんが、十数人がかりで姫殿下の畑の面積の半分くらいですかね。作ったことがあります。かなり早く育ちますよ」

「そ、そうなの……？」

一応経験のあることなら良かった、とほっと胸を撫で下ろす。だって魔力量の違いは仕方がない。私の魔力量が多いのは既にわかっているだろうし。聖属性の力でキラキラ光りだした、とかでなければ問題はないだろう。

私は魔術師団長の前にいくと顔の前で手をひらひらと動かしてみせた。彼女の目がパチパチと瞬きを繰り返す。どうやら正気に戻ったようだ。

「ねえ、魔術師団長。約束したでしょう？　見たのだからお仕事に戻って？」

そう言うとガクリと魔術師団長は項垂れ、徐々にプルプルと震えだす。え、どうしよう。ちょっと怖い。どうすれば良いのかしら？　シャンテに視線を向けると、口をパクパク動かしている。

『は・や・く・に・げ・て』

早く、逃げて？　とはどういうことだろうか？　しかし息子であるシャンテが逃げろというのなら逃げた方が良いのだろう。

ひとまず離れようと、体の向きを変えた瞬間――――ガシッ！　と腕を掴まれた。

「……ヒッ！」

思わず悲鳴をあげてしまったのは仕方ないと思う。

だって魔術師団長がものすごい顔で私を見ているのだ。目を丸く見開いて血走ってすら見える。

「ひめ、でん、か……」

「な、何かしら？」

「こんな、こんな――すっ!!」

すっ、と言いかけた所で魔術師団長の後ろにいた先生が魔術式を展開するのが見えた。何をする気なのかと見ていると、そのままパタリ、と魔術師団長が倒れる。

それはあっという間の出来事だった。とっさに倒れてきた彼女を避けてしまったが、悪いことをしてしまった。支えることはできないけど、畑に顔面から突っ込むのは淑女として問題がある。妙齢の女性なら尚更。

私は彼女を昏倒させた先生をチラリと見上げた。

「カーバニル先生……？」

「ふう、危なかったわね」

手の甲で額を拭う仕草をし、良い仕事をしたと言わんばかりの態度に私は首を傾げる。

「危ない？」

「この女、暴走すると大変なのよっ……とぉ！　ちょっとぉ!!　危ないじゃない!!　アタシの顔に泥を付けないでちょうだい!!」

「危ないのはこっちよ!!」

顔から服から泥まみれにした魔術師団長の拳が先生の前を横切る。ギリギリのところで先生が避けたわけだが、殴られても仕方ないことをしたと思う。泥まみれにされて怒らない人はいない。

しかし直ぐに形勢逆転してしまう。なんせ先生がものすごーく怖い顔で魔術師団長を睨んでいるのだから。

「それよりも、アマンダ？　アンタ、いったい何を渡したのかしらぁ？」

「な、なんのことかしら～」

魔術師団長はピューピューと下手くそな口笛を吹く。まったく誤魔化せていない。それじゃあ何かしましたと言っているようなものだ。先生は呆れたようにため息を吐き、頭をガシガシとかくと私にさっき使った魔法石を見せるように言った。

私はポケットに入れていた魔法石を先生に手渡す。魔術師団長はしまった、という表情を浮かべた。

小さな声で「鑑定」と呟くと、先生の手元で小さな魔術式が展開される。

きれいだなーと覗き込んでいると、先生がさっきよりも大きなため息を吐いた。

「先生？」

「アーマーンーダー？　アンタよくもやったわね？」

「だ、だってぇ……一番効果の出る石でやったらどうなるか見てみたいじゃない？」

「どういうこと？」

何が問題だったのかわからない私は、先生の手にある魔法石を覗き込む。すると先生はその魔法石がどんなものなのか教えてくれた。

「これはねぇ、魔石なの」

「ませき？」

「ちょろーっと授業で話したの覚えていない？」

そう言われて思い出そうとするが、なかなか思い出せない。すると先生が「魔物の核」だと教えてくれた。

「魔物の核、えーっと……魔物を倒した時に取れるものだったかしら？」

「そうよぉ。ある程度のランクの魔物が保有している核ね。これ一つで、同じサイズの宝石の数倍の値段がするわ」

「えっ⁉　そんなに‼」

「そう。そんなにするの。ただ一つ難点があってね」

「難点？」

「魔術式を入れるのに、属性が関係するのよ」

「属性って水とか土とかの？」

「そっ、魔物にも属性があるから例えば水竜の魔石に火系の魔術式は入れられない。その逆も同じで火竜の魔石に水系は入れられないの。ただ水と土、とか風と火とか相性の良い属性もあるから一概には言えないんだけどね」

一般的には扱いづらいが、魔石が珍重されるのは質の良い宝石よりも丈夫だから。

ただし流通量が限られてくるので、属性に合わせた魔石を探すよりも質の良い宝石を探して魔術式を入れた方が手っ取り早いそうだ。

「どっちも良いところがあって悪いところがあるのね」

「そうよ……そしてこれは地竜の魔石。水の魔術式との相性も悪くない」

そう言って先生が私に魔法石を渡す。その魔法石を日の光に当て、中を覗き込む。もちろん覗いたところで魔術式が見えるわけじゃないが。

「あら、じゃあもしかしてものすごく早く畑ができたのはこの石が魔石だったから？　地竜の魔石は水の魔術式とも相性が良いから両方はいるし」

「そのとーり！　でもね、普通はこんなことに魔石は使わない。なんせ貴重だから。それを！　この女は自分が見たいがために入れてしまったのよ!!　しかも初級の土と水の魔術式を!!」

「あら、だって魔術師団で使う畑だもの！　必要経費必要経費!!」

魔術師団長は軽く言っているが、本当はダメなんじゃなかろうか？　チラリと先生を見ると額を手で押さえている。魔石はとても高価で値が張るのに本当に必要経費なんだろうか？　入れた魔術式も初級であれば、この魔石にはものすごく不釣り合いだ。もっと複雑な魔術式を使うのに適しているはず。

「アンタは本当にもー……」

「フォルテだって良いものが見れたでしょう？」

「そういう問題じゃないわよ!!」

「でもこれなら壊れるまで姫殿下の魔力で、どこでも魔力過多の畑作り放題よ!?」

「どこまで広げるつもりなのアンタ……」

「だあってぇ……ポーション作るなら、上級まで作りたいじゃない」

そして自分で試すの!!　と魔術師団長は拳を空に突き上げたのだった。

フォルテ・カーバニルのぽーしょん講座

うっきうきなロックウェル魔術師団長を前にカーバニル先生は頭を抱えている。

私はそれよりも、魔術師団長の後ろで正気に戻った魔術師団の人達の、今にも泣きそうな顔の方が気になって仕方がない。そうよね。もうお仕事に戻らないと大変なのよね!!

私は急いで先生のローブを引っ張る。

「カーバニル先生!!　あの、お仕事平気なのかしら?」

「え?　あ、ああ!　そうよ仕事!!　アマンダ!　アンタ早く仕事に行きなさいよ!!」

シッシッと手を払った先生を見て、魔術師団長はエッ!　と驚いた顔をしている。

「姫殿下……もうすこーしだけ、ダメですか?」

「ちゃんとお仕事に行く約束でしょう?」

「そうよ。早く行きなさい」

「だってこんな!　こんな素敵な畑を!!　何もせずに帰るだなんて!!　王城の執務室でこの畑を思うだけだなんて!!!　悲しすぎます!!!」

それは仕事を溜めたせいだと思う。本格的に駄々をこねはじめた魔術師団長に、私はどうしよう……と空を仰ぎ見た。このままでは畑を出禁にされかねない。

私は先生のローブを軽く引っ張り、耳を貸してほしいとお願いする。

「先生、あのね……このままだと魔術師団長がこの畑を出禁になる日も近いと思うの。それはちょっと困るのよね」

「その場合は自業自得よ」

「でも師団長クラスの人ってとても忙しいんでしょう？」

「そうね。朝早いし、夜も遅いし。上手く周りに振り分けられれば良いんでしょうけど、女ってだけで嫌な顔するのも中にはいるのよ」

上手に周りに振り分けられないのは、周りにも問題があるのか、と考えつつもそれなら尚更仕事を溜めている場合ではない。

「あのね、出禁になると逆にストレスが溜まりそうな気がするの。それって困らないかしら？」

「あー……まあ、そうねえ」

「それにね、ここに来ればシャンテもいるの。あの子はライルの友達だから、私達がここに来る時は来てくれると思うのよね」

そういうと、先生はチラリとシャンテを見る。何を言いたいか察してくれたみたいだ。

「まあ、そうねえ……」

「本当は騎士団長や宰相様にも手伝ってもらいたいくらいなのよ。だって、忙しすぎて親子の会話をする機会も少ないでしょう？　それってどうなのかなって思うの」

「……騎士団長と宰相様は意外と簡単かもしれないわよ？」

「え？」

先生はニヤッと笑う。そして魔術師団長をビシッと指さすとこう宣言した。

「アマンダ！　アタシはこれからポーションを作るわ!!」

「え！　ちょっと!?」

「そしてそれを騎士団へ渡す。アンタには仕事が終わらない限り渡さない」

「待って！　何で騎士団なのよ!!」

魔術師団長が悲鳴をあげる。それはそうだ。魔術師団長の性格ならまず自分が試したいはず。

「最近魔物が増えてる場所があるらしくて、騎士団が討伐に行くのよ。ウチの方に魔法石を作ってくれって依頼が来てるのぉ〜。あ、アンタ仕事溜めてるから見てないのね。い・ら・い・しょ」

ほほほほほほと笑いながら先生は話を続ける。というか、かなり溜めているのではなかろうか？　騎士団の依頼であれば魔術師団とて同行する必要があるのでは？

「可哀想にねぇ一番に試せなくて！　でも仕方ないわ。アンタが自分で仕事を溜めてるんだものねぇ。それにその仕事が終わらなければ、アンタは討伐にもついていけない。ホント、ごしゅーしょーさまほーほほほほほほほほ!!」

「し、仕事なんて私が本気出せば……!!」

「その討伐先に竜種が出るって話だったのよねぇ。ついでに魔石も回収できれば、今後の役にも立つだろうに……あ、でも仕事終わってないと無理よねぇ？　そうでしょ？」

そう言って後ろにいた魔術師の人達に声をかけた。彼らは一様に頷く。

「流石に無理です」

「他の者が代わりにでます」

「ポーションが試せるのであれば志願者は増えるでしょうし」

「そうよねえ。念願のポーションだもの。あ、でもアンタ仕事あるものね」

先生がものすごい勢いで魔術師団長を煽る。煽りまくっている。

魔術師団長はフルフルと肩を震わせ、その目には涙が溜まっていた。あまりやりすぎは良くないのでは？　と先生の服を引っ張る。しかし先生が意に介した様子はない。

「さ、みんなーアタシ達は薬草とベリーの苗木を植えて、それからポーション講座よ～」

「ず……」

「さ、姫殿下。もう良いですよ。仕事しないで出禁になったとしても、あの女の自業自得。仕事しないのに研究しようだなんて百万年早い!!」

そう言うと私の背中を押してみんなの所へ行かせようとする。私は本当に大丈夫なのかと先生を見上げた。先生は私に向かってパチンとウィンクする。

「ず、ずるいわあああああ!!!!　いいわよ！！！　仕事してくるわよ！！！　絶対に、絶対に一番にポーション試してやるんだからああああああ！！！！！」

後ろで魔術師団長の絶叫が響く。

そして戻るわよ!!　と言うと魔術師の人達を連れて、先生達が乗ってきていたと思われる馬に乗るとそのまま王城へ戻っていった。それもものすごいスピードで……

＊＊＊

その後は、ベリーの苗木を植えて、新しい薬草の種を畑に蒔《ま》いていく。魔力過多がさらに過多になっていると言われた通り、種を蒔いた端から芽吹くのだ。なんか本当にビックリするぐらい速い。

「はあ……実際に見ると驚愕しちゃうわね」

「ここまで過多にして作ることはないですけど……花でしたら一週間もあれば蕾がつきますよ」

「じゃあ、もうちょっと早いってことね」

「ええ。そして重大なことがもう一つ……」

先生と話していたベルが急に深刻な顔をする。私達はどうしたのだろうかとベルを見た。

収穫、と言われ私は自分の畑を見る。ワサッと緑が眩しい薬草達。そして先に植えていた果樹も実がなっている。それもツヤッツヤに光り輝くほど。先生はその光景を見渡しながら、顎に手を当て考え込む。

「元々の畑も影響を受けたので、収穫しなければなりません」

「そうねえ……あまり、魔力過多の畑にそのままも良くないかしら？」

「いえ、そうではなく。収穫すべき時にしなければ味が落ちます」

「あ、そう。そうね。うん。そうだわ」

至極真っ当な答えがベルから返ってきて、先生はそうね、と頷く。

それにしても本来の季節よりもだいぶ早い上に、できる時期も違うリンゴやオレンジ、レモン、チェリーが実をつけている。何とも不思議な気分だ。

でもこれならライルが植えたベリーも直ぐに花を咲かせ実をつけてくれるかもしれない。そしたら直ぐにでもリュージュ様に食べてもらえるだろう。そこでふと思い出す。そういえば最初の頃に魔力過多の畑で作った作物は鑑定してみた方が良いとベルが言ってなかっただろうか？

花師達が育てるのは花か薬草だけ。それ以外は専門外なのだ。

「ねえ、先生。私……お母様に食べてもらいたくて植えた果物があるんだけど、食べてもらっても大丈夫なものかしら？」

「それは鑑定してからにしましょうか。魔力が多いだけなら多分、平気でしょうけど」

「そうだといいなあ……」

次はサクッと収穫しちゃいますよーとベルの号令で私達は薬草と果物を収穫していく。収穫用のカゴは新しく作ってもらった前よりも立派な小屋に常備されているのだ。私は手近な木からリンゴを収穫していく。背負えるカゴに入れてそれを持ち上げようとしたのだがうまくいかない。

「リンゴって……個数が増えると重いのね!?」

「お前、チェリーとか薬草にしておけよ。重いやつは俺達で採るから」

「ありがとう、ライル。ベリーが採れるようになったら頑張るわ」

「おう」

ライルはリンゴが入ったカゴを私の代わりに背負ってくれた。そして収穫できたものは一旦、馬車に積んでおくことにする。馭者の人達も量の多さに驚いていたが、私達も予定外の収穫だったので次からは事前に伝えられるようにしようと思う。流石にね！　乗る場所がなくなってしまうもの。

そして収穫した果物は先生の鑑定の結果、問題なく食べられると言われた。さらに健康面に良い影響が出るとも。

場所を四阿に移し、先生から鑑定した果物の説明を受ける。

「健康面に良い影響？」

「例えば食欲がない時に食べると、胃腸に優しいとか……そんな感じね。調理法で変わったりするのかしら？　火を入れた状態も確認したいわね……」

「悪い影響が出たりはしないかしら？」

「ええ、それは平気。元々魔力は人の体にあるものだから。良い影響は出ても悪い影響は余程食べすぎたりしない限りないわね」

「でも食べすぎるとあるの？」

「体が魔力過多になるわね」

体が魔力過多とは？　と首を傾げると、先生は丁寧に教えてくれる。

人の器には魔力を保有できる量が人それぞれ決まっていて、それを超えたら魔力過多になるらしい。例えるならコップ一杯の水に、さらに水を注ぎ入れればあふれてしまうのと同じように。

魔力過多になると、鼻血がでたり、常に興奮しているような状態に陥るのだとか。それを発散させるには魔力を使うしかない。いっぱい使うと元に戻るらしい。

「意外と簡単に元に戻るってこと？」

「そうね。単純に興奮してる状態みたいなものだから」

「暴走状態にはならないのか？　魔力が周辺の人間を傷つけたりとか……」

ライルの質問に先生は丁寧に答えていく。

「不思議とそうなる前に人間の体はプツッと意識が切れるようになってるのよ。防衛本能ね。ただ、これは魔力過多の時の場合。魔力量が多いと、魔力コントロールが上手くいかなくてその上での暴走はあり得るから。ちゃんと自分の力を見極めてコントロールする必要があるのよ」

私達はなるほど、と頷いた。

魔力過多の時は元々の容量よりも魔力量が多いから器が限界を超えた、と防衛本能が働く。でもそうじゃない魔力の暴走は普通に起こりえる。しかも自分自身の力だから、防衛本能も働かないのだろう。

私は自分の手をジッと見つめる。私は魔力量が人より多い。王族だから、というのもあるだろうけど、訓練することでさらに増えてきている。今後もきっと増え続けるだろう。二十歳ぐらいまでは魔力量は増えていくと聞いているし。暴走させないようにきちんと訓練しなければ、大事な人を傷つけることになるかもしれない。それはとても怖いことだ。

その時、ポンと肩を叩かれた。

「大丈夫、そのためのアタシよ?」

「しっかり勉強します！」

「よろしい！　それじゃあ早速、ポーション作りましょうか！」

「え、本当に作るの？　今から？」

「あったりまえでしょう？　アタシだって試したいわよポーション」

そう言うと普段はつけてない腰のベルトについていた小さなポーチの中から一つの箱が取り出された。どうやら小さなポーチはマジックボックスだったようだ。

箱の中には綺麗に準備された実験器具達。こんなものを普段から持ち歩いているのだろうか？

「もしかして、いつも持ち歩いてるんですか？」

私が思ったことをジルが代弁してくれる。そんなジルを見て、シャンテとリーンは「普通じゃない？」と答えた。そ、そうか。普通なんだ。魔術師の生態？　に詳しくない私達はお互いに顔を見合わせてしまった。先生はふっふーと笑いながら器具をどんどんテーブルの上に並べていく。

「魔術師なら普通よう。いつでもどこでもできるように準備はしておかないとね☆」

「そ、そうなのね？」

職業によって普通も違うんですよ、と言っていたユリアナの言葉を思い出す。きっとこれが魔術師の人達の普通なんだな。たぶん。比較対象が他にいないから比べようもないけれど。

「さてまずは初級のポーションを作りましょう」

「初級は一番ランクが下のぽーしょんね？」

「そう。ポーションの色は青いの。で、ランクによって青い色が変わる。作り方が違うから間違うこともないわ。初級は空色、中級は明るい青、上級は濃い青ね」

そう言って初級のレシピをポーチの中から取り出すと私達に配る。何だかとても用意が良い。もしかしてこんな風になることを予想していたのだろうか？

チラリと先生を見るとニヤリと笑った。

「さあて、じゃあ説明するわよー。よく聞いて、危なくないようにね」

みんなで揃って返事をする。ちゃんと集中しなければ。せっかく教えてもらうのだから、ちゃんと成功させたい。

「まず、必要な薬草を用意します。初級は五種類必要よ。中級以上はまだ育ってないから今度ね。それで、薬草をビーカーに入れやすいように少しちぎりながら入れる。はいやってみて」

私達は言われた通りに自分の前にあるビーカーに五種類の薬草を手でちぎって入れる。葉っぱ特有の青臭い匂いがするのかな、と思ったけど意外と良い匂いだ。ふんふん、と匂いをかぐと爽やかなスッとする匂いがした。

「匂いをかいでいないで早くちぎりなさい。それから水をこの目盛りまで入れてね。そーっとよ」

私は慌てて薬草をちぎるとビーカーの中に入れる。そしてそれぞれ言われた通りに水を入れていく。多くなった場合は薬草が流れ出ないように気をつけて減らせば良いと言われた。

「で、次が重要。魔力を入れる。ゆっくり、そーっと入れてみて」

そう言って先生が自分のビーカーに見本として魔力を入れていく。

ふわりと魔力が水の中に伝わり、空色に変わった。実際には空色よりは少し薄いように見えるが、ビーカーの中の水は確かに色を変えている。そしてそれを今度は小さなコンロの上に置く。火の魔法石がついていて、先生が魔力を込めるとフワリと火がついた。

「温めるの？」

「温めるというよりは煮るって感じね。煮ることで、更に薬草の成分が混ざるの」

そう言ってガラスの棒でぐるぐるとビーカーの中を混ぜる。クツクツと煮えてくると先ほどよりもしっかりと空色と言える色に変わった。

「本当に空色だわ」

「でもまだ出来上がりじゃないわよ。このままだと薬草が邪魔でしょう？　だからこし器でこすの。この量だとこの小さな瓶二つ分ね」

そう言って一旦、火を止めると火傷防止に手袋をして、私にこし器を持つように言うと小瓶を並べ、その中にぽーしょんを入れていく。二つ分、液体を入れた瓶に蓋をして出来上がりだ。

「すごい！　これがぽーしょんなのね!!」

出来立てなのでまだあったかい。みんなで瓶を交互に手に取りつつ見ていると、先生が箱の中からナイフを取り出す。

あまりにも自然な流れに止める間もなかった。

先生は自分の手のひらをナイフでサックリと切ってしまったのだ!!

「せ、先生!?」

「え、あっ!! 血、血が……!!」

慌てる私達を片手で制すと、先生は出来上がったばかりのぽーしょんをそのまま一気に飲んでしまう。グビッと勢い良く! すると先生の手の傷はふわっと光るとたちどころに消えてしまった。

「やだホント、すっごーい!」

口元を手で豪快に拭いながら、先生は一人で感動している。私達はみんな驚いて固まったままだ。

そんな私達をよそに、直ぐ側で座って見ていたベルに問いかける。

「ねえ、肩こりとか腰痛とかない?」

「え、それはまあ肩こり、腰痛は花師と切っても切れませんが……」

「じゃあ飲んでご覧なさいよ!」

そう言って私達が持っていたぽーしょんを今度はベルに押し付ける。ベルは私と先生を交互に見て、最後に瓶を見た。そして意を決したように蓋を開けると一気に飲む。

「え、あ……」

「どう? どう?」

先生はワクワクした顔でベルに問いかける。ベルはスクッと立ち上がり、腕を回したり、腰を捻ったりと体の状態を確かめ最終的にはその場でぴょんぴょんと跳び上がった。

「す、すごいですね、これ……」

「でしょう？　でしょう？　これはラステアの初級ポーションよりも出来が良いわ！」

「そうなの？」

「前に飲んだことあるけど、ラステアのとは少し違う感じがするわね。多分、人工的に魔力過多の畑を作っているからムラがないんじゃないかしら？」

「そういえば向こうの魔力過多の畑は魔力溜まりを加工して作ってるって言っていたものね」

「そうよ。魔力溜まりは場所によって魔力の量が変わるでしょう？　そうすると育つ薬草にもムラができるはず。でもうちは人工的に作ってるからムラがない」

さ、アンタ達もやってご覧なさい、と言われ私達もぽーしょんを作っていく。

先生が良く見てくれたおかげで魔力を入れすぎることもなく、無事に全員が同じ色のぽーしょんを作ることができた。そうなってくると、やはり試したくなる。

みんな同じ気持ちだったのかナイフに視線が集まった。それに気がついた先生が、流石に手を切るのはダメだと怒る。自分はサクッとやったのに。

「流石にねえ、アタシの首が飛ぶわよ」

「でも試したいと思うのが人間のサガなのよね……」

「というか、わざわざ手を切らなくても試せるでしょう。アンタ達、さっきまで収穫作業してたんだから。手を見てご覧なさいな」

そう言われてみんなが自分の手を見る。植える時は手袋をしていたが、種を蒔く時は手袋が邪魔で外していたのだ。そのせいか小さな切り傷が手のひらにいくつもあった。

私達は顔を見合わせると、ニッと笑い合う。

そして瓶の中身を一気に飲み干した。

ふわっとした不思議な感覚。身体中を魔力が駆け巡っているとでも言うのだろうか？　先程まであった疲労感もなくなり、手のひらも綺麗になっている。

「すごい！　手が綺麗になってる」

「体も……さっきより軽いですね」

「本当だな。初級でこんなにすごいのか……」

「明日の筋肉痛は免れますね」

「これなら続けざまに作業できるなー体が動かしやすい」

そうなってくると、もっと試してもらいたくなるのが人間というもの。私達はぽーしょんを手に持つと馬車にいる馭者のもとへ駆けていく。

「あのね！　これを試してもらいたいの!!」

「体が軽くなるんだ」

「疲れも取れます！」

「大丈夫、俺たち試したし！　カーバニル先生も試した！」

「大丈夫です。怪しい薬じゃありません」

それぞれに言われ馭者の二人はお互いに顔を見合わせた。そして空色の液体が入った小瓶を受け取ると私達の勢いに押されて飲み干す。押しつけがましかったかな、と思わなくもないがこの感動を分かち合いたかったのだ。

「どうかしら？」

早く感想が聞きたくて急かしてしまう。すると二人はまたお互いに顔を見合わせ、軽く体を動かしはじめた。

「これは……どんな魔術式を使われたんですか？　体の疲れが一気に取れました」

「昨日から腰が痛かったのですが、飲んだらスッキリしました！　痛みがない！」

「あのね、ぽーしょんと言うの！」

「ぽーしょん？」

「ラステアで作られてる薬なんだ。それを再現してみた」

ライルは何故か、万能薬とは言わなかった。

馭者達はラステア国ですか、あそこの国は医療が進んでると聞きますからねと納得したように頷く。

確認が終わったのを見計らったように先生が戻って来てと私達に声をかけてきた。

先生のもとへ戻る途中、私はライルにどうして万能薬と言わなかったのかと尋ねる。

「だって、期待させちゃうだろ？」

「期待？」

「もし、なんでも治る万能薬だって言ったら……期待するだろ？　でも俺達が作れるのは初級ぽーしょんだ。初級は初級って付くんだからそこまでの作用でしかないんじゃないのか？」

「そうか……万能薬って言ってしまったら、みんな勘違いしてしまうわね」

「うん。それはダメだなって。ちゃんと中級も上級も作れるようになって初めて、これは万能薬です。

でも等級によってできることは変わりますって説明できると思う」

ライルの言葉に私は頷く。

「万能薬は万能薬でも等級で出来ることが変わるなら、ちゃんと説明できる人じゃないとダメね。子供の言うことだと思われることもあるかもしれないし、それに効能を勘違いする人だって出てくるかもしれない」

私達じゃ上手く伝えられる自信がない。そうか。最初に騎士団に卸そうと言っていた理由もわかった。確かに必要ではあるが、不特定多数に配られるよりもきちんと説明が行き届くのだ。説明をするのは魔術師団かもしくは魔術式研究機関の人達。専門の人からの説明の方がわかりやすいはず。

先生の待つ四阿に戻り、また一からおさらいをする。そして私たちは十数本のぽーしょんを作ることに成功した。

途中でシャンテが魔力切れを起こし、作ったぽーしょんで回復していたけど今はなんとか平気そうだ。

「ま、初めてにしてはまずまずね」

「これはこの後どうするの？」

「そうねぇ。ひとまず、リーンとジルはお父さんに持って行ってあげなさい。疲れが取れるから喜ばれるわ。シャンテは……どうしましょうかね？　アマンダが拗ねて家庭不和になっても困るんだけど」

「父には母に内緒で飲むように伝えます」

「それが良いわね」

それぞれにぽーしょんを渡して、余りは先生がマジックボックスの中に入れていく。魔術式研究機関でラステア国のぽーしょんとどう違うのか詳しく調べるそうだ。

「俺達はどうする？」

「そうね。お父様にもリュージュ様にも飲んでいただきたいわね」

国王と正妃という立場上、とても忙しい。だから二人にもぜひ飲んでもらいたかった。初級と言えどもぽーしょんの回復力はとても強い。きっと役に立つだろう。でもそう頻繁に二人に会えるわけではないのが問題でもある。

下手に誰かに預けて中身を入れ替えられても困るし。

「うーん……お茶の時間ってあるのかしら？　お仕事が忙しくてもお茶ぐらいは飲むわよね？」

「お茶の時間……アッシュは知っているか？」

私達は困ってアッシュを見る。するとありますよ、と返事が返ってきた。まだライル付きになって日も浅いだろうにアッシュは優秀な従者だ。そこでもう一つひらめく。

「そしたらあのリンゴを調理してもらってパイにでもしてもらいましょうよ！　その時に一緒に持っていってみんなでお茶をすればいいわ」

「そうね、騎士団長も呼び出してもらいましょうか」

「え、それ大丈夫か？」

「だーいじょーぶよぉ！　陛下の頼みを断るわけないじゃない」

あっさりと言ってのける先生にリーンが少しだけホッとした顔をする。シャンテがついでにうちの父もと言い、一緒にお願いすることにした。確かにみんな一緒に飲んでしまった方が良い。下手に外に持ち出して魔術師団長にバレるよりはきっと良いはずだ。たぶん。

だって家庭不和の元になると聞いたら、ねえ？

「せっかくだから、今の時点での魔力過多の畑の成果をみてもらいましょう？　実際に食べたり飲んだりしてもらえればその効果がわかるはずだわ」

それから流石にその日のうちに用意をすることは難しいので、お茶の時間を設けてもらえる日をカーバニル先生にお願いしてセッティングしてもらった。急にお茶が一緒に飲みたいです！　って言ってもそう簡単に予定を開けてもらえないもの。こればかりは仕方ない。

そして調理場は私の宮のものを提供した。

普段から私が出入りしているから私と先生がいても怒られたりはしない。大量に持ち込んだ果物を見て、侍女長はすこーし、眉間に皺を寄せたがそこはぽーしょんで買収してみる。

ぽーしょんを飲んだ侍女長は不思議な顔で薬の入っていた小瓶を見た。

「これを姫様達がお作りになったんですか？」

「ラステア国のレシピで作ってるの」

だから自分達で考えたものではないと教える。

「ラステア国にこういった薬があると聞いたことがありますね。これが我が国で作れるようになれば、助かる人も多いでしょう」

「そうなると良いなって思ってるの」

「なるほど、その為のパイなのですね？」

侍女長はニコリと笑う。私も同じように笑った。

「お茶の時間に差し入れれば、その時間ぐらいはお話を聞いてもらえるでしょう？」

リンゴも魔力過多の畑で作っているから何かしら良い作用があるだろうし。あの魔術師団長の説明を延々聞かされたお父様達には目に見える成果を早くお伝えしたい。そうすればライルが畑を欲しいと言った時も許可が下りやすくなると思うのだ。

「姫様、こちらのレモンやオレンジ、チェリーはどうされます?」

「そうね。どうしようかしら……お母様がチェリーとオレンジがお好きだと言っていたから植えたのだけど、今日の体調はどうかしら? 食べられそうならお出ししたいわ」

私がそう言うと、侍女達が口々に色々な提案をしてくれる。

「レモンは蜂蜜につけてみては? 紅茶に少し入れて飲むと、体に良いですよ」

「チェリーもパイにしますか? それとも生で食べますか? ムースとかも良いかもしれませんね」

どれも美味しそうだけど全部は流石に多すぎる。だけど先生は生と加熱したものと両方作ってほしいと指示をだしたのだ。おかげで調理場はフル回転だ!

「まあ、加熱したから特別変わる、ということもないとは思うんだけどね。でも初めてのことだから念には念を入れないと……」

あまーい匂いが周囲に漂い始めると、先生が出来上がってきたパイやジャムを次々鑑定していく。鑑定の魔術式を連続で使うのは大変ではないのだろうか? 魔法石を使って鑑定することもできるはずだが、先生はそのまま術式を展開している。よくよく観察していると、鑑定する合間にぽーしょんを飲んでいた。なるほど。自分で実験しているのか。

「ねえ、カーバニル先生。ぽーしょんで魔力が戻るってことは、もし限界まで魔力を使ってもぽーしょんがあればすぐ全快するの?」

「その分飲む必要はあるでしょうけど、魔力が減って倒れることは無くなるかもしれないわね。でも試そうなんて思わないでよ？」

「それは、まあ……」

そっと視線をずらすとスコンと頭を叩かれる。思わず涙目になったが、先生からは絶対にダメだ、と止められた。

「ポーションは等級によってできることが違うのよ？　それにポーションにばかり頼っていると、うっかり無くなった時が困るでしょう？　自分の魔力量はきちんと把握して使うの！」

「はあい」

「ちゃんと返事する！　魔力量を把握することは、力を暴走させないことにもつながるんだからね！」

「はい！」

それは危ない。私は自分で自分の頬をペチペチと叩く。

「万能薬」その言葉を文字通りに受け止めてはダメなのだ。

広く気軽に使ってもらうには、作る側がきちんと認識してないといけない。

＊＊＊

約束の時間はもうすぐ。

執務室へ続く長い廊下。みんなが嬉しそうに話しながら歩いている中、一番後を歩いていた私に先生が話しかけてきた。

「こら、そこ。何を難しい顔をしてるの？」

「カーバニル先生……」

これから話す相手はお父様をはじめ、リュージュ様や宰相様。騎士団長に司法長官。魔術師団長は仕事を溜めてるから欠席だけども、みんな国の中枢を担う人達。その人達の貴重な時間を割いてもらって話を聞いてもらうわけで……正直言って上手く説明できる自信がない。そう正直に告げると、先生は私の鼻先を指で弾く。

「アンタはニコニコ笑って、お父様お願い！　って言ってれば良いのよ。詳しい説明を子供に求めるわけないでしょう？　これはそもそもアマンダが言い出したことなんだからね？」

「でも、元々薬草を作って貯蓄しておければなって思ってはいたの」

「薬草を？　なんでまた……」

「だって、花はたくさん作られているのに、薬草はあまり作られていなかったから。もしも疫病が流行ればひとたまりもないって思ったのよ」

私は視察に行った先で、花畑はたくさんあったが薬草畑はその十分の一にも満たない面積しかなかったと話す。

需要と供給。薬はあまり必要とされていないから作られないのだと。

「医者はお金がかかるものねぇ。それに薬だって同じく高価だわ。薬草自体は安価だけど加工するのに手間がかかるからね」

「酷い時は神殿で聖属性の力が使える神官様に治してもらえる。でもそれはお金のある人だけ。疫病が流行ったら、誰がお金のない人達を助けてくれるのかしら？」

たとえお金があったとしても、薬の元となる薬草がないのでは話にならない。

「確かに薬が……いえ、元となる薬草がなければ、助けられないわね。聖属性の神官の数には限りがある。もちろん魔力にも」

「薬があれば順番を待てるかもしれない。でも、なかったら先に体力のない人から死んでしまうのよ」

私を産んでくれたお母様。その優しい手を今でも覚えている。でも、一番覚えているのは力の入らない指先が私に伸ばされ、触れることなくそのままベッドの上に落ちる場面。

その後のことは覚えていないけど……あれがお母様に会った最後だった。

だって、次に会えた時は白い棺の中に入っていたもの。

「なるほどね。お姫様の手習いじゃなかったわけだ」

「できれば薬草を作って、売って、そのお金で貧民街の人達を雇えたらなって思っていたの。だって仕事がないから貧民街なんてできるわけでしょう？」

「まあ、それだけでもないけど……その日暮らしの人達に仕事を与えるってのは良い考えかもね。ただ姫殿下が手ずからってのはやめた方が良いわ」

「どうして？」

私は首を傾げる。仕事を与えるのは誰でも同じではなかろうか？　それがお父様であっても、各地の領主であっても、私でも、仕事は仕事だ。

「じゃあ、聞くけど……どうやって雇いたいと言う人を選別するの？」

「選別？　だって働きたいなら皆働かせてあげたいわ」

「お給料はどこから？」

「薬草を作って売って、そこからよ？」

「その薬草はどこに売るの？」

「城下にある、薬草を取り扱ってるお店に……」

そう言うと先生は苦笑いを浮かべている。私は何かおかしなことを言っているだろうか？　それぐらいしかできることがないと、自分では思っているのだが。

「まず、城下にある薬草を扱う店は姫殿下と言えども急に大量の薬草を持ってきたら断るわね」

「どうして？」

「信用問題よ。アナタがいつまで続けるかわからないのに、中途半端に仕入れて途中で無理でしたってなった時に困るでしょう？」

それに他の薬草を育てて売っている農業従事者から苦情が来るわよ、と先生は言う。

「それは、でも薬草を作る量が少ないから……」

「需要と供給と言われたのでしょう？　まさにそれよ。売り先を取られたら元から育ててる人達はどうするの？　貧民街の人達のために我慢しろと？」

そう言われてしまうと何も言い返せない。確かに簡単ではないと思っていたが、私がぽーしょんに出会わなければきっと彼らの仕事を奪っていたことになる。

仕事を奪われた人はきっと私を恨むだろう。

何かの事情で私が薬草を作れなくなったら……彼らはその間に次の仕事を見つけて働いていて、今度こそ薬草を仕入れる所がなくなる。そしたら本当に手詰まりになってしまうだろう。

「理解できた？」

「はい……」

「別にアプローチは悪くないわ。おかげでアマンダとアタシの悲願だったこの国でポーションを作ることができたもの。ポーションなら逆に薬草を沢山作ることになるから、成り手が増える」

「どうして？」

「ポーションにはランクがあると言ったでしょう？　下級ポーションは誰でも買える値段に設定するの。例えば貧民街の人でも少し無理すれば買えるぐらいにね」

中級、上級は神殿で配るようにすれば良いと先生は言った。それは私も少し考えていたことだ。神殿で作って配れれば神官達の負担も減る。

「それに神殿なら貧民街の人達を雇ってもおかしくないのよ」

「どうして？」

「元々、貧民街の人達に配給とかの奉仕活動をしているから。彼らも神殿ならと働く気になる。王族自らより、ずっと良いわよ」

「そうなの？」

「そうなの！　だって姫殿下の土地で働けます、って言われて、人が殺到したらどうするの？　全員は働かせられない。働かせるならその分の賃金が発生する。働きに応じた賃金が払えなければ不満がたまるわよ」

神殿ならそれは少ない、と。

奉仕活動をしていた実績と、人が殺到しても捌《さば》けるだけの人がいる。

人が多いなら日別に来てもらうなり分ければいい。

「先生はなんでも知っているのね……それとも私が子供だから知らないことが多すぎるのかしら？

本は好きで読んできたけど、そういったことが書かれた本は読んだ中にはなかったわ」

「そうねえ。神殿に友人がいるから知ってるってだけの話よ。さ、話は一旦ここでお終い。続きは後でね。今はポーション用の畑を更に確保しましょう？」

そう言ってニヤリと笑う。やっぱりあれ以上にまだ畑を拡張するつもりなのか。でも初級、中級、上級とランクが上がると使う薬草の種類も増えるのだ。畑が広い分には問題ないだろう。

近衛騎士達に部屋の扉を開けてもらい中に入る。中ではお父様と一緒に、リュージュ様をはじめとした主だった方たちが勢ぞろいしていた。尤も魔術師団長だけはいないけどね。

ドキドキしながら私はみんなを代表して挨拶をする。

「ごきげんよう、お父様、リュージュ様、皆様方。今日はお時間を取っていただいてありがとうございます」

ドレスの裾を摘んでカーテシーをして見せた。お父様は楽にしていいよ、と私達に言う。

それぞれの親のもとへ近づき、私達は席についた。

「これは私の畑で収穫できたリンゴで作ったパイとジャム、あとオレンジとチェリーとレモンです」

「この時期に採れるのですか？　皆収穫時期が違うと思うのですが……？」

リュージュ様は不思議そうにテーブルの上に並べられていく果物を見ている。私は魔力過多の畑で作ったら早くなったのだと伝えた。

「魔力過多の畑……姫殿下が薬草を育てている？」

「はい。一緒に果樹も育てたいな、と思って植えていたんです」

みんな目の前に用意されたパイや果物を不思議そうに見ている。先生はみんなを見回して話し出す。

「先ほど厨房で味見をしましたがどれもとても美味しいですよ。ぜひ召し上がっていただきたいのですが……その前に、こちらのポーションを試していただきたいのです」

「ポーションができたのか!?」

司法長官が驚いて席から立ち上がった。流石、魔術師団長の旦那様だ。ぽーしょんの存在をちゃんと知っていた。いや……魔術師団長のことだから家でも連呼していた可能性はある。うん。

想像するとちょっと怖いけど、魔術師団長ならありそうな気がしてしまう。思わずシャンテを見ると、視線があった後、恥ずかしそうに俯いてしまった。

「――先日試してみたところ、問題なく使えました。現在魔術式研究機関でラステアの初級ポーションとどの程度違いがあるのか検証中です」

「そうか」

そう言ってお父様が目の前に置かれた小瓶を手に取る。そして光にかざしたりと小瓶の中身を興味深げに見ていた。空色の液体は普通の料理では出てこない色だからきっと不思議に感じているのだろう。

「現時点で、摂取したのは私とお子様方。そして侍女長、馭者、姫殿下の花師ですが、みな問題なく効果が発揮されています。性能としては問題ないかと」

「それはすごいな」

「ぜひ皆様もお試しください。疲れが取れますよ」

先生は簡単に言うけれど、シャンテが最初に言った意味が今ならわかる。未知のものを口にするのって勇気がいるのだ。ぽーしょんを作った直後はみんな興奮していたから特に問題なかったけど、自分で作ったものでなくて差し出されたものだと少し戸惑ったかもしれない。

そんな中、司法長官がシャンテから小瓶を受け取ると戸惑うことなく一気に飲み干した。

「お、おお……皆様、ちょっと失礼いたします」

そう言って席を立つと、少しみんなから離れ肩を交互に回し、次に腰を左右に捻る。

「いやあ、ラステア国のポーションを飲んだことはあるが……これはなかなか良い出来だね」

「それ、私が作ったんです」

「シャンテがこれを？　すごいじゃないか！」

シャンテは司法長官に褒められて嬉しそうだ。するとリーンも自分が作ったものを飲んでほしいのか、騎士団長に自分が作ったものだからと言う。

「お前が？」

「うん。薬草は姫様の畑のだけど、ちゃんと俺が魔力を入れて作ったヤツ」

「そうか、お前が……」

そう言うと、騎士団長も小瓶の蓋を開けて飲む。飲み終わると、司法長官と同じく体を動かすために席を立った。

「はは、リーン！　すごいな!!　これはすごい!!」

「だろ？」

それにつられるように、宰相様も口をつける。流石に一気に煽るようなことはしなかったが。だが飲み終わった後は最初の二人と同じ行動に出た。

「ジル、これは……すごいなあ。体の疲れが抜けた」

「うん。僕も飲んだ時に手の擦り傷とか一瞬でなくなったんだ！　先生なんかナイフで切った傷も一瞬で消えちゃった」

「あ、それは言っちゃいやん」

子供の前で、とちょっと非難めいた視線が来たせいで先生がうふふと笑って誤魔化した。

「……ライル、もしかして貴方も作ってくれたのですか？」

「……はい、その、母上がいつもお疲れなので、飲んでいただければ」

「そう。ありがとう、ライル」

そう言うとリュージュ様も小瓶に口をつけて飲み干す。飲み干し終わった後のリュージュ様はあら、と声をあげた。

「母上？」

「あら、まあ……本当にスッと疲れが抜けるのね？　すごいわライル」

「こちらのパイも召し上がっていただければお肌の張りがいつもより良くなりますわよ？　鑑定の結果、体調に良い影響を与えると出てますので」

先生がパチンとウィンクしながら言うと、リュージュ様はおかしそうに笑う。リュージュ様のそんな姿は初めて見たのでなんだか嬉しくなってしまった。それはライルも同じようで嬉しそうに笑っている。

そして――――最後にお父様が残った。

お父様は私を見るとニコリと笑う。そして小瓶の中身を一気に煽った。

私達はぽーしょんを飲み干したお父様の反応を待つ。

この結果によって、ライルもそのうち自分の畑が持てるかもしれないし、魔術師団がまた薬草に使える畑を広げることができるかもしれないのだ。そしてぽーしょん自体を国中に広めることができれば一番良い。

「ルティア」

「は、はい！」

「よく、ここまで頑張ったね」

「お父様……その、それじゃあ……」

「だが、今のままでは国中に広めることはできない。広めるためにはラステア国にもこの製法を伝える必要がある」

ラステア国は元々ぽーしょんを作っている国。そこに伝えるのは、もしかしてトラット帝国が何かをしてきた時のためだろうか？

「まあ、それは大人がやることですけどね」

宰相様がまた忙しくなるなあ、と呟く。お父様も同じように頷き、これからはぽーしょんがあるから多少、マシになるよと笑った。でもできればあまりぽーしょんに頼らず、ちゃんと休憩をとってもらいたい。

「子供達がここまで頑張ってくれたのだから、ラステア国に働きかけて、向こうと同じ法整備をしないといけないな」

「ラステア国と同じ、ですか？」

「そう。ラステア国でも安定して作れる製法はきっと欲しいはずだからね。向こうの国は魔力溜まりを加工して作っているけど、そう頻繁にできるわけではないだろうからきっと喜ばれるよ。それと引き換えにどんな法律で守り、そして違反したものにどんな罰を与えているのかを教えてもらうんだ」

つまりは、元々あるラステア国の法律を参考にファァティシア国用の法律を作る。国が違うのにそれは良いのかな、と考えてしまう。

「お父様、同じ法律をこの国にも適用してしまって大丈夫なのですか？」

「内容を確認してみないとなんとも言えないが、大まかな決まりは適用できるよ。魔力過多の畑で取れた薬草を持ち出さない、ポーションの国外持ち出し本数の制限、レシピは元々ラステア国のものだ」

「先人の知恵はいくらでも借りて良いんですよ。それで国が良くなるなら、万々歳です」

国としてのプライドとか色々ありそうな気がするけど、それよりもぽーしょんの方が大事だと言われた気分だ。認めてもらえた気がして、ちょっと嬉しい。

「陛下、それではポーションは今後も作製してよろしいですね？」

「ああ、もちろん。これがあれば徹夜での仕事もなんとかなりそうだ」

「そうならないようにしてください。私も一緒に付き合うことになるじゃないですか」

宰相様の言葉にお父様は苦笑いを浮かべる。

「それができたらなあ……苦労はしないんだよ。本当に、兄上は凄い方だった。私は兄上が残した草案を元に仕事を進めるので精一杯だ」

「陛下……」

お父様の自虐的な言葉にリュージュ様が少し咎《とが》めるような声を上げた。

でも私達は知っている。お父様が私達に会いに来れないくらい、昼夜問わず一生懸命に国王として仕事をこなしていることを。

「お父様！　私、いっぱいぽーしょんを作ります！　そしてお父様に毎日差し入れに来ます!!」

「俺も、母上に持ってきます。それにルティアの畑で採れた果物はみんな美味しいんですよ。きっと母上も気に入ってくれます」

私とライルの言葉にジルもリーンもシャンテも頷く。大人にしかできないことがあるように、子供だからできることもある。補い合える部分は補っていけば良いのだ。

「あ、そうですわ、陛下。魔術式研究機関として奏上申し上げます。薬草用の畑をもっと広げたいのです。今のままなら確実に中級も上級も作れます！」

「あー言うと思ったんだよねぇ……まあ今の場所は特に何か建てる予定もないしなあ……目一杯広げてもいいかなあ」

「あら、そうそうにご納得いただけて嬉しい限りですわぁ」

うふふとカーバニル先生が笑う。そんな先生からテーブルの下でツンツンと手をつっつかれ、私はお父様に両手を組んでお願いのポーズをとる。

「あのね、お父様……魔力過多の畑で果物とお野菜をもっと育ててみたいの！　今日食べてもらったパイみたいに、食べると良い効果が出るんですって！　それを調べてみたいの!!」

「このパイはリンゴの味が濃いよね。オレンジも酸味と甘味のバランスが良いし、チェリーも……でも魔力過多の畑だと収穫時期がずれるんだろ？」

「一応、加工食品にできないかなって……ジャムとかお酒とか蜜漬けとか、シーズンになると作るでしょう？　加工品ならいつでも食べられた方が良いんじゃないかなって思うの」

「うーん……確かに加工食品に限定するなら市場の混乱は避けられるかな」

「加工食品でしたら料理人達の料理の幅が広がるでしょうから喜ばれるかと。それに加工品に限定するなら価格も一定にすれば家計にも優しいですしね」

先生が私の話に付け足す。そうか。そういう風に言えば良かったのか……と思って先生を見ると、先生は私にパチンとウィンクした。

このままで良いということか？　私はフル回転で頭を動かす。

「えっと……それに、加工食品限定なら冬の仕事の少なくなる時も農業をしてる人たちは助かるんじゃないかしら？　あ、でも冬のお仕事ができなくなるのかな？」

「冬場は畑作業がないからね。別の仕事に出かける人も多い。そうだな。それに比べれば良いかもしれない。元々が自分達の仕事だし……そうなると別に雇用も生まれる」

雇用が生まれるとは、きっと冬場に農業をしてる人たちがしていた仕事をする人がいなくなるから、そうじゃない人達に生まれるということだろう。

それに加工食品を作るのに人手がいるならそこでも生まれるかもしれない。それはつまり、私自身が働き場所を用意しなくても仕事が自然と生まれてくるということだ。私が働き場所を提供できるのはごく僅かな人だけだけど、新しい仕事が増えればその分、働き手は自然と募集される。

それが国中に広がればきっともっと、働ける人は増えるはずだ。

「魔力過多の術式は花師達が使用していた術式を更に使いやすいようにしております。その術式を広め、冬場の農業従事者の仕事を増やせれば食も豊かになりますし、仕事も増えると思われます」

「準備万端だなあ」

「褒め言葉と受け取らせていただきますわ」

ほほほほほ、と笑う先生は何となく、まだ企んでいるような気がしてならない。

だって順調すぎるもの。

「カーバニル、君は畑以外にも何か欲しいものがあるね？」

「あら、おわかりになりまして？」

「魔術式研究機関の若手の中でアマンダと張り合える子だと聞いている。その君が、畑だけで済ますわけがない」

「うふふふ。そんなに大変なことではないんですよ。ええ。これは私の希望ですの」

「希望、ね……言ってごらん？」

お父様は先生にどんな願いがあるのかと問いかける。先生は光り輝かんばかりのとても良い笑顔でこう答えた。

「姫殿下と一緒にラステア国へ行かせてください」

ラステア国、龍が守護すると言われている国。どうしてそこに私も行くことになっているのだろう？　ライル達の視線が私に集まる。私は小さく首を振った。知らない、と。

「もちろんラステア国へは、使者を行かせなければいけないと思っているが、それに君を同行させるのは良いとしても、ルティアを一緒に？」

「ええ。姫殿下なら必ずや、ラステア国から色良い返事をもらってついでにポーション以外にも何か薬があるならぶん取ってきてくださいますわ!!」

待ってほしい。私は魔術師団長ではないので、ぶん取ったりはしない！　今までだってしてきていない!!　先生に私は一体どんな風に映っているのだろうか!?　そんな暴れ牛みたいなことはしていないぞ!!

「ルティアをねぇ……」

チラリとお父様が私を見る。と言うか、部屋中の視線が私に集まっている。

え、やだ。なんか怖いじゃないか！

「聞けば姫殿下は視察にもついて行かれたとか。旅は初めてではありませんし、姫殿下の魔力量は多いのですから向こうで学ぶこともあると思います」

「ルティアは確かに魔力量が多いよね……報告を受けてる限り、すごい勢いで伸びている。きっとカロティナに似たんだね。彼女もそうだったから」

「あら、そうだったんですか？」

先生の問いかけにお父様は深いため息を吐いた。

「見た目も中身もそっくりだよ。ロイに淑女たるもの、木に登ったり、ニワトリを追いかけたり、ミミズを笑顔で手掴みしたり、ヘビが現れた時には長い挟む棒で掴んで、振りかぶって遠くに投げたりはしない、と聞いて彼女の幼少期の話を思い出したからねぇ」

お父様はまだ彼女に比べれば可愛いものなんだけどね、と呟く。

お母様はそんなにすごかったのか……優しい手しか覚えていないが、私の行動が可愛く見えてしまうとは一体何をしていたのだろう？

「ちなみに、どんなことかお伺いしても？」

好奇心に負けた先生がお父様に話を促す。するとなぜか騎士団長と宰相様が話し出した。

「学園にいた時も木に登ってそのまま寝てることがありましたね」

「陛下が下で慌てていたのを思い出す」

「確か演習で森に行った時も、単独行動をして一人で何匹も魔物を狩って……」

「ああ、あの時は彼女がいないと言ってちょっとした騒ぎになったんだけど、本人はケロッとした顔で集合場所に戻ってきたよな。魔石を幾つも持って」

「大人になってもあまり変わらなかったよ。カタージュにいた時も気がつくと森に行って魔物を狩ってたからね。ルティアを産んでからようやく落ち着いたけど、本当に多少、って感じだったから……」

魔力量が多いせいか、時折魔力を発散させたくなるのだと言っていた、とお父様は言うがそれは違うんじゃないかなあと私は思う。

私がお母様にそっくりなら……きっと考えていることも似ているはず。私は土いじりが好きだ。一番初めに興味を持ったことなのと、手を加えれば応えてくれるところが気に入っている。綺麗な花は心が和む。もちろん手のかけ過ぎは良くないけどね。

それが縁で薬草を育て、ぽーしょんができた。これは結果論ではあるが。お母様も何かしらの理由があって魔物を狩りに行っていたに違いない。楽しいから、ではないだろう。

きっとそれがカタージュを守ることになると知っていたからだ。

あとは……もしかしたら、探していたのかもしれない。

魔力溜まりを――

ラステア国のぽーしょんが魔力溜まりを加工して作られているのは、知ってる人なら知っている話だ。カタージュの国境沿いの森は魔物がよく出る。ならば同じようにぽーしょんを作れないかと考えていてもおかしくはない。

「あらまあ、それなら尚更外に出してあげませんと」

「普通は逆じゃないかな？」

「そうですね。逆かと……」

先生の言葉にお父様とリュージュ様が眉を顰める。

「いえいえ。逆にいろんな場所を見せた方がいいんですよ。閉じ込めておいて、後で爆発した方が余程大変です」

「私……爆発なんてしないわよ？」

「本当に爆発するって意味じゃないわよ」

ケタケタと先生は笑い、私の肩に手を置くと少しだけ前に押し出した。

「変化の時ですわ。きっとカロティナ様が成し遂げられなかったことを姫殿下がやってくださいます」

「カロティナができなかったこと……？」

お父様は不思議そうな顔をする。私も何だろうと考えてしまう。

お母様が成し遂げられなかったこと、とは？

「今の王城に巣食う色々なものをぶち壊す一手、ですわ」

誇らしげに先生は言ったが、言われた私は意味がわからなくて、ただ先生の顔を見上げることしかできなかった。

親達の密談　二（アイザック視点）

子供達が帰った後、残された親達は一様にため息を吐いた。私は手の中にある小瓶を見つめる。空色の液体が入っていた小瓶の中身はもう、ない。

「まさか、これ程までに早く作れるようになるとはな……」

「品質的にも問題ないように思えます」

そう答えたのはピコット・ロックウェルだった。彼自身はラステア国のポーションに何度か世話になったことがあるようで、今回のポーションを高く評価しているうちの一人だ。尤もこのポーションを評価しない者など、私を含めこの場にはいないだろう。なんせここ数日の疲労があっさりと消えてなくなったのだから。実によく効く。

「カーバニル研究員によれば、魔力過多の畑を人工的に作ったからではないかと言っていたな？」

そう私が問いかけると、自らの妻の代わりとしてピコットが頷く。

「そうです。花師と一緒に土地を「均《なら》す」目的でやったそうですが、思いがけず魔力を入れすぎてしまったとか。魔力過多の畑自体は花師達の間ではそう珍しいことではないようです」

「それならば、今後作るとしても品質は一定のものを作れるな」

「ラステアでは魔力溜まりを使って作るんでしたか？」

カルバ・ハウンドがピコットに問いかける。するとそうです、と彼は頷いた。魔力溜まりを利用せずとも魔力過多の土地が作れるのは大きな発見だ。魔物が入り込めばスタンピードの元となってしまう魔力溜まり。それはそう簡単に見つかるものでもないうえに、魔物が入り込みやすい場所にある為に、危険な捜索となる。ラステア国とて安全に作れるのならそれに越したことはないだろう。

「いや、本当に……この場に妻がいなかったことが悔やまれますね」

「アマンダはどうしたんだ？」

その言葉に皆が苦笑いする中、何も知らされていなかったリカルド・ヒュースが首を傾げた。彼女なら一番に報告に来るからだ。それもかなりの興奮状態で。その情熱を本来の職務である書類仕事にも発揮してもらいたいものだが、彼女の今の興味はルティアと魔力過多の畑に向いていて少し難しい。それだけでなく、女性がトップに立って仕事をするというのも数々の困難が待っている。

比較的、魔術師達は魔力量、そしてその扱いに重点が置かれているから他よりはマシだけれど。ここも改革していくべき部分ではある。女性の、というよりは優秀であれば性別問わず、だが。

「ヒュース騎士団長、彼女は今……自業自得の最中です」

「自業自得……あ、あー…なるほどな」

ピコットの言葉にリカルドは原因に思い至ったのか、苦笑いを浮かべていたが少しして若干ひきつった表情に変わった。その表情を見てピコットは静かに頷く。

「お気づきですね？　皆様、今日飲んだことは妻には内密にお願い致します。いえ、もしうっかり口が滑ったとしても!!　被害を被るのはご自身だけでお願いします。我が家に飛び火しないように、くれぐれも！　くれぐれも!!　お願いします!!」

ピコットの熱のこもった言葉に誰しもが頷いた。誰だって八つ当たりされたくはない。なんせアマンダ・ロックウェルが暴走したならば被害は甚大だからだ。何が、と言うとアカデミーの頃は実験棟の教室一つが丸々大破したぐらいである。

やった本人はケロリとしていたが周りはいい迷惑だ。そしてそれを彼らが面白がる節があったため、アカデミーの教師陣には魔の学年と言われて久しい……流石に大人になってからはそこまでの事はなくなったが、それでも暴走した彼女を止めるのはなかなか難しいのだ。

研究こそ我が人生、研究こそ生き甲斐と言って憚《はばか》らない彼女だが、ことポーションになるとそれが顕著に現れる。その理由の一つはきっと彼女のことだろう。

「――アマンダさんがそこまでポーションに拘るのは、きっとカロティナ妃のことがあるからね」

リュージュは手の中の小瓶を見ながらポツリと呟く。アマンダとカロティナの仲がたいそう良かったことを知っているからだ。そして具合が悪くなったカロティナに何度か下級ポーションを飲ませていたことも。

それでもカロティナは助からなかった。

まるで死神がすぐ側で鎌を掲げ、見張っていたかのようにその命を落としたのだ。

本来なら、聖属性持ちの神官に頼むべきではあるが……現在に至るまで、我が国の聖属性持ちは不足している。元々がそう多くはない。そして彼らの力を必要としている者は大勢いる。王族の要請だと言って、順番待ちをしている平民を押し退けてまで神官を連れて来ることには議会の者達が難色を示したのだ。

尤も、難色を示した大半がフィルタード派の貴族達であったが。しかし王といえども、全てを押し退け、たった一人の妃のために神官を連れてくることはできない。将来的にそれを知った子供達に見捨てたのか、と詰《なじ》られることも覚悟で私は神官の招集を諦めたのだ。

何者からも守ると誓った相手なのに、王であるからこそ出来ることもあれば、王であるからこそ出来ないこともある。

それを酷く痛感した出来事であった。

「姫様は、お前に似てると思っていたんだけどなあ」

「そうですね。自由に王城内を出歩いていた所なんて特に」

リカルドとカルバは頷き合いながら私を見てきた。何と答えて良いかわからず苦笑いを浮かべる。

「お二人のお子様ですもの。どちらにも似ていて当然でしょう?」

リュージュの言葉に、リカルドは肩をすくめた。

「最初はそうは見えなかったんだよ。自由に出歩いてはいたが、至って普通の大人しい姫様だった」

「そうだね。なんだかルティアは変わったみたいだ。視察について行くと言ったり、薬草を作りたいと言ったり……」

あそこまであの子は行動的な女の子だったかな? と首を傾げる。彼女の世界は悪く言えば狭い。城の中だけ。これから先も、そのことに違和感を覚えることもなく過ごしていくはずだった。

それは王族に生まれた者なら極々当たり前のこと。

淑女教育に関しては、私がよく見ていなかったせいでフィルタード派が好き勝手してしまった結果ではあるが……それにしたって行動的すぎやしないだろうか? まるで出会った頃のカロティナを見ているようだ。

「私は意外と子供達のことを何も知らないのだなあ……いつの間にか成長して、いつの間にか手を離れていきそうだ」

「それは私も同じです。まさか、ライルも一緒に手伝っていたなんて驚きました」

しかも嫌々手伝っていたわけではない。自分から進んで手伝っているのだ。ついこの間まではルティアのことを三番目と呼び、下に見ていたのに今ではかなり打ち解けているように見える。

ルティアがライルを許しているのかはわからないが、それでも以前に比べれば良好な関係を築けているだろう。そしてライルと他の子供達のわだかまりもなくなってきたように思える。ライルも自分を変えようと努力をしているのかもしれない。

「そうだね。ライルにも良い影響があったみたいだ」

「恥ずかしながら、あの子が私の体の心配をしてくれていたなんて……今まで考えもしませんでした」

「親の心配をしない子供はいないさ」

リカルドの言葉にリュージュは首を振った。

「親子、と言えるほどの交流を持っていなかったの。私は、どうライルに接すれば良いのかわからなかった。私自身も、両親と交流した記憶がほとんどないから……いつも人に任せてばかり」

「これからどんどん交流すれば良い。きっとライル殿下も喜ぶ。それに俺も少し考えを改めないといかんようだ」

リカルドはそう言って小瓶を手に取り、ジッと見つめる。彼もまた、息子であるリーンが畑を手伝っているとは思っていなかった一人だ。シャンテは母親であるアマンダの影響で手伝う事はあっても、リーンには関係ない。そう考えていたのだ。

「リカルド、リーンは魔術に興味があるようだね？」

ピコットから言われリカルドは頷く。しかしリカルド自身はリーンに騎士になってほしかった。自分がそうであるように、息子にも王を支え守る者になってほしかったのだ。

それが本人の意思であるかは私には見当がつかない。親に言われるまま、ライルの友人になっていたのだろうし。だが今日の様子を見ている限り、魔力過多の畑に興味があるようだ。そしてピコットも何やら知っている様子……

「リーンは……魔術を学びたいのかなあ。本当は騎士になってもらいたかったが」

「それこそ本人に聞いてみなければわかりませんよ？　うちはもう少し、積極的になってくれると良いんですけどねえ」

ピコットは含みのある言い方をする。せっかく本人が毎日でもポーションを届けると言っているのだから、親子の会話を増やす機会ではあるだろう。

「うちも、会話らしい会話をしていないからな……姫殿下には感謝しなければいけない。ライル殿下の件をもっと真剣に聞いておけば、あそこまで酷くなる前に止められたかもしれないしな」

ハウンドも同じように小瓶を手の中でもてあそんでいる。宰相になってからは忙しい日々を送り、なかなか家で会話することもままならなかっただろう。そうなると夫人にジルのことを任せっきりだったに違いない。仕事に関しては一切手を抜かないが、この男も大概不器用なのだ。

少しずつ、何かが周り始めている気がする。ルティアを中心に。

あの小さなお転婆姫はこれから何を起こしてくれるだろうか？

「あ、そうだ。陛下にお願いが」

「どうした？」

ピコットのお願い、という言葉に首を傾げる。彼がそんなことを言うのは珍しいからだ。法の番人らしく、常に公平であれ、が彼の信条でもある。

「うちのシャンテも、姫殿下がラステアに行かれるのでしたらお供させていただきたいのです」

「シャンテを？」

「あの子は私の性質を受け継いだのか、貴族の割にあまり魔力量が多い方ではありません。妻のことは尊敬しているでしょうけど、それと同時に自分の魔力量の少なさを恥じている」

「魔力量は遺伝によるものが大きいが、そこまで気にするほどのものではないだろ？」

リカルドの言葉にピコットは首を左右に振った。

「それは理解ある意見としか……やはりアマンダの影響は大きい。偉大な魔術師の子供であれば、色眼鏡で見る者は多いのです。子供だからこそ、そういった大人の視線には敏感だ」

「シャンテは自分も行きたいと言ってくるだろうか？」

「それぐらいの気概は持っていると信じてます」

「なるほど。ならばシャンテが行きたい、と言うのであれば……許可しよう」

ピコットにそう告げる。

私もそうだが、カロティナも単独行動が好きだった。下手に子供一人で行かせて、単独で動かれては困る。子供というのはなぜか大人の目を盗むのが得意なのだ。ちょろちょろっと動き回って、誘拐でもされたら大変だ。シャンテはルティアと同じ歳だが、ピコットに似て落ち着いている。きっと単独行動しようとするルティアを諌めてくれるだろう。

「陛下、ライルも言ってくるでしょうか……？」

「どうかな、ライルは今魔力制御の特訓中らしいから」

「魔力制御……？　それは、なぜ？」

「今までライルが動く前に侍女や侍従達がやってしまっていたんだろう。小離宮は必要最低限の人間しかいない。自分のことは、自分でできるようにとね」

「まあ、そうだったのですね……」

普通ならそれを教えるのもリュージュの役割のはず。私が国王に即位してから、目の回るような忙しさの中、彼女もまた正妃としての仕事に忙殺されていたのだ。乳母の役割を担っていたカロティナが生きていれば、そういったことも全て教えてもらえただろうが……

そしてカロティナがいなくなってからは、周りの侍女や侍従達に任せきりだったのだろう。私も同じだが、きっとやってくれている、そんな甘えが子供達の環境を悪化させていた。

「私がカロティナ妃に甘え、彼女が亡くなってからは周りの者に任せきりにして、向き合ってこなかったせいでライルに迷惑をかけてしまったのね」

「そういえばリュージュはカロティナが苦手だったよね？」

「苦手、と言うか……自分にないものを持っている彼女が眩しかったのです。あの、嫌いだったわけではありませんよ？」

「うん。わかるよ。マリアベルのこともそうだね？」

「ええ。彼女は、カロティナ妃に似ている部分があります。カロティナ妃よりは大分大人しいですが」

マリアベルのことを、「淑女らしい淑女です」そう言ってリュージュは苦笑いした。それから真っ直ぐに私を見ると、ある言葉を告げる。

「私は、無理に陛下の妻であろうと努力しました。今思えばそれがいけなかったのですね」

だからこそリュージュがお飾りの正妃にならないように、と勝手に動く者まで出てきてしまったのだ。正妃ではあるが、妻ではない。なれない。お互いにわかっていたはずなのに。

「私にとって君はずっと義姉だったよ。兄上が一番愛した方だ」

「そう、そうね。私も陛下を夫として見ることは難しいわ。だって、今でも私の一番はあの方だもの」

「それでいい。お互いに譲れないものがある。そして守りたい者がいる。それで良いんじゃないかな？」

リュージュもそれに頷き、正妃としてできることをしていくと微笑んだ。その笑みに私も頷き返す。

「さて、当面はポーションだな」

ひと時の団欒《だんらん》を終えて、その場にいた全員に告げる。

これからはさらに忙しくなるぞ、と。

ポーションと騎士団

あの日、私はお母様の代わりに何をぶち壊すのか全くわからないまま部屋へと戻された。

カーバニル先生はそれで良いと言う。気になる言葉を言っておきながら、それで良いとは何だかモヤモヤした気持ちだ。

きっとまだ、私には話せないことなのだろう。

王城に巣食うもの。

それが何かはまだよくわからないが、ひとまずはできることから一歩ずつ！　コツコツと地道に進めていくしかない。私にできることは限られているのだから。

「姫さん、よそ見してると手元が危ないっすよ？」

ロビンの声にハッとする。薬草を入れるカゴを側に置いてぼんやりとしてしまっていた。手元に鎌を持っているのによそ見は危ない。ちなみに今は畑仕事をしている最中だ。魔力過多の影響で畑の中をみんなが収穫作業に動き回っている。

そして今日はカーバニル先生から初級ぽーしょんのおさらいと、中級ぽーしょんの作り方を教わる予定だ。あと今日からぽーしょん作りにロイ兄様とアリシアも加わる。

できればぽーしょんを魔術式研究機関でも量産したいみたいだけど、忙しくて人手が足りないらしい。なのでそれなりに手が空いて、尚且つ魔力量のある私達に白羽の矢が立ったわけだ。

子供と言えども役に立つことがあるならやってみたい！

それはジル、リーン、シャンテも同じ気持ちだ。彼らも私やライルと同じようにぽーしょん作りに参加している。まあ三人は自分達の家族に渡したい、という気持ちが大きいかもしれないけど。

最初はそれで良いんじゃないかなーと思う。

誰かのためって、思えば作るのも楽しくなるものだ。そして今日作る初級ぽーしょんは騎士団へ持って行くことになっている。騎士団の訓練場所に持って行って、効能を確かめてもらうのだ。

最初は第五と第四騎士団から。次に第三、第二、最後に第一になるらしい。なんでかって言うと、そこで働いている人達の割合の問題だったりする。

そう。割合。

貴族と平民の割合、だ。

ぽーしょんなんて画期的な薬ができたらみんな試してみたい！　って私は思っていたんだけど、高位の貴族になればなるほど保守的なんですって。逆に平民出身の騎士達は、それよりも怪我が治るなら試したい！　ってなるらしくて、この順番になった。

魔術式研究機関が関わっているのだし、安全性を疑うわけじゃないけれど作っているのが子供だから、というのもあるかもしれない。もしその理由の一端に「三番目《私》」が作ったから、っていうのがあったらどうしようかと思ったけど、そうじゃないって聞いてちょっとだけ安心した。

最初にシャンテが言っていたものね。未知のものはみんな警戒するって。

ひとまずたくさん作って、みんなに試してもらって大丈夫だってわかればいいのかな？　訓練で怪我をするのは日常茶飯事だって言っていたし。でもたくさんってどのくらい作ればいいんだろ？

私は目の前にいる兄様の従者のロビンに問いかける。

「……ねえ、ロビン。ロビンもぽーしょん作る？」

「あー俺でも作れるなら……てか、ポーションの発音おかしくないですか？」

「そうなの？」

いきなり発音がおかしいと言われ私は首を傾げた。

「ポーションですよ、ポーション」

「ポーチョン？」

「ポーション」

「ポーちょ……？　ぽしょん？」

「ポーション！」

「ポーション！」

ロビンがポーションと何度も繰り返す。私は何度も噛んだり詰まったりしながらようやく正しい発音を言えるようになった。なんと言うか、発音がしづらいのだ。私は口の中で何度もポーション、ポーション、ポーション……と繰り返す。

「そういや、ロイ様もぽーしょんでしたねえ。発音」

「だって身近に正しい発音してくれる人ってアリシアと魔術師団長しかいなかったんだもの。二人からは特に何も言われなかったし」

「ラステアに行くなら正しい発音覚えてください。向こうの薬なんですから」

「……そうね。確かに同じ物を作っているのに発音が変なのってなんだか失礼よね」

そうですよ、と言われ私はポーション、ポーション、ポーション、と繰り返す。するとライルが側に寄ってきて、「何をしてるんだ？」と聞いてきた。私はロビンに発音がおかしいと言われて直している最中だと言う。

「ぽーしょん、だろ？」

「ポーション、ですよ」

ロビンが正しい発音をライルにも教える。

「ポーちょん？」

「ポーション」

「ぽーショ……ん？　ポーション？」

「そうそう。上手いですよ。はいもう一回」

「あ、ああ。ポーション？」

「上手い上手い。もう一回」

「ポーション」

「バッチリです」

グッと親指を立てて上手くできていると言うと、ライルはホッとした表情を見せた。むむ、私よりも上手く発音できてない？？　私も何度もポーションと声に出す。ライルも一緒に声に出していると、ジル、リーン、シャンテも不思議そうな顔で寄ってきた。

みんなでポーションの発音をロビンに教わり、何度も繰り返す。

「あらやだ、ヒナの学校でもやってるの？」

「いや、そういうわけじゃないんすけどね……」

先生が肩を震わせて笑いだす。そこに兄様やアリシア、アッシュが加わり兄様とアッシュも正しい発音ができるようになった。確かにみんなで練習していると学校のようだ。

「ねえ、ロビンはいつの間に正しい発音ができるようになったの？」

「そうだよね。最初は僕と変わらなかったはずなのに」

「いやですねえ。できる従者というのはそういうものなんですよ」

フッフーとロビンは笑う。確かにロビンはいつの間にかサラッとこなしていたりするのだ。

チラリとアッシュに視線を向けると、うんうんと頷いている。同じ従者から見てもロビンは出来る従者らしい。その割に私の扱いがぞんざいな気がするんだけどね！

「さ、ポーションの発音も綺麗に言えるようになったことですし？　みんなで初級ポーションを作っていくわよー！」

先生の掛け声で、私達は収穫したばかりの薬草を持って四阿に向かう。今日初めて作る兄様とアリシア、ロビンの為に先生が一から作り方を教えてくれる。

私達はもらっているレシピを見ながらおさらいだ。

「ポーションを作るのにどのぐらいの魔力量があればできるんです？」

「残念ながら……水の色が変われば問題はない、としかまだ言いようがないのよ」

ロビンの質問に先生がまだわからないと答える。ここでポーションを作っているのは貴族か王族、例外はベルとアッシュだけど二人とも魔力量は一般の人より高かった。

「ロビンは魔力量低いの？」

「俺は普通ですかねえ。一応まだ伸び盛りではありますけど」

「あら、幾つ？」

「六をようやく超えたあたりです。アッシュは俺よりあるよな？」

「はい。俺は今、七から八の間ですね」

先生はそれを聞いて、元々が魔力過多すぎる畑の薬草だから問題ないと判断した。ただ、初級は作れても中級以上はもう少し魔力を入れないと難しいらしい。水の色が変わらない場合は、諦めて初級を作るように指示していた。

「なるほど。そりゃわかりやすい」

ロビンは気負うことなく、言われた通りにビーカーに薬草をちぎって入れ、水を注ぎ、魔力をこめる。すると水の色が初級ポーションの空色に変わった。それを見てロビンは小さく頷く。

「初級は平気っぽいっすね……」

その後はビーカーを小さなコンロで煮込み、グツグツしてきた所で火を止めると、それをこし器でこしながら小瓶に入れていく。初級ポーションの完成だ。

「へー煮るともう少し色が変わるなあ」

「ロビンの初ぽーしょんね！」

「姫さん、発音」

「ポーション！」

「よろしい」

ロビンはニッと笑うと、袖の所から何かを取り出した。そして自分の右手のひらに当てると、スッと動かす。すると、あっという間に血が溢れてきた。突然の行動に私は驚く。

「ろ、ロビン⁉」

ロビンは怪我をしていない手で私を制すと、小瓶の中身を一気に煽る。それから怪我をした右手を水で洗い傷痕を見た。先生とそっくり同じことをしたロビンに非難の目を向けてしまうが、本人はケロリとしている。

「お、これはすごい！」

「す、すごいって問題じゃなくてね⁉　それはもうカーバニル先生が初回にやったわ‼」

「自分でもちょっと試してみたいじゃないですか。従者的に」

「あーその気持ちは、はい。わかりますねぇ」

アッシュまでもがロビンの意見に同意する。いやいや、しなくて良い怪我はしないでほしい。急にやられるとこっちの心臓に悪いじゃないか！

「ロビン、アッシュ、やるなら淑女のいない所でね。うちのお姫様がおかんむりだよ」

そう言って兄様がロビンとアッシュを窘《たしな》める。いや、いない所だったら良いって話でもない気はするが……するとロビンとアッシュは私とアリシアを見て、淑女……？　と呟いた。

「わ、私はともかく、アリシアは淑女でしょう！」

「そうよそうよ！　ちびっ子二人はともかく、アタシだって立派な淑女よ!!」

先生までも一緒になってロビン達に文句を言う。先生の主張はどうとればいいのか、だって自分だって試してたし。

「俺、目が悪いんすかねぇ……淑女はいない気がする」

「まあ、土いじりを喜んでする淑女はそういないな」

ライルも少し困り気味にロビンの意見に同意した。アッシュは何も言わず、スッと目線を逸らす。

そして兄様は肩を震わせながら笑っていた。他の三人なんて何も聞いていませんって表情をしているではないか!!　私はぷくりと頬を膨らませる。

「そんなに頬を膨らませてるとリスみたいですよ」

「別に何も入ってないもの」

しかしロビンは私の両頬を手で挟み中の空気を抜いてしまう。

「ほらほら、笑顔、笑顔。淑女はいつもニコニコしてるもんです」

「もう！　ロビンが怒らせること言うからでしょう？」

「確かにいつも怒らせてるよねえ」

兄様にも指摘されてロビンは肩をすくめる。

先生からその辺にしておきなさい、と言われ兄様とアリシアが初級ポーションを作っている間に私達は次の中級ポーションを作ることになった。

「作り方は初級と一緒よ。ただ薬草と水の量が増えるの」

そう言って私達の前に薬草を七種類置いて見せる。初級ポーションを作る時に使った薬草にプラス二種類だ。つまり更に効果を上げる場合は、どんどん足していく、ということなのか？

「さ、薬草をちぎって一水を入れて一魔力を入れる」

先生の言葉通りに私達は作っていく。ロビンは魔力量がそこまで多くないから初級を何本も作るよりは先にできるか確認したいと、一緒に中級を作っていた。順調に私やライル、リーン、ジルの順番で色が変わる中、シャンテとロビン、アッシュはなかなか色が変わらない。

「あ、色が変わった」

シャンテのホッとした声がする。ロビンとアッシュはまだ変わらないようだ。しかしビーカーの中を見ているとゆっくりとだが色が変わり始める。

「ロビンもアッシュも色が変わり始めたわ」

「ホントです？　これ、結構キツイすわ」

「確かに……これかなり持っていかれますね」

ロビン達は眉間に皺を寄せながらビーカーの中に魔力を注いでいた。そして完全に色が変わる頃には、疲れて椅子に座っている。先生に最初に作った初級ポーションを飲むように言われ、二人はそれを飲み干すと難しい顔をした。

「俺らは、初級までっぽいっすね」

「そうね。中級を二本作るのに初級一本使うぐらいなら、その魔力量で初級を作れるもの。シャンテも初級を頑張りなさい。無理に魔力を使って倒れたら意味ないわ」

「……はい」

「そんなに落ち込むことはないわ。また魔力量が増えたら中級に挑戦すれば良いもの。それに時間をかければ作れるわけだしね」

少ししょんぼりしたシャンテを先生が励ます。

「ポーションを量産するには僕の魔力量では向いてないってことですね」

「そうね。でも今はできるだけポーションが沢山欲しいの。魔物討伐に行くから間に合わせたいのよ」

先生の言葉にライルが反応する。魔物討伐、と聞いて彼らを思い出したのかもしれない。

「先生、魔物討伐は……やはり危険なものなんですよね？」

「ええ、とても危険だわ。でもしっかりと訓練した騎士と魔術師達が行くからそこまで大きな被害は出ないはず。なんせアマンダも行くしね」

でも無傷とは言い難いから、初級ポーションがたくさん欲しいと言う。そうすれば同行する神官の負担が減らせると。

「聖属性の神官様は少ないんですよね？」

アリシアの言葉にそうよ、と先生は頷いた。もちろん魔術式研究機関にも若干名聖属性持ちはいる。

だが聖属性が飛び抜けて強いわけではないので、大怪我をした時には神官がいた方が良いらしい。

「聖属性って、それを持ってるだけで怪我が治せるのかと思っていたわ。そうではないの？」

「属性を測る石板があったでしょう？　アレは一緒に属性の強さも見ているの。聖属性だけなら訓練していけば怪我も治せるけど、他にも使えると相性の良い属性がどうしても優先されちゃうのよね」

「聖属性を優先することはできないの？」

「したいのは山々だけど、適合している、ってだけだから……身になるかはやってみないとわからないの。聖属性ってそこが困るのよ」

私の聖属性の力は他のメモリよりも多かった。つまり訓練すれば、結構な聖属性の使い手になれるのではなかろうか？

「ま、今はポーションが作れるようになったしね！　これが量産できれば、神官達もハードな生活からおさらばできて感謝されるわよ」

「ハード……？」

「どうしても治してもらいたい人はたっくさんいるからねえ」

神官達にとってもポーションはきっと助けとなるだろう。

私はそう願いながら、ポーション作りに励むのだった。

＊＊＊

途中から魔力量の少ない人は薬草をちぎる係に代わり、それ以外の人はビーカーに魔力を注ぐ係と分かれることになった。しかし……ちまちま煮込んでいると、もっと一気にポーションを作れはしないかという気分になる。

「せんせぇ……ポーションってビーカーじゃないとダメなの？」

「ダメってことはないわよ？　計ってるだけだし」

「これってもっと大きな鍋とかじゃダメかしら？　ちまちま作るのって面倒だわ」

私の言葉に先生は腕を組み考え込む。そして出来上がった初級ポーションを眺め、腰につけているマジックボックスから小さな鍋を取り出した。

「ひとまず、これからいきましょうか」

「もっと大きくても平気だと思うけど……」

「段階ってもんがあるのよ！　言っとくけどアンタが一番本数作っているんだからね？」

そう言われ、出来上がったポーションを見る。最初は何本か中級も作ったが、今はみんなで初級を作っている最中。その出来上がり本数は、私の印の分だけとても多い。いつの間にかたくさん作っていたようだ。

そんな中、私達の話を聞いていたロビンからクレームが入る。

「姫さん、もーちょいゆっくり作ってくれません？　薬草ちぎるのもこすのも間にあわねえっすわ」

「え、そうなの!?」

「そうですよ！　瓶だって無限にあるわけじゃないんっすからね!!」

「先生のマジックボックスに無限に入ってそうなんだもん」

そう言ってチラリと先生を見ると、流石にそこまでないと言われてしまった。でも鍋が入っているくらいだし、まだ瓶はあると思うのだ。

「ひとまずこれ作ったら、出来上がったポーションを第五騎士団に持って行きましょう。このペースで作ってたら本当に瓶が足りなくなるわ。騎士団に持って行ってる間に、研究機関から瓶をかき集めてもらってこなきゃ」

「……お前の魔力量どうなってるんだ？」

ライルに珍獣でも見るような目で見られ、私は微妙な気分になる。仕方ないじゃないか。魔力量が多いのだ。訓練しているうちにどんどん増えていくのだから。

「ライルだってそのうち鍋で作るようになるんだから！」

「たぶんその前にお前が畑中の薬草使い切るんじゃないか？」

「そんなに使わないわよ！　……たぶん」

だってどのぐらい作れるかなんて私だってわからない。魔力量が多いからって、この量でこの分だけ作れる、というわけではないのだ。

出来上がったポーションを箱に入れ、先生が持ち上げる。さっきまでの淑女なのよ！　は何処へ行ったのか、ものすごい力持ちだ。私なんて手提げのカゴに入った分しか持っていない。茫然とシャンテと二人で見上げていると、先生が軽く首を傾げる。

思わず「先生って力持ちですね！」って言おうとしたら、その前にシャンテの手が私の口をふさいだ。そして耳元で「失礼にあたりますよ」と囁かれる。そうか。確かに。小さく頷くと、シャンテの手が私から離れた。そんな私達を先生が不思議そうに見てくる。

「どうしたの？　アンタ達……？」

「なんでもありません！　さあ、早く行きましょう!!」

「そう？　それじゃあ、アタシ達は騎士団に行ってくるからみんなはその間休んでてちょうだい。うちの連中が瓶を持ってくるだろうから受け取っておいてね。さ、二人はアタシと一緒に行くわよ」

指名された私とシャンテが「はい」と返事をすると、居残り組の兄様が軽く手をあげる。その後ろにはアリシアが。

ライルがいるけれど、兄様も一緒だしユリアナもいる。アリシア一人残していってもきっと大丈夫だろう。本人はちょっと大丈夫な顔色ではないけれど。でも慣れることも大事だ。毎回会うたびに気絶していたら大変だし。

ユリアナがお茶の準備を始めているし、お茶でも飲みながらゆっくりしてもらいたい。

「ルティア、先生の側を離れないようにね。シャンテもよろしく」

「わかってるわ。兄様！」

「承知しました！」

本当に大丈夫か？　という視線が所々から来るけれど、流石に王城内で迷子にはならないし！　それに騎士団の訓練も興味がある。私は意気揚々と訓練所へと向かった。


王城の一角、そこはたくさんの騎士達が剣を交えて訓練をしていた。

木剣と呼ばれる、木でできた剣。それですらぶつかり合うとすごい音がする。本物の剣だったらもっとすごい音がすることだろう。

ガン！　ガシャン!!　と至る所から木剣が激しくぶつかり合う音がする。

「すごいわ……」

「ええ。ですがこれでもまだマシな方ですよ」

「これで⁉」

「はい。彼らはまだ見習いの騎士なので木剣ですが、上の人達になるにつれて刃をつぶした剣を使ったり、それこそ真剣で戦ったりもします」

「そんなの怪我をしたら大変だわ！」

「そうならない為の、訓練です。もちろん訓練中の怪我が原因で騎士を辞める者もいるそうですが……第四や第五の騎士達は魔物討伐に赴く者が多いので、訓練も厳しくなるのです」

シャンテの言葉に首を傾げた。近衛は対人の剣しか習わないそうだが、ファティシア王国の騎士の中には魔物討伐をする騎士もいる。

「なぜみんな同じ訓練をしないの？」

「えっと……」

私の疑問にシャンテはどうしたものかと先生を見上げる。先生は心得たとばかり、私達に説明をしてくれた。

「ザックリ言うとね、所属する班によって守る場所をわけているのよ」

「守る場所？」

「そう。例えば近衛騎士団。これは宰相様直轄の騎士達だけど、警護のメインは王族。そして、他国から来た国賓ね。そして第一騎士団は王族が外に出る時に警護を担当する。第二と第三は王城や、王都の警護。そして第四と第五が魔物討伐になっているの」

「それってどうやってわけているの？」

「そうねえ。近衛と第一と第二は貴族の次男坊や三男坊といった、後継者になれない人達が多いわ。覚えめでたく男爵位より上をもらえれば万々歳って感じね。第三からは平民出身が半分くらい。第四と第五の大半は平民出身って感じね」

その話を聞いて、私はあまり面白くない事実に思い至った。貴族達は大事だけれど、そうじゃない人達は大事じゃないから危険な魔物討伐に駆り出されているのではなかろうか？　と――

ギュッとスカートを握りしめる。

「ねえ、先生。魔物討伐に一般の人達を向かわせるのはどうして？　だって危険なのでしょう？」

ジッと先生の顔を見上げ、先生の答えを待つ。先生はこういった時に誤魔化すようなことはしないと信じている。だからこそ、聞くのだ。隣にいたシャンテが私の言わんとしていることに気がついたのか、同じように先生を見る。

先生は、口元に手を当てニヤリと笑った。

「理由はね、これよ」

「え？」

そう言って先生は親指と人さし指で輪っかを作って見せる。私はその指の意味がわからなくて首を傾げた。そして同じように親指と人さし指で輪っかを作ってみる。

「そうそう。それよそれ」

「先生、これの意味がわからないわ」

正直に告げると、先生が明後日の方向に視線を向けた。私は隣にいるシャンテにこれの意味がわかる？　と問いかける。すると、シャンテは顔に手を当てて「その行為は淑女らしくないので覚えちゃダメです」と言われた。

淑女らしくない行為だったらしい。つまり何なのだろう？

「あーそうね。そうよね。何だかんだ言ってもお姫様だったわねぇ」

「何だかんだも何もなく、姫君ですよ！　先生。下品です!!」

「ごめんなさいねぇ……ほら、出入りの商人とも交流があったって聞いていたから、知っていると思ったのよ」

「えっと……それで、どういう意味なの？」

「これはね、お金って意味。第四から第五に平民出身者が多いのは、お給料が良いのよ。危険手当てやつね。それに魔物討伐が上手くいけば、素材を回収して専門の業者に買い取ってもらうのよ。それが臨時収入としてみんなに分配されるの」

「つまり、その……危険だけど、その分お金がもらえるから一般の人達が多いの？」

「そういうこと。貴族出身者でも家があまり裕福じゃないと、第四と第五に所属したりするわよ？　独り立ちするにもお金は大事だもの」

「そっか、そうなのね。無理矢理押し付けられたりしているわけじゃないのなら良いの」

私がホッとすると、ハハハハハ！　と大きな笑い声が聞こえた。声の方を見ると、まるで熊みたいに大きな騎士がそこに立っている。いつの間に私達の側に来たのだろう？　全く気がつかなかった。

「ちょっと！　笑い過ぎよ!!」

「いやいや。姫殿下のお優しい心遣い、痛み入ります」

先生に怒られて、その熊みたいな人は仰々しく私に頭を下げる。何故笑われたのかよくわからないけれど、私はスカートの裾をつまんでカーテシーをしてみせた。

「初めまして、ルティア・レイル・ファティシアよ」

「ご親切にありがとうございます。俺の名前はマクドール・ヘインズ。これでも第五騎士団の副団長をやらせてもらっていますよ」

「こんな熊みたいなヒゲ面だけど、すごーく強いのよ」

先生の紹介に私はヘインズ副団長を見上げる。練習中だからか、軽装ではあるが手に持っている剣は私よりも大きそうだ。こんな物を軽々と持ち上げられるのだから、先生の言う通り強いのだろう。

「こんなに大きな剣、初めて見たわ。私より大きい……」

「これは大剣って言うんですよ。普通の剣じゃ、直ぐ折れちまうんでね」

「それはヘインズ副団長の力が強すぎるから？　それとも魔物が硬いの？」

「おっと、随分と答えにくいことを聞いてくださる」

「え、聞いてはダメだった？」

好奇心に負けて聞いてしまったが、どうやら聞いてはダメだったらしい。自分の大事な武器だものね。壊してしまうなんて話したくないのかも……？

そんな風に考えていると、トン、と何かが落ちるような音が聞こえた。そして次の瞬間、副団長が私の眼前を吹っ飛んでいく。

「うおっっっ⁉︎⁉︎」

ゴロゴロゴロ、ズシャッと音を立て副団長が転がった。元々副団長が立っていた場所には、副団長よりも小柄で細い男の人が立っている。もしやこの人が副団長を吹っ飛ばしたのだろうか？

ポカンと口を開けて見上げると、その人はにこりと笑った。

「お初にお目にかかります、姫殿下。僕はランドリック・マスト。アレの上官です」

「は、じめまして……ルティア・レイル・ファティシアです……」

なんとかカーテシーをしてみせる。副団長の上官であるなら、彼が第五騎士団の騎士団長、ということになる。いや、それよりも副団長を転がしたのは本当にこの人なのだろうか？　だって大きさも体重も副団長の方が絶対に上だ。

鍛えている騎士とはいえ、どちらかというと細身。そんな人に筋骨隆々な人を転がすことなんてできるのだろうか？　マジマジと見ていると、転がされていた副団長が怒鳴り声をあげる。

「うぉらあああランドリックてめぇ!!　何しやがる!!」

「ええ～？　なんのこと⁇」

とぼけた口調で突如殴り掛かってきた副団長をいなす騎士団長。ひょいひょいと攻撃をかわし、それに怒った副団長が更に殴り掛かる。すると周りで訓練をしていた人達が二人に気がついて集まりはじめた。やんややんやと二人を囲んで囃《はや》し立て、ちょっとした騒ぎになっている。その状況に止めなくて良いのだろうか？　とハラハラ見ていると、先生は手元で何か魔術式を発動させた。

ふわりと花弁が辺りに散らばり、地面に触れた瞬間辺りが凍ってしまった。凍る、ということは足元が滑りやすくなる。

案の定、副団長は氷に足を取られそのまま地面にスッ転んでしまった。

間一髪のところで騎士団長は避けて、そのままぴょんと飛び跳ねると、凍っていない場所に着地する。まるで鳥のように身軽だ。

「ちょっと！　こっちも暇じゃないのよ。アンタ達のじゃれ合いは後にしな!!」

「てっめぇ……このクソ魔術師め!!」

「ほらぁーマクドールのせいで怒られたじゃん」

「元をただせばお前のせいだろうが!!」

「姫様に失礼な態度をとるからだろ？」

「うるせぇよ！」

騎士団長に言われてはじめて、私は失礼な態度を取られていたことに気がついた。

一般の人が多いと聞いていたし、多少言葉遣いや態度が悪くても貴族じゃないのだからそれも当然と思っていたのだ。

「あの……」

「……おう。なんだい、お姫様」

「私、何かあなたに悪いことをしたのかしら？」

「は？」

「だって、態度が悪いってことは何か私が先にしたからでしょう？」

「いや、あーそうじゃなくてだな……」

なんだか言いづらそうにして、副団長はガシガシと頭をかいている。もしかしてさっきの会話が何か癇《かん》に障ったのだろうか？　そりゃそうよね。自分達で志願して、魔物討伐をしているのであればその矜持があるはず。憶測でものを言われて気分を害してしまったのかもしれない。

私は申し訳なくなって、手に持っていたカゴから初級ポーションの入っている小瓶を差し出す。散々転がされていれば打ち身ぐらい作っていてもおかしくない。

「あの、あのね。ポーションを作ってきたのだけど……打ち身にも効くから飲んでみてくれないかしら？　あ、ちゃんと私達も飲んで試してるから大丈夫よ？」

「あ、ああ……」

副団長は微妙な表情で小瓶を受け取ると、チラリと私の顔を見た。あ、どうしよう。私が無理矢理飲ませてる感じになるのかしら⁇　どうしたら普通に飲んでもらえるのかな？　と考えていると、騎士団長が副団長の体を押さえ、先生が手から小瓶を奪いとる。そして蓋を開けるとそのまま口に突っ込んでしまった。

「あ……」

ごくり、と嚥下《えんか》されていくポーション。

確かに飲んでほしかったけど、強制的に飲ませたいわけじゃない。その飲ませ方は果たして正しいのだろうか？　どうしよう、とシャンテを見るとシャンテはシャンテで目が据わっている。

「シャンテ？　どうしたの？」

「え、いや。なんでもありません。大丈夫です」

「そ、そう？」

「はい」

微妙な空気が流れる中、ポーションを飲み込んだ副団長は茫然とした表情になった。

「――――マジか⁉」

「ふっふーどうよ？　どーうーよー!!」

「うわっすげえや。気持ち悪いくらいに痛みがねえ」

「そうでしょう？　すごいでしょう⁇」

先生は自慢げにおーほっほっほっと高笑いを始める。すると、副団長を押さえていた騎士団長が私に手を差し出してきた。私は差し出された手に自分の手をそっと置く。そして騎士団長を見上げて首を傾げると、騎士団長は「ぶはっ！」と笑いだした。そこではじめて騎士団長の意図に気がつく。これはきっと自分もポーションを試したいという意味だ!!

「え、あっ!!　ご、ごめんなさい。ポーションが欲しかったのよね⁉」

「いやいや。淑女の手を取れるなんて騎士の誉《ほま》れですよ」

そのまま指先に触れるか触れないかのキスをされて、私は穴があったら今すぐ入りたい気持ちになった。


ファティシア王国はそれなりに広い。王都は国王直轄地ではあるが、それ以外の領地はそれぞれの諸侯が治めている。そして各領地に行くには街道を通るわけだが、その街道は平たんな道ばかりではないのだ。

「簡単に言うと、その街道や周辺の森なんかに出る魔物を俺達騎士団が討伐するわけだな」

「王都の周辺だけ討伐するってこと？」

「基本的にはな。場合によっちゃあ、地方に遠征する時もあるぞ。各領地から支援要請が来る時があるからな」

「そうなのね」

それを考えると、かなり忙しいのではなかろうか？　私は魔物討伐に関して教えてくれた、ヘインズ副団長にそう尋ねると「忙しい」とキッパリ言われてしまった。つまりは私達の相手をしている暇はないのだ。それなのに先生が人体実験と称してポーションを持ってきて、他の騎士達に飲ませているわけだけど大丈夫なのだろうか？

「ところでその、このポーションを作られたのは姫殿下とお伺いしてますが……？」

「そうよ。みんな忙しいから。それに私の畑で採れたものだし」

マスト騎士団長の言葉に頷き、カゴに入っていたポーションをそのまま騎士団長に手渡す。彼はそのカゴを受け取ると、ジッと中身を見てから私に尋ねてきた。

「どうして、薬草だったのでしょう？」

「どうしてって……病気になった時に薬がないと困るでしょう？」

「そうですね。ですが、別に疫病が流行るかなんてわからないでしょう？」

「うーん……なんていうか、私はお花を育てるのが好きなの。離宮の庭も手伝わせてもらっているんだけど、だから花の一大生産地であるカテナに行ったときに薬草畑の面積を見てすごい少ないなって感じてしまったのよ」

「まあ、需要と供給だな。花は貴族連中が家に飾るだろうが、薬は貴族でもなきゃそうそう入手できねえだろ。それに薬草だけじゃ意味がない。加工して薬にしねえとな」

「そう。そうなの。薬草自体の卸値はたかが知れてる。でも薬に加工すると値段は跳ね上がるでしょう？　それは薬に加工する技術の値段だから、別にいいのだけど……」

どう説明したらいいのか、アリシアの話をそのまますわけにはいかないので薬の必要性を私では上手く伝えられない。すると隣で聞いていたシャンテが私の話に補足してくれる。

「病気が流行るとしたら、まず貧民街から流行りますよね？」

「まあ、一番はそこだな」

「でもその人たちがちょっとだけ無理して買える、よく効く薬があればそこで押しとどめることができますよね？　もしくは、流行り始めた時点で神殿が無料で配るとか」

「そうすりゃあ、まあ、一時的なもんで済むかもな」

「その一時的、にしたい場合は薬が必要ですよね？」

「堂々巡りだなぁ」

副団長はシャンテの言葉に苦笑いをする。でも一番大事なところはそこなのだ。一時的なものにしたい。そうすれば国中に広がるのを防げる。

「国中に病が広がったら、国力が低下するでしょう？」

「そうだな」

「国力が低下したら平和条約を結んでいる国はどう思うかしら？」

「ああ、なるほどな。トラット辺りは手を出してくるだろうな」

「それ以外の国は、きっとファティシアから手を引いてしまうわ。輸入も輸出も滞る」

「国が衰退するな」

「そうなの。それは、困るのよ」

「でもそれをお姫様が考えるのは違うんじゃないか？　お姫様なら神官が見てくれんだろ？　それに

国力の衰退を嘆くのはわかるが、その辺考えるのは御父上の領分だ」

「そうかしら？　神官だってそう多くない。それに彼らの魔力量だって限りがある。神殿が王族だからと優先してくれると思う？　私を産んでくれたお母様は助けてもらえなかったわ。それに王族だからって何でもできるわけじゃない」

そう呟くと、副団長は眉間に皺を寄せた。

当時のことをよく覚えていない私には確認のしようがない。でも、王族だから、と優先されなかったのだけはわかる。聖属性の力であればきっと助けられたはずなのに。

「……僕の母は、亡くなられたカロティナ妃と友人だったそうです。ラステアから持ち出した初級ポーションを何度か飲ませたそうですけど、カロティナ妃の容体は一時的に持ち直してもやはりダメだったと聞いています。それもあって、母はファティシア王国でポーションを作りたいと研究し続けていたんです」

「そうだったの？」

「はい。上級であれば、もっと持ち直したかもしれないと。それに、ラステアからポーションを持ち出すのは制限がありますからね」

ロックウェル魔術師団長がポーションを研究していたのにはそんな理由もあったのか。仕事が残っているのだから、と仕事優先。それが終わってからね！　とポーション作りに参加させなかったのはやっぱり可哀想なことをしてしまった。だって研究の成果を試したいと思うのは研究者であるなら当然のことだし。

そんなことを考えていると、シャンテが私の両肩に手を置き、据わった目で頭を振る。

「シャンテ？」

「良いんです」

「え？」

「母のは自業自得です。ちょっとくらいなら～とか甘いこと考えちゃダメです!!」

「そ、そうなの？」

「そうです。母は研究室にこもると本当に出てこないんです。仕事が溜まっていようと出てこないので、今回の件は良い薬です」

息子であるシャンテがそこまで言うのであれば、私は何も言えない。きっとお家でもそうなのだろうし。お仕事しないと困るのは魔術師団長本人だものね。

「あーまあ、なんだ。つまり薬は大事だってことだな？」

私達のやりとりを見ていた副団長はそう結論付ける。ザックリとしすぎな気もするけれど、私達の説明でそう理解してくれたのなら良いのではなかろうか？　もっと詳しい説明はきっと先生がしてくれるはず。

「そうね。酷くなる前に薬を飲んで、あとはちゃんと休める環境があるなら良いのだけど……みんなそういうわけにはいかないのでしょう？」

「そうだな。貧民街の連中なら日雇いが多いだろう。飯食うだけで精一杯なら、病気でも押して働こうとするはずだ」

「そうなったら、どんどん病気は広まっていくわ」

そうなると最初に言ったように国力が下がる。そして周辺諸国に狙われたらひとたまりもない。フアティシア王国はその歴史を終えることになるだろう。私の言葉に騎士団長は頷く。

「戦う前に勝敗が決まっているようなものですし？　病人を多く抱えた国が他の国とまともに戦えるわけない。騎士だからって病気にならないわけでもなし」

「戦争がはじまると金のあるやつは外に逃げようとする。だが病気が流行っちまったらそれも難しいだろうよ。薬がないのは他も同じ。今度は自分のところが同じ目に遭うかもしれねえしな。そんで戦に負けりゃあ、残った資産は搾取される」

「そうならない為に、薬が欲しいなって思ったの！　そしたら魔力過多の畑がたまたま作れちゃって、シャンテ達に会ってポーションの存在を教えてもらって、ポーションが出来上がって……」

「で、俺らで人体実験？」

「その、実験するつもりはないのだけど……」

私は先生のいる方向を見る。同じように騎士団長と副団長が先生の方向を見た。先生は向かってくる騎士達を魔法石を使って、ちぎっては投げちぎっては投げ、とどう控えめに見ても怪我をさせているようにしか見えない。そして怪我した端からポーションを飲ませている。

「あいっかわらず容赦ないねえ」

「先生っていつもあんな感じなの？」

「魔物討伐の時はね。でもまだ人相手だし。セーブしてるんじゃない？」

ケロッとした風に言われ、私はちょっと冷や汗が出てしまう。アレでセーブしているのか。ストレス解消に！　とかしてない？　本当に大丈夫なのかな⁇

一応中級のポーションはあるから、初級でダメな時はこっちを飲ませれば大丈夫だろうけど。

「それにしても豪快だわ……」

「あははは！　普段は猫被ってるからねえ」

「猫？」

「そう。『アタシはレディなのよ！』って言ってるでしょう？」

「先生は、心は女性だって言っていたわ」

「でもま、力だけ見ると全く逆なんだけどねぇ」

ケラケラと面白そうに笑っているけれど、騎士団長と副団長ではポーションに対する認識がちょっと違うように感じた。副団長は人体実験なんて！　って感じだけど、騎士団長はそんな風に感じない。必要なこと、みたいな？

「あの、マスト騎士団長は先生のアレ、平気なの？」

「まあ、僕は一番初めにできたのを飲んでいるからね。効果は身をもって経験しているし、それに神官を随行しないで魔物討伐に行けるのは正直助かる」

「そうなの？」

「僕らは魔物を討伐するために厳しい訓練を積んでいる。でも神官達は聖属性が使える以外は普通の人だ。何をしたら危険なのか、と事前に教えはするけれど皆が皆その通りに動けるわけじゃない」

「えっと……」

「簡単に言うとね、足手まとい」

何とも言えない表情になってしまう。でも言われてみれば確かにな、と納得もするのだ。

私だって聖属性の力を使えるけれど、だからといって討伐について行けるか？　と問われたら難しいと答えるだろう。

普通の人達の魔力量は私達ほど多くはなくて、聖属性があってもそれは同じだろう。となると、魔物を退治するよりも、怪我の治療に専念した方が効率が良いはず。結果として、彼らは騎士達に守られることになるわけだ。

「ねえ、マスト騎士団長。魔物って、やっぱり強いのよね？」

「ピンキリですね。でも、聖属性が使えるからと言って勝てるわけではない。中には勘違いした神官もいて、聖属性があれば勝てるんだーってのもいるけど、現実はまず無理」

「それもあるけど、魔物に怯えちゃうんだよねえ。大口叩いてた割に」

「それだけの魔力量がないから？」

「それだけ恐ろしい姿をしているということなの？」

「姫様は見たことないでしょう？」

「本ではあるけど……でも本に描かれていることが全部正しいとは限らないから、たぶんもっと違ったりするのかしら？　とは思うわ。直接見てみたいとも思うけど……」

「なるほどなるほど？」

「あ！　でも流石に討伐に連れて行ってなんて言わないからね!!　ポーションはたくさん作れるけど、剣は振るえないもの！」

「あはっはっは!!　そりゃあ、そうですよ!!」

ヒーヒー笑いながらお腹を抱える騎士団長。私はそんなおかしなことを言っただろうか？　でも、討伐について行こうとしている、と思われても困るのでちゃんと言っておかなければいけない。

「だって、その、効能を確認したいからついて行こうとしているって思われてたらどうしようかと思って……私は、先生達みたいに、人体実験したいわけでもないし」

「ま、実験とは言いますけどね。僕らが一番初めなのは当たり前だとも思うわけですよ」

「どうして？　そりゃあ、確かに普段から怪我をしやすい職業だと思うけど」

「僕らの第五や、もう一つの第四は魔物討伐に行きますよね？」

「そうね。その、とても危険な仕事だわ」

言葉を選びながら話を続ける。魔物討伐専門の彼らには彼らなりの矜持があるとわかったから。

「でもね、お金は稼げるんです。平民が多いのはそれが理由です。それに騎士って平民からすれば憧れの職業なんですよ」

「私だって素敵だなって思うわ。物語にもよく出てくるものね」

「おや、それはありがたい。で、魔物討伐してると危険でしょう？」

「そうね？」

「つまり、離職率も高いんですよ」

「離職率？」

「辞めてしまう隊員が多いってことです」

「それは困るんじゃないの？」

「ええ。ものすごい困ります。でも止めることもできない。やりたくない奴に魔物討伐を任せるわけにはいきませんからね。全体の士気が下がる」

「でも……人の入れ替わりが激しいと、質を維持するのが難しいのではありませんか？」

「その通り！」

シャンテの言葉に騎士団長は嬉しそうに笑う。でもそれとポーションを一番初めに使うことが何か通じるところがあるのだろうか？　私はなぞなぞでも出されている気分だ。

「ポーションがあれば、離職率は下がるってことだよ」

「それだけでそんなに変わるかしら？」

「上級だと腕も生えてくるんだろ？」

「私はそこまで試したことないもの……」

話に聞いているだけで、実際に目の前で見たわけじゃない。そう言って自分の手を見ると、慌てて騎士団長が私の手を取る。

「いやあ、お姫様が自分の腕切って試したらフォルテの首の方が胴体と離れちゃうから！」

「それに効能自体はラステアで検証されているので！　実際に生えてきますよ。前にも言いましたが、自分で試そうなんて考えないでくださいね‼」

「わ、わかってるわ！」

シャンテにまで強く言われて私は何度も頷く。そうか。別に完全なる未知の薬ではないのだ。実際に検証をされて、効能が示されているからランク分けされているのだものね。

「兎も角、ポーションがあれば離職率はグッと下がる。今までは怪我をしても神官の人数や魔力量に限りがあったけど、これなら専用のマジックボックスを作って沢山持ち込めばやり繰りできる」

「それに神官の面倒を見る必要もなくなるしなあ」

何か、神官達といざこざがあったのだろうか？　副団長に同意するように騎士団長まで頷いている。

どうやらポーションには怪我を治す以外にも付加価値があるようだ。

「騎士の質が向上して、離職率も下がって、尚且つみんなの憧れの騎士がそんな妙薬を飲んでいるって広まれば平民たちは手を出しやすいってことですよ」

「そういうこと、なのね？」

ポーションをどこに持って行こうか話していた時に、リーンが騎士団を推した理由の一つでもあるけれど……第一から第三までの騎士達に先に渡したのではそこまで効果はないかもしれない。魔物討伐という、一般の人達にも人気のある彼等だからこそ広まりやすいのだろう。

「実際、うちと第四は人数ギリギリで回しているんで。離職率が下がって、尚且つ人が増えれば言うことはないですね。ポーションは必要経費ですし」

「そうね。今度の討伐で結果がでれば本格的に導入されるんじゃないかしら？」

「そうなると嬉しいですねぇ」

「ま、確かに神官相手にするよか、薬の方がマシだな」

「でも、でもね、本当に人体実験するつもりで持ってきたわけじゃないのよ？」

私の言葉に副団長が私の頭をワシワシと撫でる。大きな手だ。たぶん私の頭がそのままキュッと掴めてしまうだろう。

「姫様が善意で持ってきたのはわかったよ。でもその善意の出所がわからねえと、気持ち悪いわけよ。俺みたいな平民はな」

「どうして？」

「貴族に思うところがあるからな。俺は今まで威張り腐った奴しか見てこなかった。それに、王族の良くない噂も聞いたことがある」

「そう。そうなのね……」

それはライルのことだろうか？　それとももっと別なこと？　副団長からしてみれば、いけ好かない王族が怪しい薬を実験しに来たと思われたのね。

いくら先生と顔見知りでも、実際にポーションを作っている私達を知っているわけではない。横柄な貴族がいるのも確かだし。悲しいけれどこれも当然の反応なのかもしれない。

「姫様が善意で作った、ってのはわかったと言ったろ？」

「でも善意の出所がわからないから嫌なのでしょう？」

「そりゃあ、本人見てねぇからな。でも今は姫様が目の前にいる。世間知らずで、甘ちゃんだが国の為に作ったってことはわかるさ」

「それだけで、良いの？」

「それだけって言うが、大事なことさ。どんな奴がどんな思いで作ったのか？　それを知るには直接会った方がわかりやすい。噂や憶測で相手のことを考えるよりずっとな」

「でも私だって見たままじゃないかもしれないわよ？　凄ーく嫌な女の子かもしれないじゃない？」

副団長が言う威張り腐った嫌な貴族と一緒かもしれない、と言うと副団長が豪快に笑った。

「それはない！」

「ど、どうして!?」

「いやあ、そのままお育ちください」

意味がわからなくて、シャンテや騎士団長を見ると彼らはさっと顔を逸らし――――笑っていた。

しかも周りの話が聞こえていたであろう騎士達まで肩を震わせている。

どうして笑われているのかわからなくて、私はぷくりと頬を膨らませるのであった。

一緒に行こう！

先生の人体実験がようやく終わり、私達は騎士団長以下騎士のみんなに見送られて練習場を後にした。これからまた四阿に戻って、ポーション作りだ。それにしても先生はものすごーく上機嫌である。

「先生、なんかストレス発散してきたみたい」

「そぉーんなことないわよぉ」

ほほほほほと笑う先生に私とシャンテはちょっとだけ冷たい視線を向けてしまった。とはいえ、先生のおかげで当面の間は第五騎士団をメインにポーションを卸すことが確定したので良しとしよう。使ってくれる人がいなければポーションだって宝の持ち腐れだ。

そんなことを考えていると、そういえば私はラステア国に行くことが決まっていたな、と思い出す。

「ねえ、先生。どうして私をラステア国に連れて行こうと思ったの？」

「そうねえ……ところで、どの程度ラステア国のことを知っているの？」

そう問われ、私はラステア国に関して知っていることを話す。

ラステア国とは龍が守護すると言われている、魔力が豊富な土地である。そのため、スタンピードと言われる魔物が大量発生する事態が他の国よりも多いのだ。

スタンピードは魔力溜まりと言われる場所から魔物が生まれてしまう現象。魔力溜まりを魔物が入り込む前に加工して畑に変えて、薬草を育て、ポーションを作っている。

国民性としてはとても陽気で、人当たりも良い、懐っこい人が多いと言う。ただ一度戦になれば国民皆戦士、と言われるほどみんなとても強い。なんせ軍事国家のトラット帝国がポーション欲しさに何度か戦を仕掛けているけれど、一度も勝てた試しがないのだ。

ファティシア国からは南側に位置していて、一番近い領地はクリフィード侯爵領になる。クリフィード侯爵領はラステア国との交易も盛んなので、異国情緒あふれた街並みらしい。

「私が知ってるラステア国は……このぐらいかしら？」

「あら、それだけ知っていれば上等ね」

どうやら私の回答は及第点をもらえたらしい。薬草畑の側の四阿に戻る。みんな十分に休憩できたのか、ロビンは薬草を大量にちぎっている最中だった。これだけあれば、鍋で作れるのではなかろうか？

「先生は……ラステア国に行ったことがあるの？」

「あるわよーあそこはみんな陽気で人が良くてね。でもしっかりしてるから、誤魔化せないのよ……」

「先生……何したの？」

誤魔化せない、とは不穏な言葉すぎる。先生に尋ねると、ちょーっと中級ポーションを持って帰りたいなーって頼んだだけよ、と言われた。

ちょーっと頼んだくらいでそんな不穏な言葉は出てこないと思うが……もしやマジックボックスに入れてたくさん持ち帰ろうとでもしたのだろうか？

「ポーションは持ち出しの制限がかかっていて、中級は持って帰れなかったのよね？」

「ええ、持ち出せるのは初級まで。手に入れることはできるんだけどね。マジックボックスの中身までチェックを受けるから簡単には持ち出せないのよ」

どうやらポーションやポーションに付随する物のチェックは相当厳しいらしい。レシピぐらいは、と公開しているけれどそれだって作れないとわかっているからだろうと先生は言う。

「作れないのに公開する意味はあるのかしら？」

「意味はあったでしょう？」

そう言って手元のちぎられた薬草の入ったビーカーを指さす。

「そっか。運良くできた時のため？」

「そうね。レシピを公開することで、もしかしたら自分の国で作るよりも良いものができるかもしれないと思った可能性はあるわ」

「あのー……姫殿下はもしかして、ラステア国に行かれるんですか？」

ことの経緯を知らないアリシアがおずおずと尋ねてきた。私は先生をチラリと見上げ、そうみたい、と答える。

「だって、先生が私も連れて行くと言ったんだもの」

「あら、この国でポーションを作ったのはアナタでしょう？　それならラステア国でどんな風にしているか興味なあい？」

「そりゃあ……ものすごっくあるわ！　向こうでもビーカーでちまちま作っているのかしら？　それともやっぱり鍋でたくさん作ってるのかな？　って!!」

正直に言うと、先生はケラケラと笑いだす。

「素直でよろしい。それに、お姫様が外の国を見て回るなんてそう経験できないでしょう？　アタシはアナタにはもっと色々なものを見てもらいたいの」

先生の言葉に、私は首を傾げる。確かに私が外の国を見ることは、普通に過ごしていたらないだろう。でもそれはロイ兄様やライルだって同じだ。

「兄様やライルは行かないのでしょう？　それなのに私なの？」

「そりゃあ、ロイ殿下とライル殿下は継承順位が高いもの」

「私が、三番目……だから？」

三番目、という言い方はあまり好きではない。しかし先生の私に対する「継承順位」は意味がちょっと違う気がした。

「そう、三番目だから。アナタは他の二人よりも自由がきく。それって強みよ？　彼らの代わりにアナタが見てくるの」

「そんなすごいことできるかしら？」

「別にすごい事をしようと考えなくても良いの。だって貧民街があると知って、薬草畑で働かせられないかって思いついたんでしょう？　だったら他の国を見てアナタがどう感じたかを伝えれば良いのよ」

男の視点で見る世界と、女の視点で見る世界は違うのだと先生は言う。

そして子供の視点で見る世界も。

「それなら……私だけじゃなくて、まだ子供が必要よね？」

ランドール先生に教わったり、ベルに教わったりして多少は世間のことを知っているつもりだけど、それは「多少」だし「つもり」なのだ。副団長にだって世間知らずと言われたばかりだし。

一人だけの視点より、より複数の目があった方が偏らなくて良い気がする。

不意にシャンテと目が合った。

シャンテは将来外交に携わりたいと言っていたし、ロックウェル魔術師団長からきっとラステア国のことも聞いているはず。ならば一緒に行ったら別の視点になるのではなかろうか？

「ねえ、シャンテ。貴方も一緒に行かない？」

「え、わ、私……ですか？」

「ねえ、先生！　シャンテも一緒に行ってはダメなのかしら？」

「確認してみないとわからないけど、アマンダは一緒に行けないだろうし……シャンテが行くなら喜ぶかもしれないわねえ」

先生はいいんじゃない？　と言ったが、シャンテは困った顔でライルを見る。外の国に行ってみたいのならチャンスではなかろうか？

「ルティア、シャンテは俺の友人だぞ？」

呆れた声でライルに言われ、そんなのわかってるわよと返す。確かにライルの友達だが、私だって今では彼らを友達だと思っている。だから友達にチャンスがあるのなら応援してあげたい。

「ライルは友達のことを応援してあげないの？」

「本人が望むのなら応援するさ。シャンテ、悩むのには理由があるんだろ？」

そう言ってライルがシャンテに問いかける。シャンテはその、と小さく前置きをしてから魔力の低い自分が行っても邪魔にならないだろうか？　と言った。

それを聞いたライルはキョトンとした顔をする。

「シャンテ、これが行くんだぞ？」

ライルはそう言うとこれ、と私を指さす。

「そりゃ、姫様ですし……」

「いや、だからこれだぞ？　ミミズを手掴みして、喜んで見せてくるような姫がその辺にたくさんいると思うのか？　それとも王侯貴族の子女の間ではそれが普通か？」

「私、貶されてるのかしら……？」

ボソリと呟くと、ロビンが「いやぁ、事実しか言ってませんねぇ」と言う。ぷくっと頬を膨らませると、まあまあと言いながらまた頬を潰されてしまった。

「シャンテ、一緒に行くのは見た目は姫に見えるかもしれないが、中身は全く姫らしくない姫が行くんだ。邪魔にならないかって？　ルティアの方が邪魔するに決まってるだろ？」

「そんなことしないわよ！」

流石に腹がたって抗議すると、急にシャンテが笑いだす。

「はははは、そ、……そう、ですね。確かに姫殿下は普通のお姫様ではありませんね」

「逆にシャンテが一緒に行ってくれた方が安心できると思う。兄上だってそうでしょう？」

ライルの言葉に兄様までもが苦笑いしつつも頷いた。私はそんなに見境なくチョロチョロと動き回っているつもりはない。心外だ！　と言うと、馬でも宥めるみたいにロビンが「どうどう」と言ってきた。みんなして酷い！

「まあ確かにシャンテがいた方が安心は安心よねぇ」

「先生まで！」

「だって子供って意外とパッていなくなるんですもの」

「そ、そんなチョロチョロしてないもん！」

「いや、結構してましたよね？　一年前までものすごくしてましたよね？」

「それは一年前の話だもん!!」

先生とロビンに抗議すると、ほらな、とライルがシャンテに言う。

「シャンテ、俺は友人として外の国を見るチャンスがあるなら行くべきだ、と助言する。そして家族的にも一緒に行ってくれると安心感がある。もちろん、ルティアの面倒なんて見てられないと言うのであれば仕方ないが」

「前の殿下に比べたら、姫殿下の行動力ぐらいはなんとかなりそうな気がします」

「なら後は……司法長官に頼んでみたらどうだ？」

「父に、ですか？」

「司法長官は知っているんだろ？」

そう言うとシャンテは頷く。なら、ロックウェル司法長官の方がいいだろう、と相談するようにシャンテを促した。もしそれでダメだったら、次はその時に考えればいいと。言ってみなければ何も始まらないと言われシャンテはそうですね、と嬉しそうに笑った。

私はライルがちゃんと私のことを家族の一員として見てくれていたことに驚く。シャンテの背中を押すダシにされた感じはあるけれど、他の国に行くことを心配してくれてるのであれば多少は……溜飲も下がると言うものだ。

「シャンテ坊ちゃん、ラステアに行くことになったら行く前に俺に声をかけてくださいね。姫さんの扱い方を伝授しますんで」

扱い方って、私は珍獣じゃないぞ！　とロビンを睨む。しかしシャンテは真面目に受け取り、決まったら小離宮にお邪魔しますと律儀に返していた。

「うーん……そうなると、ルティアの従者も早く決めないとねぇ」

「従者？　ユリアナがいるわ」

「ユリアナは侍女だろう？　従者はロビンやアッシュみたいに常に側に控えてくれて、危険な時は守ってくれる存在だ。流石に普通の侍女のユリアナには荷が重いよ」

ユリアナならそれぐらい平気でやってしまいそうだけど……とチラリとユリアナを見る。ユリアナはにこりと微笑むだけで特に何も言わなかった。

「姫殿下に従者がつくなら、やはり男性になるのでしょうか？」

アリシアの言葉に兄様は首を左右に振った。

「たぶん女の子になるはずだよ」

「女の子？　兄様は私の従者になる子を知っているの？」

「顔はまだ見てないけどね。そういう話が出てるのは知ってるよ」

ライルは兄様に女の子で大丈夫なのかと尋ねる。兄様は女の子同士の方が良いんだよ、と答えた。

「何故です？」

「一番は……身代わりになれるからかな」

「身代わりって……でも、俺達は……」

「うん。特徴のある瞳の色をしてるよね。でもそれを隠せる魔術式がある。それと同じで似せた色にできる魔術式もあるんだ。尤も、間近で見られるとわかってしまうんだけどね。ルティアは色を隠せる魔術式、知っているよね？」

そう言われて私は頷く。なんせ一年前までは頻繁にお世話になっていたものだ。お母様からいただいた、瞳の色を変える魔法石。その存在を教えると、先生以外はみんな驚いた顔をした。

「そうか、それがあったから……王城内の色んな所に出没できたのかあ。俺なんてすぐ見つかって、後宮に戻されたんだぞ」

「ライルはリュージュ様に似てるもの……魔法石で隠しても直ぐにバレちゃうわよ」

リュージュ様似の綺麗な金髪は城の中ではあまり見かけない。たとえ瞳の色を変えても簡単にわかってしまうだろう。

私は三歳の時に小離宮に移ってからは、未成年ということもあり公式な行事にも出ていない。それに髪色も平凡な茶色。だから誰も気がつかなかったのだ。

「もうイタズラに出没を繰り返してはダメだよ？　流石にそろそろ父上に怒られてしまうからね」

「はあい」

大人しく返事をする。流石に今の侍女長になってからは簡単に抜け出せないのでやっていないけど、ラステア国でならどうだろうか？　瞳の色を変えてしまえば、市井に出て様子を見るぐらいはできないかな？　と考えてしまう。しかしそれを見透かしたかのように、ポンと肩を叩かれる。

私の肩を叩いたのはもちろんロビンだ。

「なあに？　ロビン」

「……姫さん、ラステアに行く時には魔法石、俺が預かりますからね？」

「いやあね、そんなことしないわよ？」

「いや、危ない。シャンテ坊ちゃん、姫さんから目を離さないでくださいね？　もー今からそんなことばっかり考えてるんですから！　これだから従者が必要なんですよ！　危ないでしょう!!」

ロビンに言われたシャンテは真面目な顔をして頷く。そんなにチョロチョロ動き回ったりしないのに!!


ラステア国へ行く準備は着々と進んでいるらしい。

シャンテもロックウェル司法長官にラステア国へ行きたいと相談したところ、行っても良いと了承を得られたと喜んでいた。そして今のところ、初級と中級ポーションは問題なく作れている。

問題の上級ポーションは明日辺りには薬草が収穫できそうなので、みんなと一緒に作る予定だ。

「また初級ポーションと中級ぽーしょ……ポーション！　用の薬草を注文しないといけないわよね。だいぶなくなってきたもの」

今日も今日とて畑に繰り出し薬草を収穫している。流石に毎回はジル・シャンテ・リーン・アリシアは来られないので、今日はライルとアッシュ、ロイ兄様、ロビン、ベル、ユリアナと私だけだ。

あ、でもちゃんと午前中にランドール先生の授業は受けている。

畑仕事だけをしているわけではない。断じてない。

「……姫さんが鍋でポーション作るからですよ」

私の目の前で一緒に収穫作業をしているロビンが呆れたように言った。

「だって分量を計って入れるなら同じじゃない」

「まあ、姫さんだからできるんですけどね……」

ビーカーに入れてちまちま作るより、よほどたくさんのポーションができる。

途中から楽しくなってきて最終的にどのサイズまでできるかしら？　と先生と話していると、それを聞きつけたロビンからストップが入ってしまった。あまり無茶な作り方はさせないように！　と言っていたけれど、あれはちぎる薬草の量が増えて困るからかもしれない。

そんなわけで、私が作れる最大量はわからないまま、ちょっと大きめの鍋で今日もポーションを作っている。第五騎士団からも好評で、どんどん注文が入るからできればもっと大きい鍋でも作りたいところだ。もしくは鍋を増やすか。

「いっぱいできれば、騎士団の人達も助かると思うのよね」

「城の中じゃ一番怪我の多い職業でしょうからね」

「だからもっといっぱい作りたいのよ！」

「広げたばかりの畑の面倒もあるんですし、もうちょいスピード落としません？　あんまり急いでも顔面から転ぶだけですよ？」

そうかしら？　と首を傾げると、そうですよ、と返ってきた。ロビンは兄様の従者ではあるけど、私より私のことを知っているかもしれない。

大体ロビンの言うことは当たるのだ。

「……じゃあ、もう少し作る量は減らすわ」

「まだまだやることはいっぱいあるんです。勉強もその一つ。コツコツと積み重ねていきましょう？」

「そうね……ポーションが作れるようになったから、なんだかすごく前に進んだ気分だったの」

でも実際にはまだまだやることはたくさんある。その大半は自分のためのことだし、ポーションを国中に広げるにしてもお父様達の力が必要だ。

今は畑に数種類の野菜や果物、ポーションでは使わないがそれ以外の薬草も育てている。加工できる食材を探すためだったり、ラステア国で新しいレシピをもらった時のために増やしたのだ。

見た目は完全にただの畑だけど。そう――――見渡す限りの畑だ。

「そう言えば……畑がだいぶ広くなったけど、もしかしてベル一人じゃ畑の手入れは手が足りないんじゃないかしら？」

「いくら俺達が手伝ってるとはいえ、メインで仕事してるのはベルさんですし……本人に確認してみたらどうです？」

いくらベルが腕のいい花師でも一人で面倒を見るには限界もある。

本来の彼の仕事は私の畑の世話だけだったのに、魔術師団と魔術式研究機関が共同で作った……と言っても畑にしたのは私だが、その畑の面倒も見ているのだ。

私はロビンと一緒に収穫した薬草のカゴを持ってベルのもとへ行く。

「ねえ、ベル、ちょっと聞きたいのだけど良いかしら？」

「はい、なんでしょう？」

「畑の面積が予定よりかなり広くなったでしょう？　貴方一人では大変じゃない？」

そう言うとベルは少しだけ首を傾げ、そうでもないと答えた。

「え、いやいや。結構な広さっすよ？　休みちゃんと取れてます？」

「ええ、休みはちゃんといただいてます。と言っても休みの日はすることがなくて出てきちゃうんですけどね」

ははははは、と笑うベルにロビンが怒る。と言うか、それは笑い事ではない。

「いやいやいや！　ダメでしょう!!　休みの日は休むんですよ!!　何しちゃってるんですか!!」

「そう言われましても、王都に知り合いがいるわけでもないですし……何かやると言っても、趣味と仕事が一緒だとそれ以外やることないんですよね」

「ベル、そうは言っても体を壊したら意味がないわ！　いくらポーションがあると言っても休む時は何もしないでダラーッとしていいのよ!?」

私もまさか休みの日まで出てきているとは知らず、ベルに注意する。もしやポーションで体の調子を直してやしないだろうか!?　と心配になるじゃないか!!

「いえ、流石に休みの日は朝だけ、とか昼だけ、とか出てくる時間は調整してます」

「姫さん……ダメです。こういう人は強制的に休ませないと。人増やしましょう。人。そんで三日に一回は休ませましょう！」

「そうね。カーバニル先生にすぐ相談するわ！」

「そんな大袈裟な……」

「職業病かもしれないですけどね、うちはちゃんと休みは取らせる職場なんですよ！」

ロビンは俺だって休みの日はちゃんとだらけてるのに！　と言うが、私はロビンがだらけている姿を見たことがない。大体なんでもそつなくこなしている。

ちょっとだらけたロビンを見てみたいな、と思った瞬間だ。

それとは別として、やはり人手は必要だ。畑の大半は研究の為の物だし。全部をベルが見る必要はない。そう考えていると、馬車がこちらに来るのが見えた。

「もしかしてカーバニル先生かしら？」

「なら丁度良かったっすね」

「そうね。先生に言って人を増やしてもらわなきゃ！」

馬車が止まり、先生が降りてくるのを待つ。すると降りてきたのは侍女長と黒い髪を首の後ろで結んだ男の子だった。

「侍女長だわ」

「珍しいっすね。あの人が直接来るなんて……」

「そうね。侍女長はミミー苦手だもの」

平気な女の人はそういないっすよとロビンに言われたが、私は聞こえないフリをする。ミミーは畑を豊かにしてくれるのだから、いたって良いじゃないか。

私はベルにカゴを預けて侍女長のもとへ行く。何かあったのかもしれない。

「侍女長、どうかしたの？　今日の予定は特になかったはずだけど……」

「姫殿下、実はようやく殿下の従者が決まりましたので連れて参りました」

「私の従者？」

「ええ、彼女です。名前はリーナ・ドット。これから殿下をお守りする者です」

そう言って侍女長はリーナ・ドットと呼ばれた子の背中を押す。

「お初にお目にかかります。リーナ・ドットと申します」

「初めまして、ルティア・レイル・ファティシアよ。今日からお願いね」

「はい」

スッと頭を下げた彼女……はあまり表情が動かない。ロビンやアッシュがとても表情豊かなだけに、内心ではとても驚いた。それに服装も、ロビン達と同じ衣装だ。従者用の服なのだろうけど、女の子なのに男の子の格好をしている。

「ええ。もしもの時は姫様の代わりをするのですから女の子でなくてはいけません」

「侍女長、その……リーナは女の子、で良いのよね？」

「そう……」

自分の身代わり、と言われて嬉しいはずがない。もしも私が誰かに誘拐されそうになったら、リーナが私の代わりに捕まるということだ。それはなんだか、嬉しくない。危険な目に遭うのは誰だって怖いもの。

「身代わり、と言うわりに表情筋が動かないっすね」

後ろから急に声をかけられてドキリとする。

「ロビン……」

「まあ、後ろから見て似た背格好ならわからないでしょうけど……」

「そういう問題かしら？」

「俺達は身代わりになれるように魔法石持ち歩いてますからねえ」

「そうなの!?」

「そうですよ？」

衝撃の事実に私は驚いてしまう。

ロビンはポケットから懐中時計を取り出して、それに魔力を流した。すると、ロビンの姿が兄様に似た姿へと変わる。完全にそっくり、というわけではない。なんとなく似ている、だ。

「それって見た目を変える魔法石なの？」

「まあそうですね。よほど親しくしてない限りは王族の顔なんてマジマジと見る機会はそうないですからこれぐらいで十分なんすよ」

「じゃあ、リーナも持ってるの？」

「はい。同じものをいただいております」

そう言うとリーナもポケットから懐中時計を取り出して、それに魔力を流した。

すると黒髪、黒目の彼女の見た目が私と同じ明るい茶色の髪に蒼い瞳になる。

「すごい……姉妹みたいね」

「流石に瞳の色までは再現できませんけどね。蒼っぽく見えるだけで」

そうロビンは言うが、そこまで違いがあるようには見えなかった。

瞳の色が変えられる魔法石は持っているけれど、姿も変えられる魔法石があったとは驚きだ。ということはアッシュも同じように変わるのだろう。ちょっと見てみたい気もする。でも流石に侍女長の前でお願いするのは気が引けたので、今度いない時に頼んでみようと思う。

「それでは姫殿下、今日からリーナは常にお側に控えております。くれぐれも！　余計なことでリーナに自分の身代わりをさせないようにしてくださいね」

「もちろんよ！　そんなことしないわ」

私がそう返事をすると、侍女長は絶対ですよ？　と念を押してから馬車に乗って帰ってしまった。

残されたリーナは私が何か言うのを待っている。

「ねえリーナ、貴女は土いじり好きかしら？」

「土いじり、ですか？」

「畑の収穫作業をしているの。手伝ってもらえる？」

「ご命令いただければ何なりと」

「違うわ。命令したいわけじゃないの。ああ、そうね。こう言うと変な言い方なんだけど……ほら、虫が苦手な子もいるでしょう？　苦手なのに無理に付き合わせるのは悪いもの」

そう言うとリーナはほんの少しだけ困惑した表情を見せた。本当に少しだけ眉を顰めた感じなのできっとよく見ていないと見落としてしまうだろう。

「リーナ、お前のご主人様は少し普通とは違う。よーく考えてから返事をしないと後で大変なことになるぞ？」

「私、無理強いしたりなんてしないわよ？」

「私は従者です。姫殿下の命令に従うのが普通では？」

「それじゃあダメなんだよ。従者ってのはな」

ロビンはそう言うと兄様達のところへ行こうと私の背中を押す。

リーナにもついて来るように言うと、私達は兄様のもとへ向かった。

「ルティア、その子が新しい従者かな？」

「ああ、決まったのか？」

兄様とライルがこちらを見る。私はリーナを二人に紹介した。そして本人の自己紹介が終わると、二人とも同じように首を傾げたのだ。

「何というか……ルティアが動ならリーナは静って感じだね」

「大丈夫か？　今からそんなだと、後で大変だぞ？」

「ライル、どういう意味よ」

ぷくっと頬を膨らませると、普通のお姫様ではない自覚を持てと言われてしまう。そんなことは百も承知だ。普通のお姫様は畑仕事なんてしないもの。

「私は、何か問題があるでしょうか？」

「そうだねえ……普通のお姫様の従者なら、問題ないとは思う」

「まるで私が普通じゃないみたい」

「普通じゃないだろ？」

「普通じゃないっすねえ」

「姫様……もしかして普通だと思っておられたのですか？」

みんなして全否定しなくて良いじゃないか！　ユリアナに視線を向けると、彼女はにっこりと微笑み左右に首を振った。つまり諦めろ、ということだ。

「良いもん。普通じゃなくたって。その方がきっと楽しいわ」

「王家の子供がみんなで畑仕事ってのも普通じゃないですからね。みんな一緒で良いじゃないですか」

そう言うとロビンはライルがザルに収穫していたベリーを摘む。

「お、美味い」

「ロビン……母上にあげる分なんだぞ？」

「まだたくさんあるんですから大丈夫ですよ」

「あ、俺も欲しいです！」

そう言うとアッシュもライルが収穫したベリーを食べる。私も美味しそうだなーと見ていると、ライルは諦めたように私にもザルを差し出した。

「リーナ、うちの従者はこんな感じなんだよ」

「はあ」

兄様の言葉にリーナはやはり困ったように頷く。普通の従者は多分こんなことはしない。しかし普通ではない私達の従者なのだ。きっとこれでバランスが取れている。

つまり、私とリーナもこれからバランスが取れるようになるのだろう。

まだ初日なのだし、と私はベリーを食べながら思うのだった。

フィルタード侯爵（ロビン視点）

我らが姫さんの従者がようやく決まった。

名前はリーナ・ドット。

黒髪、黒目で姫さんより四つ年上の女の子だ。とは言え、女の子だからと侮るなかれ。この子もカタージュ出身。俺やアッシュと同じく、幼い頃から鍛えられている。

さて、俺の名前はロビン・ユーカンテ、十四歳。将来有望な美少年である。

仕事はファティシア王国の第一王子、ロイ殿下の従者だ。この殿下は非常に優秀な方で従者としても鼻が高い。ただまあ、難点を挙げるなら……面倒ごとを持ち込むってことぐらいだろうか？　非常に記憶力も良くて、頭の良い方なのに、なーぜーか厄介ごとが好きなのだ。

俺の母曰く、面倒ごとを持ち込む癖は「そっくり」と言うので、過ごした年月は短くとも血は争えないということだろう。俺の母はそんな両殿下の母君、カロティナ様に仕えていた侍女だ。だから俺が殿下の従者になるのは必然ともいえる。

そして東の辺境と呼ばれているレイドール伯爵家が治めている領地。カタージュ——カタージュは両殿下の母であるカロティナ様の生まれた土地だ。古の魔術が残るレイラン王国との国境沿いにあたる場所だが、間に広大な森があり、魔物がよく出ることで知られている。つまりスタンピードが他の領地に比べて起こりやすい場所、なのだ。

だからカタージュに住む人間は子供の頃から自分の身を守るために訓練をする。対魔物が基本ではあるが、今は対人も訓練していた。なんせ色々あったんでね。

それに……自分が側で守ることはできないから、代わりに俺達に守ってもらいたいと旦那様が俺達に言ったから。旦那様は豪快でとても強くて、大体物理で解決してしまう脳筋な部分もあるけれど、領民を愛し、自分の孫達を心から心配している。

そしてカタージュ出身者と元々の小離宮の人間を入れ替えた理由は、カロティナ様の件が大きいだろう。陛下はカロティナ様の死に疑問を持っている。それはきっと旦那様もだ。

いや、カタージュにいたカロティナ様を知っている者なら誰でも疑問に思うはず。

なんせカロティナ様は強かった。

カレッジやアカデミーでは猫を被っていたようだが、カタージュに戻れば剣を片手に森に入り魔物を討伐しては「魔石取れた～！」と喜ぶような方だったのだ。

俺も幼い頃に何度も相手をしてもらったことのある、とても強くて心優しい方だった。明るい茶色の髪を後ろでまとめ、何かを見つけると琥珀色の瞳がキラキラと輝くのだ。あのキラキラと輝く瞳の中に映ると、自分が特別なものになった気分にもなる。そんな素敵な女性だった。

カロティナ様。たぶん、俺の初恋。

とは言っても好きになった時点で人妻だったから最初から見込みはなかったわけだけどな！

それはさておき、超の付く健康優良児であったカロティナ様が衰弱して亡くなるなんてありえない。

それがカロティナ様を知る人間の見解だった。とは言え、証拠は何もない。ない、と言うよりは証拠になりそうな者は密かに処分されていた。

その人物はカロティナ様付きの侍女。カロティナ様が亡くなってから、少し実家に戻ると言ったきり王城に戻ってこなかったのだ。

探してみると家の近くの川で死体になって浮いていた、と。

自分が世話をしていた側妃が亡くなったことがショックで身を投げたのでは？　と言われてしまい、それ以上、侍女の死が調べられることはなかった。

そんなことがあったから、旦那様はロイ殿下と姫さんの身に何かあってはいけないとフィルタード派で占められていた小離宮の人間を少しずつ入れ替えたのだ。

最初のうちは陛下にすら知らせずにこっそりと。

徐々に人手を増やし、そうしてなんとかロイ殿下付きの小離宮の人間を完全に入れ替えてから陛下に報告した。こんな簡単に入れ替えられるのだぞ、と言うのも忘れずに。

ちょうどその頃、ロイ殿下が姫さんの淑女教育問題を陛下に訴えていたので陛下はこれ幸いと姫さんの宮にいたフィルタード派の人間をカタージュの人間に入れ替えた。現在は若干人手不足ではあるが、もう少しすればライル殿下の宮もちゃんと機能するようになるだろう。

宮を守る近衛騎士までは流石に入れ替えるのが難しいが、侍従や侍女達だけでもこちら側の人間にしておけばある程度は安心できる。

そしてそのことに聡いライル殿下は気がついていた。逆に姫さんは人が入れ替わっているな、と気がついてはいるが……特に気にした様子は一切ない。

これも淑女教育が遅かったせいなのか？　まあ知る必要ないことでもあるが。

そしてそんな鈍い我らが姫さんは畑仕事とポーション作りに精を出している。今日も畑に繰り出して、魔術式研究機関のフォルテ・カーバニル先生に教わりながらポーションを作っていた。

本日の課題は『上級ポーション』

ポーションは薬草を作る工程でも魔力を大量に使うが、ポーションにする工程でも大量に使う。俺ぐらいの量じゃ、初級を作るので精一杯。

上級を問題なく作れそうなのはロイ殿下や姫さん、ライル殿下、あとリーン坊ちゃんぐらいか？

ジル坊ちゃん、シャンテ坊ちゃん、アリシア嬢は興味深げに四人の手元を覗き込んでいる。

俺とアッシュ、リーナは手が空いてるので、ベルさんと一緒に食べごろになった野菜や果物を収穫中だ。これが今夜の夕飯になり、デザートになると思えばやりがいもあると言うもの。

新入りのリーナは最初不思議そうな顔をしていたが、だいぶ慣れてきたのか今は黙々と作業している。これも従者の務め、といえば変な務めでもやるのが従者だしな。理不尽な命令を言われないだけ良いとは思うが、リーナがそれで良しとするかは俺にはわからない。

やっぱり男と女じゃ、感じ方も違うしなあ。リーナはただでさえ表情筋が動かないからなかなか難しいのだ。姫さんの表情豊かな部分を見習ってほしいような、逆に姫さんにリーナを見習ってほしいような、そんな感じだ。

そんなわけで作業に勤しんでいると、不意に上空で鳥の鳴き声がした。魔鳥と呼ばれる鳥の鳴き声。空を見上げると、一羽の鳥が俺めがけて急降下してくる。

俺は慌てて腕を差し出すと、直前でスピードを緩めて腕に止まった。コイツ、俺が慌てるんじゃないかと面白がってやってる節がある。利口なんだが、利口すぎるのもたまに考えものだ。

鳥の名前はクアド。

離宮で飼われている緊急連絡用の鳥だ。ニワトリぐらいのサイズだが、攻撃力はニワトリなんて目じゃない。下手すると穴が開く。魔物の中にはこうして人間に手懐けられているのもいるのだ。

もちろん大半は討伐対象になるが。

「ロビン、どうした？」

クアドに気がついたアッシュが近寄ってくる。

「侍従長から手紙だ」

「侍従長が……？　何だろ」

「さてね」

俺はクアドの足首に付けられた小さな筒から手紙を取り出す。するとそこには至急、の文字と要件が簡潔に書かれていた。

「不味いな……」

「フィルタード侯爵がこっちに来るってどんな風の吹き回しだろ?」

「さあな。それよりアッシュ、姫さん連れてどっか隠れてろ。リーナ! こっちきて姫さんと代われ!」

「え、は、はい!」

俺に呼ばれたリーナは収穫していた野菜カゴを持ったままこちらに来る。簡潔にフィルタード侯爵が来ると言えば、心得たように頷いた。俺は直ぐに四阿に向かい、ロイ殿下の耳に小さく囁く。

「ロイ様、ちょっとばかり不味いことになってます」

「どうしたの?」

「フィルタード侯爵が今、小離宮に……侍従長が引き止めているようですが、こちらに来そうです」

「それは困るな」

口元に手を当ててどうしようかと考えている。それもそうだろう。あのフィルタード侯爵だ。何の意味もなくここに来るわけがない。

「ロビン、どうかしたのか?」

ライル殿下が俺とロイ殿下の様子を伺う。俺がチラリとロイ殿下を見ると、ロイ殿下は小さく頷いた。正直に告げても良いということだ。

「これから、こちらにフィルタード侯爵がいらっしゃいます」

「お祖父様が、来るのか？」

「ええ、今クアドが手紙を持って来ましたんで……そう時間はありません」

ライル殿下は眉間に皺を寄せた。聡い殿下のことだ。なぜ不味いのか気がついたのだろう。本当に、惜しい。

「何か不味いんですか？」

最初の印象から大分変わったライル殿下を見て俺はそう思った。

素朴な疑問をジル坊ちゃんが投げかけてくる。俺とロイ殿下、ライル殿下、そしてカーバニル先生は意味がわかっているのでお互いに顔を見合わせた。

「簡単に言うと、お祖父様はあまり良い人ではない」

悪い人、とは流石に言えなかったのかライル殿下がジル坊ちゃんにそう言う。

「王族がこぞって畑仕事をしていると知ったら問題ありですねぇ」

「それはでも……ポーションを作る一環だし」

「一応、国中に広めるつもりではあるが、子供がポーションを作ってる、と言うよりは神官や魔術式研究機関の人間が作ってると言った方が聞こえは良いだろ？」

「それは……そうですね」

ジル坊ちゃんは何となく、納得できないような表情を見せたが今はこれで誤魔化すしかない。普通の貴族であれば子供に全部任せているなんて、と非難する可能性があるからだ。本来なら王侯貴族の子供達が率先してやるようなことじゃないからな。

「そんなわけなんで、姫さんはリーナと代わってください。アッシュと一緒に隠れていてくれると助かります」

「どうして？」

「姫さんは顔に直ぐ出るからですよ」

「そんなことないもん！」

口を尖らせて、そんなことはないと言うが１００％顔に出る。ここで何を作ってるのかと問われて、誤魔化すのは難しいだろう。素直なのは美徳だが、欠点にもなりうるのだ。ポーションだけでなく、加工できる食品を作っているわけだし？　子供の手習いというには畑は広大過ぎる。

「ルティア、ロビンの言うことを聞くんだ。アッシュと一緒に隠れてなさい」

「でも……侍女長にリーナを代わりにすることのないように、って言われてるもの」

「今は非常事態です」

「姫殿下、私と代わってください」

「姫様、ほら向こうに行きますよ」

俺達に言われ、渋々姫さんはアッシュとベルと一緒に葉の生い茂る場所に隠れる。ベルは隠れていると言うより、姿が視界に入らないようにしているって感じだが、姫さんのサイズなら丁度隠れて見えないだろう。

「我々はどうしますか？」

「一緒に勉強している途中だというので良いと思うよ」

「坊ちゃん達は薬草の勉強をしている。それで良いんじゃないでしょうか？」

「そうは言うけど……アタシはあまりこの畑の薬草を見せたくないわねえ」

「隠せるなら隠してくださいよ」

「そう簡単に言わないでよ！」

先生は何かあったかしら？　と腰につけているマジックボックスの中に手を突っ込んで探している。その間にササッとテーブルの上を片付けて、前よりも立派になった小屋の中にある備え付けのマジックボックスの中に隠す。

「で、ありました？　多分そんな時間ありませんよ？」

「待ってよ探してるんだから!!」

先生を急かすとあった！　と声をあげて、一つの魔法石を取り出した。そしてそれに魔力を流すと、薬草畑の大半が普通の野菜畑に変わる。これだけ広範囲の畑を別のものに見せることができるったあすごい魔法石だ。

ひとまず見た目には、野菜類もテーブルの上に置いてあるし普通の勉強会に見えるだろう。

そうこうしているうちに、王城の方から一台の馬車がこちらにやってきた。馬車の前につけられている家紋はフィルタード家のもの。侍従長の手を振り切ってこちらに来たらしい。

「小離宮で待っててりゃ良いものを……」

「多分、アリシア嬢との婚約の話を聞いてこちらに来たんだろうね」

「え、わ、私ですか!?」

急に話をふられたアリシア嬢は驚いて挙動不審になる。未だにライル殿下と話すときは片言になるし、すぐに姫さんの後ろに隠れちまう。ライル殿下の婚約者（仮）には全く見えないのだ。

「大丈夫ですよ、姫さんよりもちゃんと淑女教育受けているでしょう？　ならいつも通り、挨拶すれば良いだけです」

「そうだね。特に気負う必要はない。君はフィルタード家と同格の侯爵家の令嬢なんだから」

「は、はい……」

不安げな表情で馬車が来るのを待つ。このお嬢さんも意外と顔に出るなあ。リーナは姫さんに似た姿になると、ロイ殿下の直ぐ後ろに控える。まだまだ人見知りする年頃、ということにしておけばいいだろう。どうせ姫さんの人となりなんて興味もないだろうし。

チラリとライル殿下に視線を向ければ、ライル殿下は若干挙動不審になっていた。

「ライル殿下、いつも通りでお願いします」

「ま、前みたいじゃなくて良いんだな？」

「ええ、離宮で自分のことは自分でするようになって変わった、の方が人を増やされずに済みますんで。駆け寄ってにっこり笑って差し上げてください」

「わかった」

アドバイスをすると、馬車から降りてきた老人にライル殿下は駆け寄った。

「お祖父様！」

「おお、これは殿下……お元気そうで何よりです」

性格の悪さがそのまま顔に出ている、そんなタイプの老人だ。しかもこの爺様、かなり狡猾である。

名をドラク・フィルタード。

リュージュ妃の父親で、ライル殿下の祖父だ。

俺達の中で共通の敵として認識している相手。しかし一切の証拠を残さないがために糾弾することもできない。ロイ殿下や姫さん、それにこれから生まれてくるお子達にとって、とても危険な人物だ。表向きとは言え、ライル殿下が王位継承一位なのは他の王族を守る事にもなる。あの件で継承権を取り消しにしなかったのは、そのせいもあるかもしれない。

ライル殿下の継承権がなくなったら、ライル殿下だけしか継げないようにすれば良い。そんな考えをしてもおかしくない相手なのだ。

それぐらい権力に執着のある爺様が畑にわざわざ来た理由はなんであろうか？

「なんで来たと思います？」

「さあね。人を増やしたい、とか？」

「後宮の人間も整理してますからね」

ライル殿下とフィルタード侯爵のやりとりを眺めながら、そんな話をロイ殿下とする。

このままこちらに来ないで王城に引き返してくれれば良い。できるだけ早く！　姫さんがうっかりこっちに出てこないうちに!!　心の中で早く帰れ！　と念を送っていると、何かが侯爵に向かって飛んでいく。細くて、長い……アレはヘビ、か？　なんでヘビが飛んできたのか？

俺は咄嗟にポケットに入れていた小さな笛を吹いた。するとクアドが上空を旋回し始める。

クエーッと鳴く声に侯爵が気がつき、空を見上げながら何かをライル殿下に言っているようだ。きっとクアドがヘビを落としたと思ったに違いない。おかんむりの様子で、空に向かって文句を言っている。そうそう。ここにはヘビを落としてくる鳥がいますからね！　早く帰れ!!

その願いが通じたのか、侯爵はチラリとこちらに視線を向けただけで、ロイ殿下には何も言わずに馬車に乗り込み王宮へと戻っていった。その態度に思うことはあるが、今回は良しとしよう。

我慢できない時もある

ロビンとロイ兄様に言われ、私は渋々葉の生い茂る果樹の影に隠れる。その果樹の手前にはアーチ状の支柱にもっさりと蔓野菜が蔓を這わせていて、私がしゃがむと完全に隠れてしまうのだ。

「なぜ隠れなければいけないの？」

「姫様は嘘が苦手ですからね」

そんなことないわよ！　と言い返そうとしたけれど、大概嘘をついても見破られてしまうので、絶対に大丈夫とは言えない。私は自分の頬をムニムニとつまみ、そんなにわかりやすいだろうか？　と悩んでしまう。

これから先、秘密にしておきたいことが増えないとも限らないのだ。フィルタード侯爵を前にしても秘密にできるようにしておかなければいけない。たとえるならリーナのように表情をキリッとしたままに出来るようにならなければいけないのだ。

「……ねえ、アッシュ。フィルタード侯爵ってどんな方？」

私の質問にアッシュはちょっとだけ視線を逸らした。そして少し間を置いてから私にフィルタード家について尋ねてくる。

「姫様はフィルタード侯爵についてどれだけ知ってらっしゃいますか？」

「私？　えっと、リュージュ様のお父様でライルにとってお祖父様に当たる方よね。あと王城内の派閥の中では一番大きくて、この国ができた時からある侯爵家の一つで……あと何かあるかしら？」

そう言って首を傾げれば、アッシュはそれだけご存じなら大丈夫ですよ、と言う。それだけで良いのなら、わざわざ隠れる必要はないはず。でも、隠れる理由があるのだ。

実際に話したわけでもないし、人となりを知ってるわけでもないから悪い噂を聞いても、本当にそうなのか？　と思ってはいるけど……きっと会わせたくないだけの理由がある。

私が顔に出やすいという理由だけでなく、それ以外にもなにか。

身内のはずのライルまでもが、良い人ではないと言うのであれば、もしかしたら性格に難あり、な人なのかもしれない。ただ話したこともないし、人から聞いた印象だけで決めつけるのは違う気がする。今の私ではダメでも、いつか直接話すことがあればその時に決めようと思う。

「……姫様は、そのまま真っ直ぐ育ってくださいね？」

「え、なあにそれ……」

「いやあ……何を考えているかわかるって良いことですよ？　俺達にとってはね」

まだライルの従者になって日の浅いアッシュにまで考えてることがわかってしまうなんて、私は余程顔に出るらしい。もう一度、自分の両頬をムニムニといじる。

「……顔に出さないようにするにはどうしたら良いかしら？」

「姫様はそのままで良いと思います」

「それだと困るわ」

毎回自分だけ隠れることになるじゃないか！　そう口を尖らせていると、馬のいななきと馬車の車輪がガタガタ走る音が聞こえてきた。

フィルタード侯爵が来たのだ。

私は見つからないようにしゃがみつつも、顔だけ出してそっと、ライル達のいる方を見る。馬車の中から、お歳を召した方が降りるとライルがお祖父様！　と呼びながら駆け寄って行った。

そして何か話をしている。

「何を話してるのかしら……？」

流石に距離があるから何を話しているのかまでは聞こえない。すると急に口元が手で覆われた。手からしてアッシュだろう。

「姫様……絶対に、悲鳴をあげないでください」

アッシュの強張《こわば》った声に私はコクコクと小さく頷いた。

一体何があったのだろう？

不意に、足元をしゅる、と何かが通過した。視線だけ、下に向ける。それは細長くて、ツルツルしていて、小さな頭に、カパリと開いた口からチロチロと赤い舌がのぞいている。

そして、つぶらな瞳と目があった――

「ヒッ……!!!!」

「姫様、ダメです！」

思わず逃げ出そうとした私をアッシュの腕がその場に押し留める。その後ろにいるであろうベルが小さな声で「落ち着いて！」と言うが無理を言わないでほしい。

そのつぶらな瞳の持ち主がトカゲだったら、きっとちょっと驚くぐらいで済んだはず。でもそのつぶらな瞳の持ち主はトカゲではない。トカゲにとてもよく似ているのに、手足はないのだ!!

にょろり、と相手が動く。

声を上げてはダメなのはわかる。わかるが、私を押さえるよりもコレをどこかにやってほしい。

チロチロとのぞく赤い舌。それは何を思ったのか、こちらに近づいてきたのだ。

あとちょっとで触れる距離。

もうダメ！　限界っっ!!!!

私はアッシュの手を振り解くと、ソレを掴んで思いっきり遠くへ投げ捨てた。

＊＊＊

「悲鳴をあげなかったのだもの……褒めてもらいたいぐらいだわ……」

みんなの前で私はポツリと呟く。

私が投げたソレはフィルタード侯爵の真上に落ちた。驚いた侯爵はそのまま怒って帰ってしまったので、ごめんなさいと謝りたくても、もう無理だろう。

カーバニル先生はロイ兄様に挨拶もしないで帰ったことが不満だったようだが、流石に上からヘビが落ちてきたら誰だってその場にいたくない。

ヘビが苦手な人なら尚更だ。

私はと言うと一生懸命、水で手を洗っている。あのひんやり、にょろりとした感覚を無くすためだ。

前回は細長い挟む物で掴んで投げ捨てたけど、今回は直接触ってしまった。

感触を思い出すだけでゾッとしてしまう。

「ヘビ、ダメなのに投げちゃったんですね」

細長くてにょろりとしたものが苦手なジルが微妙な顔で私を見る。ヘビはダメだ。確かにダメだが、あまりにダメすぎて側にいてほしくないのだ。毛虫もそうだけど、ヘビも同様に私は我慢の頂点に達すると自分の視界に入らないように投げ飛ばしてしまう癖がある。

「だって……こっちに向かってきたんだもの……」

「向かってきたものを放り投げるところが姫さんですよね。いやあ本当に、肝が冷えました」

「私だってわざとフィルタード侯爵に向かって投げたわけじゃないのよ？　たまたま投げた先に侯爵がいただけなの！」

「まあ、おかげで直ぐに帰ってくれたし……良いんじゃないか？」

ライルがヘビも元気に逃げて行ったし、大丈夫だろうと言う。しかし大丈夫と言われても、こちらが大丈夫ではない。精神的なダメージは大きいのだ。

「流石に謝れないわよね……」

謝ったらわざわざ隠れていたことがバレてしまう。ロビンがクアドのせいになっていると言うので、クアドにも悪いことをしてしまった。

「ごめんね、クアド。あなたのせいになってしまったわ」

ロビンの肩に止まっているクアドはクアッと鳴く。

「おいしいおやつでもくれたら帳消しにしてくれるって言ってますよ」

「ロビンはクアドの言葉がわかるの⁉」

私がロビンに聞くと、ロビンは横を向いて笑いだす。騙されたと知って私は口を尖らせた。

「まあまあ、姫様。次はちゃんとヘビを遠くにやりますから」

「そうね。そうしてもらえると助かるわ」

アッシュの言葉に私は小さなため息を吐く。ベルも同じように苦笑いをして頷いたので、次からはきっと大丈夫だと信じたい。ミミーは平気でも、ヘビはダメなのだ。本当に！

「ところで、フィルタード侯爵は何しに来たの？」

「あ、ああ……なんか、伯父上に侯爵位を譲るらしくて、その手続きに来たって言っていた」

「フィルタード侯爵の息子、と言うと……リュージュ様の兄かな？」

「えーっと、確か……伯父上の名前がダン・フィルタードで従兄妹達が上からエスト、リューク、エメルダの三兄妹だな。エストがルティアと同じ八歳で、リュークが俺より一つ下の六歳、一番下の妹のエメルダが更にその三つ下で三歳、かな？」

兄様の問いに頷きながら、ライルが指折り数えて教えてくれる。

まだ会ったことのないライルの従兄妹達。そう言えば、ジルとシャンテ、リーンはお友達としてライルと一緒にいるけれど、なぜ歳の近い従兄弟達はいないのだろう？

「ねえ、どうしてフィルタード家の子達はライルの側にいないの？」

私の素朴な疑問にライルは首を傾げた。

「そう言えば、何でだろうな？　エストもリュークも俺の誕生日祝いのパーティーに来るぐらいで、遊んだりって記憶はないいな」

「そうなの？」

「ああ。特に仲が悪いわけではないんだけど。リュークはたまに手紙をくれるし。エストも前はくれたけど今は季節の挨拶ぐらいになっちゃったな」

ライルはどうしてだろうか？　と考えている。何となく兄様を見ると、兄様も少し考え込んでいた。

そして考え込んでいた兄様は視線を上げ先生を見る。

「……カーバニル先生、何かご存じではありませんか？」

「あら、どうしてアタシが知ってると思うの？」

「先生はフィルタード侯爵をあまり良く思ってないようなので」

兄様がそう言うと、先生は聞いた話よ？　と前置きをしながら話しだした。

「フィルタード侯爵も息子のダン・フィルタードも男の子二人にあまり関心がないのよ」

「子供に関心がないと、ライルに会わせないの？」

「そうね。普通の親ならそんなことは滅多にないのでしょうけど……末っ子のエメルダちゃんは女の子のせいか甘やかされている、とも聞いているわ」

もう少し年が近かったらライルの婚約者候補の筆頭に上がっていただろう、と先生は言う。甘やかされている妹と関心が向けられない兄と弟。

つまり兄妹間で家族からの待遇に差があるということだろうか？　何だかおかしな話だ。

「お母様も同じなのかしら……」

「そっちは違うみたいだけど、でも義理のお父さんと旦那さんには強く言えないみたいね。教育面はきちんとしてるみたいだから、その辺は心配ないみたいだけど……」

「それは……心配がないと言えるのかしら？」

誰だって家族の関心は欲しい。しかも全員に平等に関心がないのではなく、妹だけが可愛がられているのであれば兄妹間でギスギスしたりしないだろうか？　と上の二人が心配になってしまう。

「まあ、でも二人とも大人しいタイプの子みたいだから……今のところは平気じゃないかしら？　カレッジやアカデミーで色んな人に揉まれれば、きっと自我も目覚めるわよ」

「そうだと良いけど……」

「確かにエストもリュークも大人しいタイプだったな。遊びまわったりってしたことないし」

ライルの言葉にもしかしたら、大人しすぎてライルに振り回されてしまうから選ばれなかったのかな？　と考えてしまった。今は兎も角、前はジル達三人をかなり振り回していたようだし。

「あ、そう言えば……最近、よく出入りしている女の子がいるって聞いたわね」

「女の子？」

「婚約者、なのかしら……でも男爵家の子って話だから……もしかしたら違うかもしれないわね」

「男爵家だとダメなの？」

私の質問に先生は身分に差があるでしょう？　と教えてくれる。でも身分に差があっても、本人達が望むのなら良いのではなかろうか？　私を産んでくれたお母様は伯爵家だし、今のお母様も伯爵家だ。探せば男爵家から王家に嫁いだ人も出てくるだろう。

「フィルタード家はどちらかと言うと、自分の家にどれだけ利益があるかを考えるのよ。今の奥様は伯爵家の中でも上の方で、実家が治めている土地も裕福な方よ」

「そういうものなの……」

なんとなく変な感じがするけれど、それもまたよくある話の一つなのだ。たぶん。

でもそれと子供に関心がないのは別物のような気がする。性格であると言ってしまえばそれまでだが、ライルの従兄妹達が健全に育つのを祈るばかりだ。

「それにしても……代替わり、か」

「ライルのお祖父様はお歳なの？」

「幾つだったかなあ……？　流石にお祖父様の歳までは知らないや」

「そう。お元気そうには見えたけど」

「元気は元気だと思う」

ヘビが落ちてきた時、ものすごい驚いてたし、怒っていたと聞いて申し訳ない気持ちになる。わざとではないとは言え、ヘビが落ちてきて気分が良いという人は稀だろう。

「ま、鳥は気まぐれなものですしね」

「クアドが落としたわけじゃないのに……」

「向こうはクアドが小離宮で飼われてるの知らないんだから良いんですよ。どうせ代替わりしたって、ライル殿下が呼ばれることはあってもうちの殿下と姫さんは呼ばれないんですし」

そういう問題なのだろうか？　と思ったが、どのみち謝ることはできないのだ。

仕方ない、と諦めるしかなかった。

王子と王女と悪役令嬢の密談　二

上級ポーションが作れるようになったので、ラステア国へ行く日が確定した。

ラステア国からは是非ともいらしてください、と連絡が来たらしくこちらが想定していたよりも早い日付を指定されたと言う。

とは言っても、私自身はくっついて行くだけで、特別向こうで何かをすることはない。魔力過多の畑の説明や、魔術式に関してはカーバニル先生を始め魔術式研究機関の人達が説明するからだ。

きっと成人していれば晩餐会に呼ばれたりと色々あるのだろうけど、私の場合は未成年なのでお茶会に呼ばれるのが精々だろう。ただ、そのお茶会も他国主催のお茶会なので失敗は許されない。

ラステア国に行くまでの間は、リュージュ様が直接お茶会のレッスンをしてくれることになっていて、私とシャンテ、そしてライルがそれを受けていた。

ライルは別に行くわけではないのだが、リュージュ様にお願いして一緒に受けさせてほしいと言ったそうだ。最初はリュージュ様も難色を示したが、それも数少ない親子の交流なのだから、とお父様に言われて頷いてくれた。

今では嬉しそうにお茶会を開いている。見た目にはいつものリュージュ様なのだが、ライルと話している時は少しだけ目が柔らかくなるのだ。それだけはお茶会をして良かったな、と思うところである。もちろんとても、とても……厳しいのだけどね。

そんなお茶会を終えて、私はリーナと一緒に自分の部屋に戻ってきた。

「あああ……っ、疲れた……」

「お姫様がそんな声をあげるのはどうかと思うなあ」

疲れてソファーに倒れ込んだ私にロイ兄様の声が聞こえてくる。幻聴にしてはずいぶんハッキリしているなあ、と思っているとリーナが小声で「姫殿下……」と声をかけてきた。

顔を上げると兄様がアリシアと一緒にテラスにある椅子に座っているではないか!

私は慌ててパパパッと身なりを整えてから、カーテシーをして見せた。

「いらっしゃってるとは存じませんでしたわ。ごきげんよう、お兄様、アリシア」

「ごきげんよう、ルティア」

「ご、ごきげんよう、ルティア様」

兄様はにこにこと笑っているだけだが、アリシアは半笑いだし、ロビンに至ってはテラスの隅でお腹を抱えて笑っている。

「〜〜〜〜もう！　来るなら先に言っておいてくださらない!!」

「いやあ、姫さんがリュージュ妃様の特訓を頑張ってると聞いてサプライズしてみたんですけどね！　あーいいもんが見れましたわ」

「ロビンそれは全然サプライズじゃないわ……」

私が頬を膨らませると、ユリアナが「実は知っていました」と言う。もしや知らないのは私だけか!?　とリーナを見るとスッと視線を逸らされた。みんなして酷い!!

「先に教えておくと、リュージュ様のお茶会に出るのに気もそぞろになると困るからね。余計に時間が延びるだろ？」

「そ、それはそうかもしれないけど……」

だからと言ってそこまで笑う必要はないと思う。主にロビンだが！　しかし私のジトッとした視線なんてなんのその。しれっとしたままロビンは椅子を引いてみせる。

「さ、姫さんも席についたついた。リュージュ妃様のお茶会の成果見せてくださいよ」

「ロビンには見せてあげない！」

プリプリと怒りながら椅子に腰掛ける。アリシアも来ていたなら教えてほしかった。多分、ラステア国に行く前の最後のお茶会になるのだから。

恨みがましくアリシアを見ると、すみませんと謝られてしまう。

「いいわ……どうせロビンが口止めしたんでしょう？」

ユリアナが運んできたお茶とケーキを前に私はため息をつく。兄様とアリシアのカップに追加のお茶を注いでもらい、その後は人払いをした。

ラステア国に旅立つのは一週間後――

「向こうに行ってやることはないけど、できなければいけないことはたくさんあって疲れたわ」

「淑女教育の遅れがここにきて影響してますねぇ」

「ルティア様の所作はそこまで問題ないように思えますが……？」

正統派お嬢様のアリシアからそう言われると、私としても少し照れるところだ。ちなみに私の動きはアリシアをお手本にしている。

彼女の所作はとても綺麗で、私よりも王女様に向いているかもしれない。

「王族の淑女教育は多少できる、という程度じゃダメだってことだね」

「そうね。言葉遣いもだけど話す内容を考えるのが大変なの。普通に話してはダメなんですって」

「あーまあ、姫さんの言葉遣いが悪いわけじゃないんですけど、王族としてと言うともっとこう自信満々に話したりとかが必要ですよね」

「そんなに自信満々に話す必要ってある？」

「見栄って大事ですからね」

そんなものか、と私は首を傾げる。見栄なんて張っても中身が伴わなければ意味がない。居丈高《いたけだか》に話したり、傲慢な態度は印象が悪いと思う。私だったらそんな風に話しかけられたら気分が悪い。

「ルティア様は王女様ですけど、なんていうか……腰が低いですよね」

「そうかしら？」

「アリシア様も人のこと言えないでしょう？　侯爵家の令嬢の割に大人しすぎますよ」

「記憶を取り戻す前はすごい高飛車な子供でしたよ。ワガママ放題で。両親も遅くに生まれた子供なので甘やかしてましたし。あれして！　これして!!　は日常茶飯事でした」

今のアリシアからはとても想像できない。だってとても上品なんだもの。なんでも記憶を取り戻してからは、元々の性格が前面に出てきてしまったのだとか。一般庶民だったというけれど、アリシアの話す世界の一般庶民ってみんな上品なのかしら？

「周りの人たちは驚かなかったの？」

「父にはすぐにおかしいとバレました。なので、信じてもらえないのはわかってるけど、正直に全てを打ち明けたんです」

「そうなのね。でも、信じてもらえて良かったわね」

「最初は半信半疑でしたけど、五歳の子供にこんな理路整然と話はできないと母に諭されて信じてくれました」

確かに五歳児が話す空想の話としてはしっかりしすぎている。私たちはお父様のことがあったから、アリシアの話をなんとなく信じてはいるけれど……

アリシアの話は彼女がアカデミーに入ってからが殆《ほとん》どだ。明日なにが起こる？　と聞いても答えることはできない。その上で信じるのはきっと勇気のいることだろう。それでも信じたのは、やはりアリシアが大事だからに違いない。侯爵夫妻はアリシアを心から愛しているのだろう。

「でもアリシアと友達になれて良かったわ。ラステアのポーションを作ることもできたし、私自身もラステアに行けることになったもの」

「それはルティア様が努力したからですよ」

「そうかしら？　話を知らなかったら、きっと貴女の言う通りアカデミーの卒業式ではモブ王女だったはずよ？」

今のままお父様が無事な状態で疫病が流行るのであれば、ポーションがあれば何とかなる。ポーションは絶対ではないけれど、それでも国中に疫病が流行るのを止められるはずだ。アリシアの知る話の中では、有効な薬が少なくてヒロインの力に頼るしかなかったけれど……今は違う。

未来は、変えられると信じたい。

シナリオの強制力とやらがどんなものかはわからないけれど、それでもアリシアの知る話と今では大分違うのだから。

「そう言えば、シャンテはどうしたんだい？」

「シャンテならライルの宮に一緒に行ったわ。でもライルったら自分の宮ができたのにあまり嬉しそうではないの」

「そうかな？　僕にはいつも通りだったよ？」

「きっと兄様には正直に言いづらいのよ」

「ああ、男の子ですからねえ。きっと正直に言うのが恥ずかしいんですよ」

「男同士なんだからそんなことないと思うんだけどな」

兄様はそう言って笑う。きっとライルは初めて兄という存在に触れて嬉しかったのだろう。私には兄様とロビンの二人は身近だが、ライルにとっては兄弟自体が身近ではなかった。

その違いかもしれない。そしてもうすぐ新しい弟妹が増える。残念なことに私がラステア国に行っている間に産まれてしまうかもしれないが……

「そう言えば……アリシアはラステア国について何か知っている？」

「ええと……それは、ゲームの話の中でですか？」

「そう。何かあるかしら？」

私が尋ねるとアリシアは腕を組んでうーんと考えだす。アリシアの話の中ではトラット帝国は出てきたけど、ラステア国の名前は出てこなかった。話に全く関係ないのだろうか？

「あ、続編」

アリシアがポツリとこぼす。

「続編？」

「ええ、続編が出るって話で……そこにチラッと名前があったような？」

「それは詳しく思い出せないのかな？」

「あ、えっと……その、続編が出る前に私は死んでるので……」

兄様の言葉に若干身を引きながらアリシアは答える。私は兄様にアリシアをいじめないで、と言った。笑顔の圧が怖いのだ。

「いじめてるわけじゃないいんだけどね」

「アリシアがいじめられてるように見えるんだもの」

「そ、そんなことは……」

「本当に……？」

そう言って聞き返すとアリシアはチラリと兄様を見ると、そっと視線を外す。流石に本人の前では言いづらいか、とあまり追及しないことにした。

「でもラステア国もそのうち出てくるのね」

「ファティシア国が終わってからの話ですから、きっとファティシア国を救った後、誰ともくっつかなかった前提で話が進むんじゃないでしょうか？」

「つまり……兄様たちを含めた六人？　のうち誰とも一緒にならない未来もあるということ？」

「続編って大体そうですね」

「ということは、ヒロインは続編でラステア国を引っ掻き回す、と？」

「引っ掻き回すと言うよりは救うの方かと……」

苦笑いしながらアリシアは言うが、元々婚約者が決まってる人たちの間を引き裂くことになるなら引っ掻き回すで合っていると思う。

「ラステア国も何かを抱えてる可能性が高いのね……」

「でもなにが問題なのかは私にはわかりません」

「ということは、私は何か問題がないか見てこないといけないわね」

「……姫さん、そこでなんで自分が問題を見てくる前提になるんです？」

ロビンが呆れたように言ってくるが、ファティシアでの問題が片付く可能性がある以上、ラステア国だって問題を無くせる可能性があるのだ。

それなら最初から対策を考えておいた方が無難ではなかろうか？

「だって何ごともなければ、ヒロインだって何もしようがないでしょう？」

「それはそうだ。何もなければ、ヒロインはただ聖属性を持ってる一人の令嬢にすぎないからね」

「聖属性は貴重だけど、ポーションが広まってしまえば余程のことがない限り絶対的に必要にはならないと思うの。時間の経った切れた腕を生やすとかそんなのでもない限りは」

「確かに……そうですよね」

その場合のヒロインは一体どうなるのだろうか？　お父様が亡くなってなければ国政は順調に回っていく。疫病が流行らなければ国力だって低下しない。

国力が低下しなければ、トラット帝国がちょっかいをかけてくることもないだろう。いや寧《むし》ろ……ラステア国とファティシアの結びつきが強くなるのだ。

下手に手を出せなくなる。でも逆にラステア国の問題が表面化して、トラット帝国がラステア国にちょっかいをかけた場合は？　ファティシアはラステア国に手を貸すだろう。

そうなると二国でトラット帝国と対立することになる。

「やっぱりラステア国の問題も探るべきかも……」

「姫さん……一応、他国の問題ですからね？」

「だってうちとラステア国との結びつきが強くなれば、何かあった時お互いに手を貸すわよね？」

「そうですねえ」

「うちが弱った時だけ手を貸してくださいなんて言えないし、ならやっぱりラステア国の問題も今のうちに解決してしまえばいいのよ。長期戦になっても、まだヒロインと出会うには時間があるのだし」

十年だ。まだ、と捉えるべきか、それとも十年しかないと思うべきか。十年経った後に、ヒロインと呼ばれる令嬢が何もできない事態にしておかなければいけない。別に恋愛面に関しては好きにして、って思う。誰かを好きになる気持ちを咎めることはできないし。

ただ、彼女が必要とされる状態は避けたい。それは危険なことが起きている証でもあるから。

「ルティア、言いたいことはわかる。確かに必要かもしれないけど、あまり無茶はしないように」

「わかってるわ。私にできることはとても少ないもの」

少ない中から、できることをやりたい。ただニコニコと笑って座ってるだけの王女様なんて意味がないと思うのだ。

私は私ができることをする。それが、私が王女である意味だと思う。

ポーションの行方

今日がポーションを卸す最後の日だ。正確には、私が戻ってきたらまた再開する予定だけど。

リュージュ様の最終レッスンを終えて、へとへとになりながら畑に行く。そしてそこで事前にロビン達がちぎってくれていた薬草を鍋に入れて魔力を注いでポーションを作る。鍋の中でグツグツ、グツグツとポーションが煮えていく。キレイな空色になったら出来上がりだ。

それにしても……今日はロイ兄様とライル、それにロビン、アッシュ、リーナ、ユリアナだけの作業だったはずなのに、なぜか二人、人が増えている。

　この間知り合ったばかりの第五騎士団の二人だ。

「いやあ、初めて見たけどバケモンかなんかか？」

「王族は魔力量が多いんだよ。マクドール」

　そう言うが早いか、マスト騎士団長はヘインズ副団長の頭をバシッと叩く。かなりの音がしたので、叩かれた副団長もだけど叩いた騎士団長も手が痛いのではなかろうか？　大丈夫なのかと二人を見ていると、へらりと騎士団長が笑う。ちなみに副団長は「いてぇ！」と叫んでいた。

「あ、あの……大丈夫？」

「ああ、こいつの頭は石頭だから大丈夫ですよ」

「あ、うん。そう、なの？」

　そういう意味で聞いたわけではないのだけど、精神的に疲れているのでそういうことにしておこう。それにしてもどうして二人が畑《ここ》に来ているのだろう？　役職もちの人はそんなに暇ではないはず。なんせロックウェル魔術師団長ですら最近はなかなか来れなくて職場で嘆いていると聞いている。それを横目にここに来るのが楽しいのだとカーバニル先生が言っていたけれど。それって逆効果じゃないのかな？　そのうち魔術師団長に襲撃されないだろうかとちょっと心配になる。

　色々なことを考えていると、心配そうな顔で私を見ている副団長に気がついた。

「あのよ、そんなに魔力使って平気なのか？」

「平気よ？　魔力量が普通より多いの」

　繰り返しの作業なのでそこまで大変ではない。ただ量が多いと私では鍋が持ち上げられないのでそこだけが難点だ。

副団長は興味深げに私の手元を見ている。騎士団長の方はそこまで興味がないのか畑や、その周辺を眺めていた。

「それにしても、すごーく広い畑ですねえ」

「私の畑はそこからそこまでよ。あとは魔術式研究機関の管轄なの。魔術師団長がポーションの有用性をものすごーく丁寧にお父様とハウンド宰相様に説明してぶん取ったの」

「ぶっ！　ま、あの魔術師団長様ならやりかねねえな。討伐に行く時も意気揚々と前線にでるし」

「そうなの？」

「めっちゃ強い」

「そんなに!?　なんだか全然想像できないわ」

「みーんな姫様の前じゃ猫被ってるんだよ」

「そうかしら？」

「そうそう」

そう言うと副団長は私の頭を撫でてくれる。手がすごーく大きいから、髪の毛がぐしゃぐしゃになるけど、なんていうか撫でられるのは嫌いではない。きっと家族に小さい子がいるのだろう。撫で慣れてる感じがする。

「そういえば、どうして二人が来たの？　ポーションなら持って行くわよ？」

「あーそれなんだがな……」

「実は、うちの隊舎で一箱消えちゃったんだよね」

「えっ⁉」

作ったポーションが消えた。それは由々しき事態だ。だって誰かが盗んでしまったということ。でもこのポーションは別の場所に持って行っても売れないと思う。だってラステア国のポーションを知っている人はほとんどいない。

そしてこのポーションの効能を知っている騎士団の人達が盗むとも思えないのだ。

「どこいっちゃったのかしら？」

「それが謎でなあ……」

「確かに効能はすごいけど、高値で売れないわ。ラステア国のポーションを知る人はこの国ではほとんどいないもの」

「そうなんですよね。僕らはその効能をよくわかっているから、必要なら申告するはずだし」

「そうよね。家族で病気や怪我の人がいるなら分けても大丈夫って話しているのでしょう？　それならわざわざ盗む必要なんてないわ」

「それで実際に申告があって数本渡しましたしね。感謝こそされても、文句はないし。そもそも盗んで売るんじゃリスクがでかい。すーぐバレちゃいますからねぇ」

どこに売るにしても、効能を証明しなければいけない。そして証明したからと言って、高値で買い取ってくれるわけでもない。むしろバラされたくなければ、と買い叩かれる可能性の方が高くないだろうか？

「もしかして、盗まれちゃったから二人が取りに来たの？」

「ええ。せっかくのポーションを盗まれちゃ困りますからね。なんせこちらも討伐が近いので」

「神官を帯同させないなら多く持って行きたいものね……」

「そうなんですよ」

「でも誰かしらね？」

「本当に不思議ですよねぇ」

騎士団長はあたりをぐるりと見渡す。特別変なものはないはずだがどうしたのだろう？　私の手が止まったことに気がついたのか、騎士団長はまたへらりと笑う。

「ここって、出入り自由な感じです？」

「そうね。一応、入り口は作ったけど……でも特に鍵をかけているわけじゃないから」

「これだけの作物があったら盗まれたりしません？」

「あ、どうかしら？」

そもそもこの畑は作物の育ちが良い。本来ならシーズンの終わった物もまだ実っていたりする。収穫量が良いから特に気にしたことはなかった。それにここの野菜とか果物って主に小離宮で使われているし。そこから何も言ってこないのであれば、何もないと判断するしかない。

「あそこで作業してる背の高い兄ちゃんがここの花師だろ？」

「そうよ。ベル・チャイというの。とても良い花師だわ」

「話を聞いて来ても？」

「いいわよ。一応この畑全体の面倒はベルがメインで見ているから……あと何人か花師を雇いたいんだけど、まだ決まらないの。こんなに広くする予定もなかったし」

そう言うと騎士団長はなるほど、と頷く。私はまた手元の鍋に集中してグツグツと煮ていく。火を使っている時によそ見はダメだ。ひとまずこのポーションを作ってから考えよう。

　ポーションを作り終わり、ロビンにこすのを頼む。瓶に詰める作業をしていると、兄様達が騎士団長と一緒に四阿に戻って来た。

「おかえりなさい」

「ただいま、ルティア。まだ作れそう？」

「うん。まだ平気よ！」

「そう……」

　そう言ってから兄様は少し考え込む仕草をする。どうしたのかと見ていると、ライルが「ポーションが盗まれたんだって？」と聞いてきた。私はそうみたいね、と頷く。

「ポーション盗んでどうするんだろうな」

「売り先に困るわよね」

「売るとは限らないでしょうよ」

　ロビンの言葉に私達は顔を見合わせた。確かに。効能がわかっているのであれば、誰かに飲ませる可能性も否定できない。申告した量じゃ足りないから持って行った、とか？　でも一箱に入っている量は確か二十はあったはず。そんなにたくさん飲ませてどうするのだろう？

　ポーションは万能薬ではあるが、等級で効能は違うし出来ることにも限りがある。つまり初級ポーションがたくさんあっても、初級で対応できない怪我や病は完全には治らないのだ。だからこそ盗まれたと聞いて私達は首を傾げている。

「そんなに重い症状なら、それこそちゃんと申告して中級のポーションを持って帰れば良いんじゃないかしら？」

「人数が多いとかはどうです？」

「人数が多いって……病気が流行ってるってこと？」

「もしくは事故が起きて怪我人が多発したか、ですかね」

なるほどその可能性も否定できない。でもそれだって申告してくれれば渡すのに、と思ってしまう。もちろんたくさん必要な場合は無料であげるのは難しい。だって売り出すときに、あの時は無料だったのに！　って言われかねない。

自己申告してくれた人には、市場に売る予定の半額程度で販売したのだ。騎士団特別価格的な感じで販売する分には文句も出ないだろう。なんせ魔物討伐専門の部隊の人だしね。

だからそこまでの金額にはならない。理由を教えてくれれば、もっと安く渡したり、もしくは神殿からの寄付ということにすることも可能だ。ポーションの効能をゆっくりと広めてる最中なのだし。

「うーん……本当に不思議ね」

「そうだな」

ポーションを小瓶に移しながら、あれこれ考えてみるけれどまったくもって理由が浮かばない。そんな私達を見て副団長は「そのまま真っすぐ育てよー」と私とライルの頭を撫でた。

「私達の推測は何か変なの？」

「盗む理由なんてそうないだろ？」

「ま、普通はね。でもこのポーションは初級といえども効果抜群だろ？」

「ラステア国のものより安定して質が良いって先生は言っていたわ」

「それでいてまだ未承認で作られてんのが此処だけだ」

「それは、まあ……魔力過多の畑を作るのが大変なのもあるけど、ポーション自体がこの国では未知のものだからでしょう？」

「でもポーションを知っている国はあんだろ？」

「ポーションを知ってる国って……トラット帝国？　でもトラット帝国の人が王城内を出入りしていたら目立つわ！　お客様で来ていたら私達にだって連絡が来るはずだし」

「あー盗んだのがトラットの人間じゃなくて、トラットと内通している人間ってことっすかね？」

ロビンの言葉に副団長はニヤリと笑って頷く。可能性の話だけどな、と副団長は言うが彼の中では確定しているような口ぶりだ。

「トラットに盗んだポーションを渡したってこと？　でも何のために？」

「品質の確認、じゃないっすか？」

「そっちの小僧っ子は頭が回るな」

「そりゃどーも」

「で、盗まれたのに気がついたのはいつです？」

「二日前」

「数えたのは？」

「四日前だな」

「その間に誰かが一箱持って行った、と？　どこに保管してたんです？　簡単に持ってかれちまうなんて警備大丈夫っすか？」

「ま、言いたいことはわかる。が、うちだってそんな雑な警備してねえ。騎士団の隊舎は常に人目があるからな」

前に案内してもらった隊舎は大きくて、広かった。でも入り口には当番の人が立っていたし、不審な人物や挙動が怪しい人を見かけたら記憶に残りそうなものだ。だって盗むわけだし。

「どう考えても記憶に残りそうな気がするんだけど」

「そうなんだよなあ。不審な奴はいなかった。とはいえ、盗むことに罪悪感を持っていなければ、挙動不審にもならねえし……マジックボックスに入れられちまったらお手上げだ」

「マジックボックスはチェックしないんで？」

「持ってる奴自体がすくねえからな。俺らんところは平民ばっかだしよ」

「マジックボックスって高いものね」

「そ、だから持ってたら目立つ」

「でも一番可能性が高いのはマジックボックスに入れて持って行った、じゃないのか？」

ライルの言葉に副団長はうーんと唸る。マジックボックスの形は基本的にほぼ一緒だ。私や先生がウエストにつけている長方形のポーチ型か、大きな箱型にわかれる。もしも誰かがマジックボックスに入れて持って行ったのなら、その誰かはウエストにポーチをつけていたはず。でもそんな人がいなかったから、騎士団長と副団長は自分達で引き取りに来たのだろう。

「マジックボックスをつけている人はいなかったのね？」

「そうなんだよ。手に持っていたとしてもポーチ型だろ？　男がそんなの持ってたら目立つしな」

私は自分のウエストにつけているマジックボックスを取り外して、副団長の手に持たせる。副団長程手が大きかったら目立たないのでは？　と思ったからだ。でも意外と、持っていると目立つような気もする。なんか、こう……言葉では言い表せない違和感的な？

「なんか、目立つ……わね？」

「そうだな……」

ライルも同意するように頷く。大柄な男の人だと目立つのか。では騎士団長ならどうだろう？　ベルと話し込んでいる騎士団長のもとへ行き、同じようにマジックボックスを手渡す。

「……どうしたんです？」

「マジックボックスというより、ポーチを持ってたら目立つのかなって」

「副団長はなんかこう、違和感があった」

「でも騎士団長が持っていても違和感があるわね」

「そうだな。そしたらほかの騎士も同じだろ？」

「そうよね」

そうやって話をしていると、ベルが「女性だったら目立たないんですけどね」と。その言葉に騎士団長はハッとした表情になる。

「そうか。そうだよ。女の子なら目立たないわ！　しかも隠せるし」

「隠すってどこに？」

「簡単ですよ。スカートの中」

そう言われて、お茶の準備を始めていたユリアナに視線を向けた。黒い長そでのワンピース。下にはペチコートをはいていて、スカートはふわりとして見える。確かにこれくらいのポーチなら中に隠せそうだ。それに侍女ならばカゴを持ち歩いている可能性もある。

洗濯物のカゴや、何か差し入れをいれるためのカゴ。上に布を被せておけば中にマジックボックスがあることなんてわからないだろう。

「じゃあ、侍女が犯人？」

「普段出入りしない侍女がいなかったか、確認しないとなあ」

「普段出入りしていたって盗む可能性はあるだろ？」

「うわあ……それじゃあ調べる人間増えるわ」

ライルの指摘に騎士団長は空を仰ぎ見る。確かにそこまでくるとものすごく大変だろう。私は盗まれた分も追加で作るわよ、と騎士団長に告げた。だって足りないと困るわけだし。その分あれば問題ないと思ったのだ。

「それはありがたいんですけどね。でもこの話をなあなあにしてしまうわけにもいかんのですよ」

「それは、確かに？」

「ひとまず、姫様からのいただき物です。しっかりと管理させていただきます」

「えっと、お願いします……？」

そう告げると、騎士団長はまたへらりと笑った。

王女、旅に出る

リュージュ様とのレッスンやポーション作りで、あっという間にラステア国へ旅立つ日が来てしまった。リュージュ様のレッスンはとても厳しくて、夢の中でもレッスンを受けさせられるほど。うなされて目を覚まして、自分のベッドだった時にはホッとしてしまったぐらいだ。

それをマリアベル様に言ったらおかしそうに笑っていた。私としては笑いごとではないのだけど。

そして旅立ちの日――

「良いですか？　ラステア国に着くまではシャンテと一緒におさらいをするんですよ？　たとえ幼くとも、王族なのですからきちんとしなければいけません」

「はい。頑張ります」

「シャンテも、一緒に頑張ってくださいね」

「はい！」

見送りに来てくれたリュージュ様に口を酸っぱくして言われ、私はそんなにダメだっただろうかとドキドキしてきた。今更だけど、私が一緒に行って大丈夫なのか不安になってくる。チラリとカーバニル先生を見ると横を向いて肩を震わせていた。なぜ笑う！

内心で腹を立てつつも、それを今言うわけにはいかない。きっとリュージュ様のお小言が増えてしまう。心配事を増やしたいわけではないし、今はまだ大人しくしているべきだ。

「それでは行ってきます！」

「気をつけて行ってらっしゃい」

「行ってらっしゃいルティア」

「頑張れよ」

リュージュ様と兄様、ライル、他にもいっぱいの人に見送られて私とシャンテは馬車に乗り込む。

ゆっくりと馬車が動き出し、私は窓から顔を出してみんなに小さく手を振った。

不意にクア！　と鳥の鳴き声が聞こえる。

上を見るとクアドが旋回していた。その旋回している場所から近いバルコニーにマリアベル様とお父様が並んで立っているのが見える。

私は二人にも小さく手を振ると二人は気がついてくれて、手を振りかえしてくれた。マリアベル様はお腹が大きいから大事をとって外までは来られなかったのだ。お父様は仕事が溜まっててハウンド宰相様から許可が下りなかったらしい。

シャンテの見送りに来ていたのは、ロックウェル司法長官とジルとリーンだけだった。

残念ながら魔術師団長は、昨日からヒュース騎士団長と第五騎士団のみんなと一緒に魔物討伐に出かけていて王城にいない。せめて見送りに来られたら良かったのに。

しばらく会えないと寂しくないだろうか？

「その、一日違いだったのね」

窓を閉めてから、向かい合わせで座るシャンテにそう話しかける。シャンテはああ、と小さく声を上げて私の隣に座っている先生を見た。

「わざと、ですよね？」

「あら、わかっちゃう～？」

先生はおほほほほほと頬に手を添えながら笑う。わざと、とは？　と首を傾げると、シャンテが深いため息を吐いた。

「ついて来させないためですよ」

「ついてって……そもそも師団長クラスの人が国を空けてはダメでしょう？」

「基本的にはね」

「基本的にはってことは理由があれば良いの？」

そう尋ねると、先生は頷く。どうやら本当にわざと日にちをずらして、先に魔物討伐に送り出したみたいだ。

「一応ね、理由があれば良いけど……それをアマンダに許しちゃうと、ラステアに入り浸ってしまうでしょう？」

「流石にそんなことは……しないんじゃない？」

確証はないがそう言うと、シャンテは首を左右に振った。

「姫様、甘いですよ。あの人は、研究のためなら入り浸ります」

「そうなの？」

「はい」

絶対です！　とシャンテが言い切るので、多分そうなのだろう。家族の言葉ほど強いものはない。

「ちなみにアマンダには今日の予定を伝えてないの」

「え⁉」

「だって絶対について行くって言うでしょう？」

「言いますね。絶対ですよ」

「じゃあ、何も言わないで来ちゃったの？　それは本当に大丈夫なのかしら？」

「父が知っているので平気です」

シャンテはあっさりと言ってのける。司法長官が知ってるのなら平気なのかしら？　でも後から知ったら怒りそうな気もするけど……家庭不和の元にならなければ良いな、と思ってしまう。

「大丈夫よ、今頃、上級ポーションを試せる～ってウッキウキで魔物討伐してる頃だろうし」

「魔物討伐ってウキウキしながらするものなの……？」

「母はウキウキしながらするでしょうね」

「……そう」

世の中にはいろんな人がいるんですよ、とユリアナが言っていた。意外と私の周りにはそんないろんな人が多かったようだ。本人が幸せならそれで良いのだけど。

「まあ、アマンダのことは置いておいて、ラステアに着くまで色々お勉強しましょうね？　マナーも大事だけど、勉強も大事よ？」

「はあい」

まだまだ頭の中に詰め込むものは増えそうだ。私はちょっとだけ魔術師団長と交代したいなと思ってしまった。でも魔物討伐は、私じゃ足手まといと怒られそうだからやっぱりこれが正解なのかもしれない。

＊＊＊

ラステア国に行くには最短でも二週間ほど馬車に揺られなければならない。しかし私たちはその途中途中で各領地を治める貴族達に挨拶をしている。早く行きたくとも、その面倒な挨拶を抜かすわけにはいかない。軽んじてると思わせてもいけないし、相手に軽んじられてもいけないのだ。

王族とはとても面倒な立場だと思う。

各領地の貴族達と挨拶を交わし、ニコニコと笑いながら先生の隣に立っている。それだけでもかなり神経を使うのだが、貴族達の家に私と歳の近い子供がいると絶対に私に会わせてくるし！

三番目、と呼ばれる私でも利用価値はあるということだろう。正直、シャンテが一緒にいなかったらもっとしつこかったと思う。シャンテはそつなく彼らをいなして、私を助けてくれた。本当に一人で来なくてよかった!!

「まだラステアには着かないのね……」

ガラガラと馬車に揺られながら窓の外を眺める。ラステア国へ行く過程の半分以上は過ぎたはずだが、まだラステア国のラの字も見えない。

「後二日〜三日といったところかしらね。次で最後だから頑張りなさい」

「もう顔の筋肉がおかしくなりそう」

「ラステアに行ったらそれ以上にニコニコしてなきゃいけないんだから、練習だと思ってなさいな」

先生はそう言って笑うけど、ラステア国に着く前からすでに疲れ切っている。ラステア国は、ポーションの作り方とか見てみたいから、まだ楽しみがあるけど貴族達に会うのは色々と駆け引き的なものが含まれるからとても困るのだ。

下手に返事できないし。だからといって横柄な態度をとるわけにもいかない。

「……なんでそんなに私に会わせたがるのかしら？」

「そりゃあ、お姫様は一人だけじゃない？　降嫁してくれたら箔が付くでしょう？」

「そんなもの付かないわよ」

「そう思うのはアナタだけよ」

どうせなら、好きになった人と一緒になりたいなと思うけど……それが難しいことは百も承知だ。

お父様と私を産んでくれたお母様は大恋愛の末に一緒になったようだけど、それはとても珍しいこと。普通は親が婚約者を見つけてきて、そのまま結婚することになる。

私の場合はお父様が見つけるのだろう。このまま何もなければ、だけど。

もしもアリシアの言うシナリオの強制力のせいでお父様が命を落として、シナリオ通りに未来が決まっているのなら私はトラット帝国に嫁ぐことになる。

人質、として――――

疫病で国力が低下したところを突かれれば、そうなるだろう。そうならないためのポーションだし、ラステア国と話し合いの場を設けるのだけど、不安がないと言えば嘘になる。

今は順調に進んでいるように見えるけど、実は裏でもっと大変なことが進んでいたりしないだろうか？　アリシアと同じようにヒロインが元の世界の記憶を使って何かしないだろうか？　と考えれば考えるほど、不安は募る。

私が、王女ではなくもっとすごい力を持った人だったら……一瞬で未来を変えることができたりしたのだろうか？

　盗まれたポーションの行方もわかっていないようだし。それに怪しい侍女の目星も付いていないと言っていた。単純に病気や怪我を治したくて持って行った、というのなら良いのだけどそうでないのなら、持って行った理由が知りたい。

　悩みばかりが増えていく。

「……様、姫様……どうかしましたか？」

「……え？」

「なんだか変な顔してますよ？」

「変な顔？」

　シャンテに言われて私は思わず自分の顔を触る。ムニムニと揉みながら、変な顔……ともう一度繰り返すと、シャンテが噴き出した。

「……シャンテ？」

「い、いえ……ロビンさんが言ってた通りだな、と」

「ロビン？」

「姫様が大人しいと大体なにか変なことを考えているから、止めてくれって言ってました」

　ロビンの私対策と言うのは本当にシャンテに伝授されているのだろうか？　思わずジッとシャンテの顔を見てしまう。シャンテはキョトンとした顔で私を見返してきた。

「ロビンは……もしかして、なにか変なことを吹き込んでない？」

「特に変なことは……あ、でも……」

「でも？」

「いえ、多分、なんでもないです」

「そこで止められると、とても気になるのだけど？」

「いえ、気にしないでください！」

シャンテが思いっきり首を左右に振るので、無理に聞き出すのはやめにする。王城に帰ったら直接ロビンを問いただせばいい。教えてくれるかはわからないけど！

「ああ、ほら最後の街が見えてきたわよ」

「え？」

最後の街、と聞いて私は窓を開けて顔を外に出す。

今まで見てきた街に比べると少し感じの違う街がそこにはあった。

「クリフィード侯爵領、カウダートよ。ラステア国との境を護る街」

先生の言葉になるほど、と街を見る。馬車が街の中を進むと、外観だけでなく街の中の様子も他と違うのだ。異国情緒あふれる、とはこのことを言うのだろう。

「なんだかシャンテの着てる服と似てるわ」

「ええ、私の服はここの服に似せて作られてるんです。正確にはラステア国の服をファティシア風にアレンジした服、ですけど」

「そうなのね」

街の中は活気にあふれていて、よく治められていることが窺い知れる。街が活気にあふれている、ということは治めている領主の腕が良いのだ。きっとみんなに好かれているのだろう。

そして今回はちょうどクリフィード侯爵がカウダートに滞在しているとのことで、私達は宿ではなく侯爵の屋敷に滞在することになっていた。

侯爵の屋敷もまた、異国情緒あふれた建物であった。

ぽかんと口を開けて見ていると、横からトントンと肩をつつかれる。そして先生が口元に手を持っていき隠す仕草をした。

私は慌てて口を閉じると、ちょうどのタイミングで侯爵一家が現れる。

「お初にお目にかかります、姫殿下。私はルカン・クリフィード。こちらは息子のファスタとその妻のライラ、そして次女のリューネです」

「お初にお目にかかります、侯爵。ルティア・レイル・ファティシアです。こちらは魔術式研究機関のフォルテ・カーバニル先生とロックウェル魔術師団長の御子息でシャンテ・ロックウェルです」

「ああ、お噂はかねがね……大変優秀な方だそうですね」

「あら、ありがとうございます」

私が紹介すると先生はいつも通りの口調で挨拶をし、シャンテはスッと頭を下げた。私は笑顔を貼り付けたまま、侯爵一家に家の中を案内してもらう。

屋敷の中も外観と同じく、異国の物であふれていた。

うっかりキョロキョロと見回さないように気をつけながら、侯爵と先生の会話に耳を傾ける。残念ながら大人の会話に混ざれるほど私は聡明な子供ではないのだ。

ふと、先ほど紹介されたライラさんのお腹に目がいく。ふっくらと膨らんでいて、そのお腹の中に子供がいることがわかった。きっともうすぐ産まれるのではなかろうか？　マリアベル様のお腹と同じくらい大きいのだ。

「あの……」

「はい、なんでしょうか？」

「あの、不躾《ぶしつけ》にごめんなさい。お腹が大きいから……もしかしてもうすぐ産まれるのかしら？」

「ええ、そうなんですよ！」

ライラさんが答えるより先にファスタさんが嬉しそうに頷いた。やっぱりそうなのか！　私も嬉しくなって、今度家族が増えることを話してしまう。

「私も今度、弟か妹が産まれるんです！　だから気になってしまって……」

「そうなんですね！　家族が増えるのは良いことですよ」

「ええ、私もそう思います。今からなにをして一緒に遊ぼうか考えているの」

「男の子と女の子では遊びも違いますからね」

ファスタさんはうちもどっちが産まれても良いように両方用意してあるんですよ、と話しだす。その様子を少し困ったようにライラさんが見ている。

どうしてだろうな？　と思っていると、止まらないのだ。

止まらない。本当に止まらない。

それはもう本当に嬉しくて嬉しくて仕方がない、という風に話しているので遮るのも気の毒になり私とシャンテは大人しくファスタさんの話を聞く。流石にずーっと話してる姿に気がついたのか、途中でファスタさんの妹のリューネさんが止めに入ってくれた。

「兄さん！　姫様に子供の話を延々としないでちょうだい！」

「あ、あの……私が、私にも弟か妹が産まれると言ったからなの」

「いいえ、良いんです。兄さんたら止めないとずーっと話してるので」

「みんな聞いてくれないから、その……申し訳ありません」

ファスタさんに頭を下げられて、私は慌てて手を左右に振る。

「いえ！　あの……参考になりましたので!!　大丈夫です!!」

まさかあとでなにかされたりはしないだろうが、念のため大丈夫だと告げておく。嬉しいことは話したくなるものだし。

ただ……私も同じようにならないように気をつけようとは思った。

命の選択

クリフィード侯爵領では二日泊まり、食料などを仕入れてからラステア国へと向かう。その間、私はライラさんとお話をしたり、リューネさんに街を案内してもらったりしていた。

もちろんシャンテとリーナも一緒だ。

残念ながらカーバニル先生はこの旅の責任者なので自由時間はない。朝から侯爵と一緒に必要な物の買い出しに行っている。なにごともなければ、あまり多く食料や生活必需品を入手する必要はないのだけど……旅というのは何が起こるかわからない。

それは前回の視察で嫌と言うほど知っている。

なので今回も私は自前のマジックボックスに日持ちするお菓子を買って持って行くつもりだ。

「日持ちするお菓子、ですか？」

「はい。マジックボックスに入れて持って行くから問題はないのだけど……できれば日持ちして、腹持ちするお菓子があると助かるわ」

私の要望にリューネさんは直ぐに調べて案内してくれた。その様子を見ていたシャンテが不思議そうに首を傾げる。

「姫様、日持ちするお菓子はお土産にでもするんですか？」

「違うわ。途中で何かあった時のために買っておくの」

「途中で……あ、ああ……そう言えば、そうですね」

シャンテは私の言葉にあのことが思い当たったのか、小さく頷く。一応、今回は他にも色々と入れているのだ。前回の反省を活かして水とかティーセットとか、あと毛布も！

「色々準備して、それで何もなければそれで良いのよ。それに余ったら帰りに私たちで食べ切ってしまっても良いじゃない？」

「それ太りますよ？」

「大丈夫よ！　その分動くから!!」

後ろでリーナが女性に太るは禁句ですよとシャンテに呟いた。それを言われたシャンテは私を見る。そしてそっと視線を逸らした。

「ふ、ふくよかになる場所によると思います……」

「……0点ですよ。シャンテ様」

リーナに残念そうに言われて、シャンテは困った顔になる。それを見ていたリューネさんはクスクスと笑いだした。

「まだ子供のうちはよろしいんですよ。大きくなってから考えましょう？」

「私もそのうちスラッとした大人になれるかしら？」

「それは難しいかと」

スパッとリーナが私の夢を切り捨てる。

「え⁉　どうして‼」

「カロティナ様はあまり背が高くなかったと伺ってます。それに、姫様は平均的な年頃の子供よりも少しお小さいかと」

確かに一つ下のライルと私の背はほとんど変わらない。いや嘘だ。今やライルの方が高い。いつの間にか抜かされてしまったのだ。それを悔しく思っていたけれど、私だってそのうち身長が伸びると信じていたのに‼　あまり大きくなれないなんて……‼　そんなのあんまりよ‼

「で、でも！　お父様は背が高いわよ？　お母様とお父様の血が半分ずつだもの。私も背が高くなる可能性はあるんじゃない？」

しかし誰もが皆、私から目を逸らした。こんな時だけ息ぴったりね‼

「いいわ……いっそ横に増えてやるんだから！」

「それはそれで困りますよ？」

「そうですよ。ドレスに使う布が増えます」

「靴のサイズも困りますし……」

みんなに止められて、私は横に増えるのは諦めることにした。税金だものね。私のドレスやら靴やらのお金の出所は……身長は伸びてしまったら仕方ないと諦めてもらえるけど、横幅は増やすと確かにダメかもしれない。増やせるということは減らせる、ということでもあるし。侍女長が頑張って痩せましょうね？　って強制的に痩せさせようとするかもしれない。

そんな話をしながら私はお菓子を購入し、少しだけ街の中を散策してから屋敷に戻った。

屋敷に戻ると、何やら二階のライラさんの部屋が慌ただしい。

リューネさんがどうしたのかと使用人に聞くと、どうやらライラさんが産気づいたそうだ。邪魔にならないように部屋をそっと覗く。中ではファスタさんがライラさんに付き添い、産婆さんが来るのを待っていた。

「ああ、ライラ。ライラ……代われるものなら僕が代わるのに!!」

「ファスタ様……私にもしものことがあれば、お腹の子をよろしくお願いします」

「そんなことを言わないでくれ！　君は無事に赤ちゃんを産むし、僕と君とで赤ちゃんを育てていくんだ！」

何だか大変そうだが、出産は命懸け、と言うには少し様子が違う。

私の後ろにいたリューネさんの顔を見ると、少し暗い顔をしていた。

「赤ちゃんを産むのは命懸けだと聞いているけれど……やっぱりすごく大変なのね」

「いいえ……それだけではないのです」

「それだけじゃない？」

「義姉は体があまり丈夫でなく、今までも二回、流れているんです」

流れている、と言われて最初ピンとこなかったがリューネさんがそっとお腹をさすった仕草で合点がいった。産まれてくる前に、亡くなっているのだ。

だからこそファスタさんは、産まれてくる子供のことをそれはそれは嬉しそうに語っていたのか。

私はライラさんの体が心配になり、先生のもとへ向かう。

先生はちょうど侯爵と話をしている最中で、私が来たことに少し驚いていた。

「あら、もう帰ってきたの?」

「それなりに見て回ってきたわ。ああ、ええっと違うの、先生に用があって来たのよ」

そう言うと私は先生を手招きして耳を貸してくれるように頼む。本当は侯爵の前では失礼に当たるのだろうけど、この話はまだ他の諸侯達に通達がなされていないからだ。流石に勝手に教えるわけにはいかない。それを察してくれたのか、背の高い先生はかがんで私に耳を貸してくれた。

「あのね、先生。ライラさんが産気づいたんだけど……体が弱くて、出産に危険が伴うみたいなの」

「アレの出番ね、と言いたいのだけど……今手持ちは初級しかないの」

「どうして?」

城を出てくる前にあんなにいっぱい作ったのに! と言えば、そのいっぱい作った大半は魔物討伐に持って行ったでしょう? と言われてしまう。そして今手持ちの分の殆どは、ラステア国へ渡すために納品用の箱に収められていると言われた。

自由になる分は初級の数本のみ。

これも旅の過程で怪我をした時用に取っておいたと言われてしまうと、私は何も言えなくなってしまう。

ラステア国に行くまでに何もなければいい。

でも何かあった時は？　私の聖属性の力は基本的には人前で使ってはいけないことになっている。

そう、お父様と約束しているのだ。

「でも、でもね……お母様がいないのは、やっぱり悲しいわ」

「……そうね」

困ってしまった私の頭を先生が優しく撫でてくれる。

「まだ産まれてはいないのでしょう？」

「ええ、でも……すごく苦しそう」

「苦しそう？　姫殿下、何かあったのですか？」

私の呟きに侯爵が反応した。

「あ、あの……御子息の奥方が産気づかれたの」

「ライラが⁉」

こうしてはいられない！　と侯爵は私たちへの挨拶もそこそこに、神殿に行ってしまう。どうやら先生の相手をしていたことで、情報がまだ伝わっていなかったようだ。

「この街の神殿にはちゃんと聖属性を使える神官がいるのかしら？」

「さあ、流石にそこまではわからないわ。でも私たちが勝手にやるよりは、この家の人たちに任せられることは任せましょう？」

きっと先生の言っていることは正しい。

まだ何も起こっていないのに手助けします！　と勝手なことをしてはいけない。それにヘインズ副団長にも出所のわからない善意は気持ち悪いと言われたではないか。自分の気持ちだけを優先して、善意を押し付けてはいけないのだ。

　私は先生に背中を押され、二階のライラさんたちの部屋へ向かう。部屋の前ではシャンテとリューネさんが中を心配そうに覗き込んでいた。

「シャンテ、大丈夫そう？」

「……わからない」

「腕の良い産婆を頼んでいるのですが、それでも大変そうで……」

　二人は青ざめた顔でそう呟く。私は先生と一緒に部屋の中を覗き込んだ。中では、ファスタさんがライラさんの手を握り懸命に名前を呼んでいる。

「……若様、逆子《さかご》かもしれませぬ」

　出産の手伝いをしていた産婆さんがファスタさんにそう告げる。逆子とは何だろうか？　なにか産まれるのに問題があるのか？　私はハラハラしながら産婆さんとファスタさんのやりとりを見ているしかない。

「本来、赤子は頭から出てくるのです。しかし今見えているのは足。大変申し上げにくいのですが、このままでは……」

「どちらかを諦めろと？」

　ファスタさんの言葉に産婆さんはうなだれた。それは最悪の事態を意味する。ファスタさんは真っ青な顔で産婆さんに向かって叫んだ。

「――――っ!!　金ならいくらでもだす！　二人を助けてくれ!!」

「残念ながら、母体を切り開けばお子は助かるやもしれません。ですが奥方様には耐えられるだけの体力はないかと」

「そんなっっ!!」

悲痛な叫びをあげるファスタさん。しかし産婆さんも手の尽くしようがないと項垂れている。私は先生を見上げ、今の状態を聞いた。

「先生、逆子って……？　そんなに大変なことなの？」

「あ、ああ……普通の赤ちゃんはね、お母さんのお腹の中に頭を下に向いて入っているのよ。そうすると生まれる時に引っかからずにスルンと出てこられるの」

「それが、逆だと……どうなるの？」

私の問いに先生は口をつぐむ。

「逆子だと……産むリスクがとても高いのです」

リューネさんが今にも倒れそうな顔色で教えてくれた。産婆さんの言う通り、お腹を切り開いて赤ちゃんだけを助ける方法はある。でもそれは母体の命が失われる危険な方法だと。

私は自分の手をジッと見つめた。

「先生、今って緊急事態よね？」

「そ、そうね？」

「先生は……実験で解体をしたりする？」

「そりゃもちろん……って人と魔物は違うわよ？」

「でも必要な場所を傷つけないように大切にするわよね？」

そう言うと先生はそりゃ、そうだけどねえと答える。それだけで十分だった。私は先生の手を引っ張ると、部屋の中に入る。突然入ってきた私達に産婆さんは驚いたが、直ぐに出ていくように言った。私はその言葉を無視して、お腹を開いて赤ちゃんを取り出したことがあるか聞いた。

「え、ええ……母親の命が儚《はかな》くなって、それでも子供が生きているならと」

「私の先生も刃物を使うのは得意なの。手伝わせてもらうわ」

「姫殿下……しかし、それではライラが……」

「いいえ、ファスタ様……後継となる子の方が、私よりも、だい……じ、ですわ」

息も絶え絶えに話すライラさんの命の灯火《ともしび》は今にも消えてしまいそうだ。これはとてもまずい。早くしなければ！　私は側にいた侍女に髪を結んでくれるように頼むと服の袖を捲る。

「いいえ、両方助けるわ！」

先生、お願いします。そう言うと、先生はファスタさんに空の宝石を持って来るように言う。

「空の宝石、ですか？」

「お腹を切り開くのよ。普通の人は痛みで死んでしまう。それをさせないために痛み止めの魔術式を入れる石が欲しいのよ」

「わ、わかりました!!」

ファスタさんは慌てて部屋から飛び出す。その間に、先生は腰につけているマジックボックスの中から細かなナイフのセットを取り出した。

どうやら解体に使うのに使用するものらしい。

それを鉄の桶の中に入れると火の魔法石を入れて熱し、水の魔法石で一気に冷やす。

「それは、何をしたの？」

「ああ、消毒よ。消毒」

流石に火で熱くなったナイフで人を切るわけにいかないから冷やしたらしい。

「カーバニルさん！　持ってきました!!」

ファスタさんが宝石の入った箱を持って先生のところに戻ってくる。先生はその中から適度なサイズの石を見繕うと、その中に魔術式を入れていく。

その間にもライラさんの意識は朦朧《もうろう》とし、今にも死んでしまいそうだ。

早く、早く、と急かしたいのをグッと我慢しながら、魔術式を入れている様を見ていると、入れ終わった魔法石を手渡された。

「これを持って奥さんの手を握ってなさい。その間に子供を取り出すから」

「わかりました」

私は魔法石とライラさんの手を両手で包み、魔力を石に流していく。

「あ、ああ……痛みが、消えてくわ……」

「ファスタさん、奥さんの顔をこちらに向けないで。抱きしめてあげていて」

「は、はい！」

ファスタさんはベッドに身を乗り上げ、ライラさんの上半身を抱きしめ下が見えないようにする。

それから先生は産婆さんが見守る中、お腹にナイフを当てた。

スッとお腹の上をナイフが滑る。

「いいナイフだね」

「ありがとう。まさかこんなことに使うとは思わなかったけど……」

「もう少し奥を」

「ええ……」

握っているライラさんの手から体温が少しずつ抜けていくような気がする。それは死のにおいがした。怖い。ものすごく怖い。

私は祈るような気持ちで彼女の手を握り続けた。

カーバニル先生と産婆さんの二人がなんとか赤ちゃんをお腹の中から取り出す。しかし、産声を上げるはずの赤ちゃんはなかなか泣き声を上げない。

「先生……？」

「大丈夫、生きるわ。だって助けるのでしょう？」

そう言われて私は頷く。

ライラさんはぼんやりとした声で赤ちゃんを求めた。先生はファスタさんとライラさんの間に赤ちゃんをそっと置くと、私に目で合図をよこす。私は急いで魔術式を展開させた。

その魔術式を初めて見せてもらった時、とても感動したのを覚えている。真っ白な花なのだ。大きくて、とても美しい白い花。紙の上でしか見たことのなかった魔術式を、今現実に展開させる。

私が展開させた魔術式は白い大きな花となりライラさんを包み込む。

降りそそぐ優しい光はまるで雪のようだ。そして少しの間、三人は花びらに包まれていたが、ふわりと花ひらくと同時に消えてしまった。

不思議なことにこの魔術式は、治すと消えてしまうのだ。

すると赤ちゃんの元気な泣き声が聞こえ始めた。

「ふやあ…ふやあふやあ……」

「あ、ああ……なんてことだ!!」

ファスタさんは赤ちゃんとライラさんの両方を見て泣きだす。

私はライラさんの切られたお腹を見て、傷が綺麗に消えたことを確認した。なんとか成功したようだ。ライラさんの顔色もさっきまでに比べて断然良い。

お腹を切ったことで出血はあったけど、傷自体が綺麗に消えているのならあとは本人次第。痛みもないから食事も普通に取れるはず。

栄養と休息で元通りの生活が送れるだろう。

ホッとしていると、先生が頭を撫でてくれた。実はこの魔術式を発動させたのは今回が初めてなのだ。離宮内では人目に付くし、だからといって隠れてやる場所もない。ただ頭の中に何度も術式を思い浮かべていたのできちんと発動してくれた。そのことにほっとする。

「よくやったわ」

「成功して良かったです」

「魔術式を理解してるなら失敗しようがないから平気よぉ」

そうは言っても初めてと言うのはなんだって怖い。私はもう一度自分の手を見る。

すると微かに手が震えていた。

「……姫様は、聖なる乙女だったのですか?」

その声に振り向くと、シャンテが驚いた顔をしている。私は困って先生を見上げた。先生は私の視線を受けて少し肩をすくめる。

「えっと……その、実はそうなのよ」

「ああ……姫殿下！　ありがとうございます!!」

リューネさんが私の手をギュッと握り、お礼を言われる。私は首を左右に振ると、実は初めてだからすごいドキドキしてたのと彼女に打ち明けた。

「魔術式の練習はしていたけど、内緒だったから……初めて使うの」

「いいえ。そんなことは関係ありません！　だって義姉も赤ちゃんもあんなに元気そうですもの」

「なぜです……？　内緒って……だって、聖なる乙女だったら姫様の方が、ライル殿下よりも……」

そう言いかけたシャンテが、すぐに自分の手で口を押さえる。

「そういうことよ。今は、ライル殿下が継承一位なの。だからこのことは誰にも言ってはいけないわ。絶対に、ね」

先生が人さし指を口にあてながら話していると、クリフィード侯爵が部屋に駆け込んできた。

「ファスタ！　ライラと子供は無事か!?」

侯爵はまだわんわんと泣いているファスタさんのもとへ行く。赤ちゃんとライラさんが無事なことを知るとホッとした表情を浮かべた。

そして産婆さんに向き直るとその手を取り、彼女に礼を述べる。

「ああ、良かった。無事に産まれたのだね？　流石は腕の良い産婆だ。礼は弾もう！　ありがとう!!」

「え、ええ……その、ご無事に産まれてようございました……」

産婆さんは困惑した視線を私たちに向け、それからまた侯爵に視線を戻す。

「どうかしたのか？」

「いいえぇ～なんでもございませんわ！　アタシも側で見ていましたけど、とおっても腕の良い産婆さんでしたよ!!」

そう言って先生は産婆さんを褒め称える。侯爵は疲れただろうから、今日は屋敷に泊まっていくと良いと産婆さんに言い、使用人に部屋の用意をするように伝えてからまた神殿に向かった。

どうやら神官は他の人の治療に当たっていたらしく、直ぐに連れて来られないと言いに戻ってきたらしい。そして今度は必要がなくなったので、その連絡をしにまた戻ったのだ。

次の順番の人にどうしても、とお願いして譲ってもらった順番だったらしくその人にもお礼と謝罪をしたいと言っていた。爵位を持っていても、その辺の分別はきちんとした人らしい。

「と、いうわけだからここにいる全員に口外できないように魔術式をかけさせてもらうわよ？」

子供であるシャンテが気がついたように、私が聖なる乙女の資格があると他に漏れると不味いと三人はわかったのだろう。使用人と産婆さんは困惑した表情を浮かべていたが、流石に侯爵家の人間である三人は静かに頷いた。

多少のわだかまりはありつつも、うまく家族として暮らしているのに横から変な茶々を入れられたくない。これから弟妹たちも増えることだし、安心安全な生活はとても大事だ。

ライルが継承一位であることで、その安心安全は保たれる。

悲しいけれど――――今はまだ、それが現実なのだ。

＊＊＊

先生はその場にいた使用人たちと産婆さんには記憶封じの魔術式をかけ、ファスタさん、ライラさん、リューネさん、シャンテ、リーナには誰かに聞かれても口に出せない魔術式をかけた。

そしてその日の夜は赤ちゃんが無事に産まれたお祝いをし、次の日の朝に侯爵邸を後にする。ライラさんをのぞいた侯爵家の人たちが私たちの出立を見送ってくれて、まだ忙しい最中だろうにちょっとだけ申し訳なくなった。

侯爵にはライラさんの不在を詫びられたが、気にしないでほしいと伝える。赤ちゃんを産んだばかりだし、切ったお腹を聖属性の力で治しても直ぐに動けるわけではない。

鍛えた騎士ではないのだ。出血した分だけ、養生する必要はある。いくら聖属性の力を使ったと言っても、失った血まで元に戻るわけではないのだ。その分はしっかり休んでもらわなければ！

念のため、私の畑で取れた栄養価の高いジャムをいくつか置いてきたので、帰りに寄った時は元気な姿を見せてくれると思う。赤ちゃんに会うのも今から楽しみだ。


馬車に乗り込み、しばらくしてから私は先生に尋ねた。

「先生、どうして同じ魔術式にしなかったの？」

「どうしてだと思う？」

先生はニッと笑う。

質問したのはこちらなのに、質問し返されてしまった。でもどうしてだろう？　秘密は知っている人が少ないほど良い。そう言ってお父様は騎士団長以外の記憶を封じた。使用人や産婆さんは記憶を封じ、侯爵家の三人やシャンテとリーナには口に出せないだけで記憶を残す。

二つの魔術式、それを使った理由。

私が悩んでいると、シャンテが恐る恐る口を開いた。

「その、姫様の……味方にするためですか？」

「私の味方？」

「あ・た・り」

うふふ、と先生は嬉しそうに笑う。しかしどうして私の味方とかそんな話になるのだろうか？　私は別に派閥争いをしたいわけではない。元々王位にも興味はないし。それに侯爵家が味方に付いてくれたとして、私の生活に劇的な変化が起こるわけではないと思う。なんせ大半がフィルタード派なのだから。

「……アナタ、実は派閥に全く興味ないわね？」

「え？　ま、まあ……そう、かなあ？」

私の反応にはあ、とため息を吐かれる。

そんなこと言われても、今まで三番目と言われてほぼほぼ放置されてきたのだ。これからだって表舞台に立つことはそうそうないだろう。命大事に、みんなが元気で生活できれば私はそれだけで嬉しいのだ。王には向いている人がなればいい。

「あのね、クリフィード侯爵家は中立なの。だから次の当主であるファスタ・クリフィードに恩を売っておけば、何かあった時に味方になってくれるでしょう？」

「恩を売った覚えはないのだけど……」

「そのつもりがなくても、向こうは勝手にそう思うのよ。ようやく産まれた子供なのよ？　しかも母子共に無事。アレはアナタじゃなきゃできないことだもの」

そう言われて私は昨日のやりとりを思い出す。

先生はポーションの出番と言っていたが、もしやポーションを使うつもりは最初からなかったのではなかろうか？　初級ポーションではお腹を切って、出血しているライラさんを無事に助けられるとは言い難い。でも中級や上級ならきっと平気だろう。

騎士団に大半を渡し、残った物もラステア国へ渡すために使ってしまったと言っていたが……私は結構な量の初級と中級ポーションを作った覚えがある。だって鍋で作ったのだ。そうそうなくなる本数ではなかったはず。

上級は、家族みんなに一本ずつ渡した。騎士団には全部の等級を。でも一番多いのは初級だろう。ラステア国へは全部の等級を渡す予定だけど……それでも余るような気がする。

先生の発言。その意図をくみ取る。

先生はきっと無駄な行動はしない。研究者特有の合理的な考えを持っている。もちろん柔軟な考えも持ち合わせてはいるが、私をこの旅に連れ出したのには意味があるのだ。ラステア国へ連れて行く以外の意味が。

道中、会ってきた貴族達を思い出す。あきらかにこちらを値踏みする視線を向けてきた人達。逆に阿る人達。あとは、普通に王族に対して敬意をもって接してくれる人達。あれはきっとフィルタード派、王家派、中立派とそれぞれの立場の人達だったのではなかろうか？

私に、彼らから見られるその意味を考えよ、と。そしてクリフィード侯爵家は中立だと言う。ならば、わざと出さなかった……？

「先生……もしかして、初級数本しかないってウソ？」

「あら～今頃気がついた？」

「騙すなんてひどい！」

「だってそう言わないとアナタ、自分の力を使わないでしょう？」

「だってお父様と約束したんだもの……」

「いやあね、そんな約束は破るためにあるのよ」

魔術式なんて使ってナンボよ、と先生は言うが、約束とは守るためにあるものではなかろうか？

シャンテに視線をやると、彼はサッと顔を逸らす。

「シャンテ……？」

「いえ、その……母も、そんなことを言っていたなと」

「約束は守るためにあるものでしょう？」

「姫様、時と場合によるのです。それに……姫様は苦しんでいる人を前に使わない、という選択肢はありませんよね？」

「それは、そうだけど……」

リーナにまで言われてしまい、私は口を尖らせる。

「それに、味方ってのは多い方が良いのよ？」

「……クリフィード侯爵家が中立なのは知っているけど、他の家は？　表向きとかじゃなくて、先生から見た印象が良いのだけど」

「ローズベルタ侯爵家は陛下の生母、つまりアナタのお祖母様の家ね。ここは学者肌の人間が多いの。一応中立よりは若干王家寄りよ。ただ研究一筋って感じだから腰が重いわ。アリシアちゃんのパパ、ファーマン侯爵家は完全に中立。娘にはゲロ甘だけど、王家に問題ありと見たら確実に糾弾してくる。で、近年新しく侯爵家入りしたカナン侯爵家。ここは完全にフィルタード派ね」

先生はさらに、伯爵家より下の家もフィルタード派がかなり多いと言う。中立派の侯爵家は表立って派閥を作ったりはしないそうだ。

ただローズベルタ侯爵家は、幅広く学ぶ者を支援していることで学者たちから人気が高いらしい。才ある者は皆学べ、と一般の人達からも学ぶ意欲がある人を募って学ばせているのだとか。

「なんだか、フィルタード侯爵家だけが表立って派閥を作ってるように感じるわね」

「そうね。権力を持ってると極めたくなるんじゃない？」

なんせ始まりの一族だし、と言われてそんなものかなと考える。

ファティシア王国を作った始まりの家。

ファティシア、ローズベルタ、クリフィード、ファーマン、そしてフィルタード。

この五つの家が国を作った。

「国を作った理由はなんだったのかしら？」

「さあ、そこまでの細かい所は歴史家にでも聞かないとわからないわね。何かがあったから作ったんでしょうけど」

「聖なる乙女の話は聞くけど、建国した理由って実は知らないかも」

うーんと唸っていると、外を警護している騎士たちから声がかけられる。先生が馬車の窓を開けると、もうすぐラステア国の国境に入ると言われた。国境を越えたら、ファティシア王国の法は通用しない。相手方の法が全てだ。失礼のないようにしなければいけない。

ほんの少しだけピリッとした空気に私は軽く両頬を叩く。

「――――クリフィード領からそんなに離れていないのね。こんなに早いとは思わなかったわ」

「そうね。馬車で半日程度の距離かしら」

下手に国内を移動するよりも近い。カウダートの街が異国情緒あふれた場所な理由がわかった気がする。王都に来るよりも、ラステア国の方が近いのだ。交流が深くなればなるほど、文化が混ざりやすいのだろう。

国境を越えて暫く馬車を走らせていると、急に馬車が止まった。何かあったのだろうか？　窓を開けようとした手を先生に制され、代わりに先生が窓から顔を覗かせる。

「どうしたのかしらねえ？」

「先生、何かあったの？」

待ちきれなくて先生に聞くと、先生は小さく「あら、イイ男」とうっとりと呟いた。そしてすぐ近くにいた騎士が先生に話しかけてくる。

「カーバニル研究員、ラステア国の旗です」

「敵意はなさそうよね」

「武装してる風ではないですね。どちらかと言うと正装、でしょうか？」

「迎えに来るって話は聞いてないのだけど……国旗を掲げている以上、国からの使者よねえ？」

「ただ、その……飛龍に乗ってますので……」

二人の話を聞きながら、私は『飛龍』という聞き慣れない単語に首を傾げる。

「飛龍って何かしら？」

「ああ、ラステア国は龍がいるんですよ」

「龍？　龍が守る国って聞いているけど、本当に龍がいるの？　飛龍ってことは飛ぶってこと？」

一応、ラステア国の歴史やマナーなどは詰め込まれてきたけど、細かいことまではこちらに伝わってないのでわからない。

私は好奇心に負けリーナが止めるのも聞かずに反対の窓から顔をだした。淑女的にはダメかもしれないが、龍がいると聞いて見ないでいるなんてもったいないではないか！

顔を覗かせた先、私達の馬車より少し離れた場所に人がズラリと並んでいる。

飛龍？　とラステア国の国旗が見て取れた。ラステア国の正装がどんな装いなのかは知らないが、一番前にいる黒髪の男の人が一番偉いのだろう。みんな素敵な装いではあるけれど、彼の衣装が一番高そうに見える。刺繍が細かく入った衣装なんて絶対に高い！

それに先生がポロっとこぼした「イイ男」という言葉にぴったりと当てはまる。爽やかな、とても素敵な男の人なのだ。ファティシア王国だとあまり見ないタイプかもしれない。

その人は私と目が合うとにこりと微笑む。慌てて馬車の中に戻るとリーナに心配されてしまった。

「先生、どうするの？」

「さて、どうしましょうかねぇ」

迎えが来るとは聞いていないのよね、と先生は呟いた。それではどうして彼らは来たのだろうか？

私はドキドキする気持ちを抑えながら、先生の判断を待った。

ラステア国

ラステア国は龍が守護すると言われている国。すごく交流が盛んというわけでもなく、まだまだ知らないことの方が多い。だから相手方の出方は未知数だ。

歓迎されているのかそれとも違うのかがちょっとわからない。

「まあ、歓迎してないってことはないと思うのよねぇ」

「そうでしょうか？　飛龍を並べて来ているのであれば、多少は警戒をした方が……」

リーナの言葉に、そうなんだけど、みんな武装してないのよとカーバニル先生は言う。非武装の状態で何かをするとは考えにくいらしい。しかしリーナはそう考えなかったようだ。

「ですが……ラステア国は有事の際には皆戦闘員。そういう国ですよ？　警戒はするべきです」

「そうね。でもかなり陽気な国民性でもあるのよ」

リーナは従者として私の身を守るための言葉を選び、先生はラステア国に行ったことのある者としての言葉を選ぶ。

どちらも正しくて、間違っていない。

ただし今の状況はどちらなのかわからないのだ。

「ひとまず、アタシが出てみるわ」

「大丈夫ですか？」

「平気よぉ〜それに、使者に何かしたら国際問題になるわよ？」

「それは……そうですが……」

流石にそんなことはしないでしょ、と言って先生は馬車から降りてしまった。

私はもう一度窓から頭を出す。すると、真ん中にいた若い男の人が先生に近寄ってきた。衣装の豪華さからして、向こうの中で一番上の人と私が見当をつけた人だ。優しそうな風貌だが、人というのは見た目ではわからない。見たままの人かもしれないし、その逆もあり得る。

先生ぐらいになると、その辺の判断がつくのだろうが私にはさっぱりだ。でもいい人のような気がする。その人は先生の側に来ると手を差し出し、名前を教えてくれた。

「初めまして、俺はコンラッド・カステード・ラステアと言います。失礼ですが、ファティシア王国のルティア姫殿下の御一行でしょうか？」

「ええ、その通りです。大変申し訳ございませんが、迎えにきていただけると伺っておりませんでしたので我々少々混乱しておりますの」

「ああ、それは申し訳ない！　実はその……姉がそろそろこちらにいらっしゃると言ったものですから。それで迎えに」

お姉さんが「そろそろ来る」と言ったから迎えにきた、と言うのはなんだろう？　私は席に戻ると小さな声で「まるで覗いていたみたいね」と呟く。

「遠見の魔術、かもしれません」

側で話を聞いていたリーナが少し眉を顰めた。

「遠見の魔術ってなあに？」

「遠くの場所から、見たい相手を見ることのできる魔術です。大変高度な術で、使える者はそう多くありません」

「そんな魔術があるの？」

驚いて聞き返すと、リーナは精度の高さは魔力量で決まる、とも教えてくれた。つまり、私たちがここに来るのがわかった、ということはかなり魔力量が多いということだろう。

なぜなら、ラステア国に向かう道は幾つかあるからだ。

カウダートを経由せずに、直接ラステア国に向かう道。カウダートを経由する道。そして足場は悪くなるが、ラステア国に行くのに一番早く着ける道もある。人数が少なければカウダートを経由しなくても行けるが、私達の場合はそこそこの人数がいるのでカウダート経由だ。

一番早い道は山の中を移動するので、馬車での移動は向いていない。あれ、でもそうすると……遠見の魔術を使わなくてもわかるのかな？　でもいつ来るか、まではわからないか。

結局どっちなのだろう？　と悩んでしまう。

「そういえばラステア国の人たちは魔力量が多いと言うものね。そんな魔術も使えてしまうんだわ」

「あまり気分の良いものではありませんが……」

リーナはなにやら気分を害したようだ。私はすごいなーとしか思わないけど、従者的になにかダメなのだろう。しばらくすると、先生が馬車の中に戻ってくる。

「先生、どうだったの？」

「うーん……そうねえ。ねえ、アナタたち……空って飛んでみたい？」

予想外の言葉に私たちはみんな目を丸くした。

「飛ぶって、空を？」

「そうよ～一度くらい体験するのも良いんじゃないかしら？」

そう言う先生の目はどこか泳いでいる。もしかして前に空を飛んだことがあるのだろうか？

「もちろん、無理にとは言わないわ」

「私飛びたい！」

はい！　と手を挙げると、ま、アンタはそうよねと苦笑いされた。シャンテは遠慮をし、リーナは私が飛びたいと言ったことで一緒に飛ぶことになった。従者だものね。私が行きたいと言えば、行くことになってしまう。ちょっと申し訳ないけど、空を飛べるという誘惑には勝てなかった！

馬車から降りると、先程の男の人が私の前に膝をつく。

「初めまして、小さなお姫様。俺はコンラッド・カステード・ラステアと言います」

「初めまして、ルティア・レイル・ファティシアと申します」

そう言ってリュージュ様からなんとか合格をもらったカーテシーをして見せた。彼はそんな私ににこりと笑い、失礼、と言ったかと思うと私の体を軽々と抱き上げる。突然のことに驚いていると、彼はニコニコと嬉しそうに笑っていた。

「まるで羽根のように軽いですね」

「え、あ、あの……!?」

「飛龍に乗るのに貴女の体では小さすぎますから」

「そ、そうですか……？」

だからと言って急に抱きかかえないでほしい。誰だって心の準備というものがあるのだ。大人の男の人に抱き上げられる経験なんてそうないし！

声にならない悲鳴を心の中で上げながら、私は鞍をつけられた飛龍に乗せてもらう。普通の馬とは違い、鞍には掴まる場所があった。

「しっかりと掴まってください」

「え、あ、はい！」

返事をすると、その人は私の後ろに乗る。リーナは別の人の飛龍に乗せてもらっていたが、心配そうに私を見ていた。

周りを見ると、一緒に来た騎士のうち数名が同じように飛龍に乗せてもらっている。

先生とシャンテ、そして残りの侍女と騎士達はラステア国の騎士と一緒に馬車で王城まで向かうことになったようだ。

私は先生とシャンテに小さく手を振る。二人も小さく振り返してくれた。

「さて、では飛びますよ！　出立っ!!」

号令がかかると、一斉に飛龍が飛び立つ。

それは――――まるで、夢のような光景だった。

＊＊＊

ふわりと体が浮かび、それから風がそよりと頬を撫でる。バサッと翼が大きく羽ばたき、高く高く飛んでいく。

「すごい！　高い!!」

私が歓声をあげると、後ろから怖くないですか？　と尋ねられた。

「いいえ、大丈夫です。思ったよりも、風が強くないし……それに空を飛ぶってこんなに素敵なことなんですね！」

眼下には幾つもの家が見える。その家々を飛び越し、少し先に見える王城へ飛龍は真っ直ぐに飛んでいく。馬車で王都まで行くにはもう半日ほどかかると聞いていたが、飛龍を使うとあっという間に着いてしまいそうだ。

「こんなに早く着くなんて……先生たちは追いつけるかしら？」

「飛龍だとあっという間だけど、馬車だともう少しかかるな」

「……それじゃあ、悪いことをしてしまったわ」

「どうして？」

「だって、私はただ馬車に揺られていれば良いけれど、他の人たちはずっと気を張っていなければいけないでしょう？　だから早く休みたいと思うの」

そう告げると、謁見は明日だから夜はゆっくり休めると言われた。

どうやらこの人は私のスケジュールを把握しているらしい。そんなことを考えていると、あっという間に王城の開けた場所に着地をする。

私は乗った時と同じように抱きかかえられて地面に下ろされた。

「いかがでしたかお姫様」

「とても、とっても素敵でした。ありがとうございます」

そう伝えると、彼は嬉しそうに笑い飛龍の首をポンポンと叩く。

「良かったな、カッツェ」

「それが飛龍の名前なんですか？」

「ああ、飛龍、では皆同じだからね」

私はカッツェと呼ばれた飛龍を見上げ、ありがとうとお礼を言った。

カッツェはクルルと喉を鳴らす。

「どういたしまして、と言ってるみたいだね」

「言葉がわかるの？」

「子供の頃からの相棒だからね」

なるほど。ラステア国では飛龍はとても身近な存在なのだろう。

同じ「りゅう」と名は付くけど、ファティシア王国に現れる魔物の竜とはだいぶ見た目も違っている。こんな相棒なら私も欲しいぐらいだ。

「姫様」

「リーナ！　貴女はどうだった？」

「ええ、大変得難い体験をいたしました……ではなく、大丈夫ですか？」

「全然問題ないわ。とても素敵な体験だった」

そう言うと、流石カロティナ様のご息女ですねとリーナが呟く。

「さあ、お二人共。城の中を案内しますよ」

私はその言葉にハッと固まる。

そうか。私が一人で先に来るということは、誰も間違った時に正してくれる人がいないということだ。でもここで先生たちを待ちますとも言えない。

なぜなら私は一国の王女で、ここは他国の領域だからだ。

リーナに視線をやると、小さく頷かれる。

これは覚悟を決めなければいけない。私は私を乗せてくれた人を見上げると、よろしくお願いします、と案内を頼んだ。

彼は小さく笑うと、私に腕を差し出す。これは……エスコートしてくれるということだろうか？

人生で初のエスコート。この腕をそのまま取ることは失礼に当たらないわよ、ね？

悩んでしまった私に彼が先を促す。私はその腕に手をかけ、慣れないエスコートを受けながら、王城の客間に案内された。その間中、ドキドキしっぱなしだ。何か間違いがあっては国際問題!!　それだけが頭の中をグルグルと回っていく。

客間ではラステア国の侍女が大勢私を待っていて、お疲れでしょう？　とかいがいしく世話を焼いてくれた。

「さあさあ、姫君。こちらへどうぞ」

「あ、あのでも……」

「お連れ様もご一緒の方が安心できますかしら？」

「そ、そうですね？」

「ルティア様……」

私の言葉にリーナがちょっと残念そうな表情を見せる。でも私一人じゃ何をするかわからないじゃない!!　こちらへ、こちらへ、と侍女達に促され、その間に彼はどこかへと行ってしまった。

私とリーナは一緒にお風呂に入れられ、頭のてっぺんからつま先まで丹念に磨き上げられる。本当なら従者的にダメなのだろうけど、今回は非常事態だ。一緒にいるのがリーナしかいない。そんな中で一人お風呂に入れられるなんて緊張でどうにかなりそうだったのだ。

そしてラステア国の衣装を着せてもらい、髪をキレイに結い上げられ、顔にも何かを塗られ、ようやく一息つく頃には、慣れない緊張の連続でぐったりしてしまった。

しかしそれを表に出すわけにはいかない。私の態度一つで国の印象が決まってしまうのだから。

「ああ、よう似合っておるのう」

お茶をいただいていると、歳の頃はリュージュ様と同じくらいだろうか？　黒い艶やかな髪を背中にゆったりと流し、紅の生地に金の糸でとても細かな刺繍の施してある上等な衣装に身を包んだ美女が現れた。ものすごい美女だ。リュージュ様はキリッとした顔立ちの美女だが、この人はその上をいく美女なのだ。

そんな美女の登場に、すぐさま周りにいた侍女たちが頭を下げる。

美女がスッと手を上げると、侍女達は美女のお茶を用意してササッといなくなってしまった。残された私とリーナはどうしようか戸惑ってしまう。

この美女がただ者ではないことは雰囲気でわかるが、誰も周りにいなくなってしまうとどうしていいかもわからない。

ひとまず失礼の無いように挨拶を……と思っていたら先に相手が名乗ってくれた。

「初めまして、小さな姫君。妾《わらわ》はラステア国女王、ランカナ・カステード・ラステアと言う」

「お、お初にお目にかかります。私はファティシア国第一王女、ルティア・レイル・ファティシアと申しましゅ」

まさか！　まさか!!　女王様ご本人が明日の謁見を前に突如として現れるなんて誰が想像するだろう!!　咄嗟にカーテシーをして見せたが、慌てすぎて噛んでしまった。この場にリュージュ様がいらしたら、頭を抱えたことだろう。でも突発的な事態にカーテシーだけはまともにできたのだから許してほしい。

「顔をあげられよ。小さな姫君。先ほどは我が弟がすまなんだ」

「え？」

「コンラッドは妾の歳の離れた弟でな。其方《そなた》がもうすぐ領内に入ると言うたら迎えに行ってくる、と飛び出してしまったのじゃ」

弟……弟!?　そう言えば、ラステアと名前についていた。

私のバカー!!　なんでそんな初歩的なことに気がつかなかったのだろう……

てっきりただの使いの人だと思っていた。今更ながらに失礼なことをしてなかっただろうかと冷や汗が背中を伝う。

下手すれば国際問題だ。

私はなんとか言葉を選びながら、失礼にならないようにお礼を伝える。

「そ、その……初めて飛龍に乗せていただいて……とても素敵でした」

「ほう？」

「空を飛ぶ経験は一度もなかったので……」

「なるほど。観光客を飛龍に乗せる生業をしている者もいるが、意外と二度三度と乗るものは少ないと聞く。其方は平気そうだの？」

「もし、また乗れるのであれば」

乗ってみたいです、と正直に告げると女王様はカラリと笑った。

大変な一日

ランカナ女王陛下は手ずからお茶を淹れ、私たちの前に置いてくれた。流石の私も自分でお茶を淹れたことなんてない。ユリアナがさせてくれなかったのもあるが、私の手だと落としそうで怖いと言われたからだ。

でも女王様の動きはとても慣れていた。日常的にやっていることが窺える。……普通は女王様がそんなことをするなんてありえないけれど。いや、でもね？　とても慣れているのよ。

思わずぽかんとして女王様の手つきを見ていると、女王様はニヤリと笑う。

「我が王家はな？　自分のことは自分でやる、そう決まっておる。他の国に比べればかなり風変わりに見えるであろうな」

「わ、私！　もその、国では畑仕事をしているので……だから、その……」

「ほぅ！　畑仕事とな？」

何と言おうと考えていたら、面白い、と言って続きを促された。面白い話かどうかはわからないけれど、話せと言うのであれば話さなければならない。それに付け焼刃の話題よりも、この際だから自分の好きな話をした方が良い気がする。

「最初は自分の住んでいる宮の草花の手入れを庭師に頼んで手伝わせてもらっていたんです。でも今は自分の畑をもらえたので、薬草とか果物とかを育てています」

「薬草……薬草か……つまり、姫君がポーションを作ったのだな？」

この場にカーバニル先生がいれば、視線でやりとりもできるけれど……流石にいない人を言ってもどうにもならない。リーナに視線を送ってみたものの、リーナも女王様の真意を計りかねたようで、少しだけ困った顔をしていた。

これは答えてしまって良いものだろうか？　それとも不味い？　畑を作ったのはそうだけど、ポーションはたまたま先生からの提案で～とか言ってみる？

でも沈黙は肯定とみなされるし、お茶を手ずから淹れる女王様がいるのだ。畑仕事をしてポーションを作る姫がいても良いじゃないか。

そう考えて私は小さく頷いた。

「そう、です……」

「その歳でポーションを作れるとは大したものだ。アレは作る過程でも魔力がいるであろう？」

「その……今は試しに作っている最中で、限られた者だけで作っています」

作れるのも初級や中級ばかりだと伝えれば、ラステアでも同じようなものだと言われる。上級ポーションは意外と作れる人がいないらしい。それでもファティシアに比べれば多いはずだけど。

魔力量だけで言うなら、ファティシアよりもラステアの人々の方が多いのだし。

「我が国の薬草は魔力溜まりを加工してそこで育成しておる。そのせいで薬草に持たせる魔力量にバラつきがあるのよ」

「魔力量にバラつきがあると上手く作れないのですか？」

「さよう。初級や中級であれば誤差の範囲だが、上級は繊細でな……」

もしかしたら魔力過多の畑を作る魔術式はラステアでも重宝されるかもしれない。そして私たちが作ったポーションの質が良いのは、薬草が内包する魔力量にバラつきがないからなのだろう。

安定して作れるのであればお互いに良いことずくめのはず。

ただ一つ問題が――

事前に勉強した中で、ラステアには魔法石がないと聞いている。魔法石なしで魔力過多の畑をたくさん作れるのだろうか？　魔力量が多いからこそ、わざわざ魔法石に頼ることがないのだ。

魔法石があれば、ある程度魔力過多の畑を作るのに魔力量をコントロールできる。今は初級、中級、上級で魔力量を変えて実験している最中だ。ちなみに前はそこまでコントロールできなかったが、私のせいで魔術式に改良が施されたらしい。花師や神官たちが同じことをしないように、と。

私と同じことをして倒れてしまう人が続出しては困る。それに魔力量を均一にできるのであれば、複数人で作った方が負担もより少なくなって良い。

しかし私が作った魔力過多の畑は、あれは本当に偶然の産物なのだ。誰だって初めてってあると思うし！　それに魔術師団長が普通の宝石じゃなくて魔石なんてすごい石に魔術式を入れてしまっていたし。

不慮の事故だ！

私のうっかりは改良を加えるきっかけにすぎない。だから私は良いことをしたはずなのだ。

そんなことを考えつつ、念のためラステアではどんな風に魔術が使われているのか確認をする。私達の国のように魔術式を展開させるのだろうけど、それをいつもそのまま使っているのと、何かを媒介して使うのとではきっと魔力の量とかそんなものが変わるのだろう。

「女王様、この国では魔術はどうやって使われているのでしょう？　私の国では魔法石に魔術式を入れて使っているのです。そうすると少ない魔力量でも魔術を使うことができるので」

「我が国の魔術はそのまま術者が行使しておる。他の国と違って、内包する魔力量が多いのでな。補助具を使う、という発想がなかったのだ。補助具をいちいち持ち歩くのも面倒だしな」

「それだと、すごく疲れませんか？」

魔術をそのまま行使するのはとても疲れる。でも魔力量が多いと違うのかな？　とちょっとした疑問がわいた。

「そうさなあ……妾がそこまでの魔力を使うことはまずないが、畑を管理している者たちは妾ほど魔力量があるわけではない。実際に確認してみないと何とも言えんが、離職率を考えると他の仕事よりは多いように見える」

「離職率……。辞めてしまうの、ですか？」

「そのとおり。辞める者が多くてな。我が国ではポーション作りに携わる者は皆、国が管理しておる。それ故にポーションを作る者は官吏なのよ」

聖属性の治癒力を除けば、ポーションはまぎれもなくこの世界で一番の薬だ。他国への持ち出し制限を考えれば、国が管理していることにも頷ける。

しかしそんな重大なお仕事なのに離れる人が多いのは勿体ない。

「姉上、残りのお客人が到着されましたよ」

そう言って、ノックもなしに部屋の中に入ってきたのは先ほどの王弟殿下だった。

「ノックぐらいせんか。たわけめ！」

「ん？　あっ！　これは失礼致しました‼」

慌てて謝る仕草はとても偉い人には見えない。と言うか、かなりフレンドリーな性格のようだ。今も私を見てニコニコと笑っている。人懐っこい人なのかも……？

「コンラッド、妾の代わりに姫君たちの相手をしておれ。妾は残りの客人を出迎えよう」

「ええ、任されました」

いやいやいや。普通は直接王族が出迎えとかしないと思います！　そんなことされたらカーバニル先生もシャンテもものすごく驚くだろう。ひきつった顔の二人を思い浮かべ、しかしそんなことを口に出して良いものかもわからず、私は女王様を見送ることしかできなかった。

先生、シャンテ、みんな……心を強く持ってね。

＊＊＊

「あの、その、王弟殿下だったのですね。大変申し訳ございません。気がつくのが遅くなりまして」

「ああ、よくそれっぽくないと言われているので気にしないでください」

二人っきりになったので、私は勢いよく頭を下げた。謝罪は初めが肝心なのだ。

王弟殿下――――コンラッド様は気分を害したようには見えないので、多分まだセーフなのかもしれない。後から実は……と言われたら、大人しく先生に謝ろう。

国際問題に発展しないように祈るばかりだ。

「……姫君は、表情がクルクルと変わって可愛らしいですね」

「えっ⁉」

もしや今考えていることが顔に出ていた⁉　思わず自分の頬に手を添える。すると目の前ではコンラッド様が横を向いて笑っていた。もしかしなくても、からかわれたのだろうか？　だがここでいつもみたいに、頬を膨らませるわけにはいかない。

ここはよその国、よその国、と何度も心の中で呪文のようにとなえる。

よその国で問題を起こすわけにはいかない。

チラリとコンラッド様を見れば、まだ私を見て笑っている。

「ふふふふ、すみません。反応が可愛らしくて、つい」

「いえ、良いのです。王族としてはあまり良いことではありませんもの」

顔に出すぎるということは、心の内も読まれやすいということ。何か駆け引きをしなければいけない時に、そんなことではやっていけない。

まだ子供だから許されるかもしれないが、私はこの癖を何とか直さないといけないだろう。

平常心、ポーカーフェイス、そういったものはものすごーく難しくて大変だ。ロイ兄様はいつもニコニコしているけど、ニコニコしているだけでも良いのかな？　それも難しそうだけど。

「えっと……その、先生たちは、すぐこちらに来られるのでしょうか？」

「ええ、姉が迎えに行きましたし、そのままこちらに来ると思いますよ」

「まさか、女王様が案内したりとかは……」

ないですよね？　と聞こうとしたら、コンラッド様はさっきよりも、もっと良い笑顔になる。

一国の女王陛下がそんなに自由奔放で良いのだろうか？　いや、それで国が回っているのだから良いのかな？　普通ならありえないことも、ラステアではありえてしまいそうで何だか怖い。

いや、これくらい自由だと、私も畑仕事をしてる王族として気分的に楽かもしれないなあと考え直す。ちょっと変わってる、ぐらいならこの国では普通じゃない？　と思われるかもしれない。そう期待しておこう。

「そうだ。さっき、子龍が生まれたと連絡があったのだけど、笑ってしまったお詫びに明日以降で都合の良い時に見に行きませんか？」

「子龍……？」

「カッツェも生まれた頃はあんなに大きくなかったんですよ？　最初はこのぐらいの手に乗るサイズだったんです」

そう言われてコンラッド様は手でサイズを表して見せる。手のひらサイズの子龍と言われ、興味がわかないわけがなかった。しかも生まれたばかりだなんて!!

「そんなに子龍は小さいのですか!?」

「ええ、飛龍の子は龍種の中でも小柄な方ですね」

「もしかして飛龍以外にもいるんですか？」

「あまり他国には知られてませんが」

コンラッド様はだからご内密にと自分の口に人差し指を押し当てた。

「やっぱり他国に知られてしまうと、龍を獲ろうとする人が出てしまうからでしょうか？」

「そうですね。かなり昔は密猟も多かったです。ただ龍種を育てるにはコツがいるので……気性の荒い個体は自分で帰ってきたりもしますね」

「自分で？」

「ええ。帰巣本能とでも言うのか、比較的戻ってくる率は高いですよ？」

「何だかすごい神秘的」

「でも戻ってきても人と接しては暮らせなくなってしまうんです」

「え？」

聞けば龍種を密売する人たちは龍の生態に詳しいわけではないし、買い取った好事家《こうずか》たちなんてもっと知らない。そうなると子龍たちはストレスの溜まる環境で育てられることになる。そのせいで人と一緒に暮らすことに神経質になるらしい。

「龍も……人が嫌いになってしまうの？」

「本当は仲良くしたくても、怖い思いをしていると懐くまでに時間がかかるんですよ。龍はとても利口な子たちだから、きっと見極めているのかもしれないね」

でも飛龍の子供はきちんと王城で世話をしている個体が産んだ子だから、嫌なことをされることはないと聞かされ少しだけホッとする。

もちろんこの国の人たちが龍に何かするとは考えづらいけれど。なんせ龍の国だもの。きっとみんなが龍と仲良しなんだわ！　ちょっと、いやかなり羨ましい。

「空き時間ができたら教えてくれるかい？　侍女に言伝を頼めば良いから」

「はい！　よろしくお願いします!!」

滞在中の楽しみが増えて、それから女王様が先生たちを連れてくるまでの間、私は龍について教えてもらっていた。

大きい龍は本当に大きくて、王宮内でもお世話ができないのですって！　龍がたくさん暮らす山もあると聞いて、見に行ってみたくなった。いろんな龍種が一度に見られるなんてとても素敵だ。

そんな話をしていると、扉がノックされてさっきお世話をしてくれた侍女の人が先生達を部屋の中に連れてくる。私は小さく手を振ると、シャンテがちょっとだけ泣きそうな顔になった。

その様子にやっぱり女王様が自ら迎えに出たのだなと確信する。

「いらっしゃい、みなさんお疲れ様です」

「いいえ、こちらこそ姫殿下のお相手をしていただきありがとうございますぅ！」

「いえいえ、とんでもない!!　とても聡明な姫君で楽しい時間を過ごせました」

コンラッド様は先生にそう告げると、ゆっくり休んでくださいと言い置いて部屋から出て行ってしまった。もうちょっと龍のことについて聞きたかったけどこればかりは仕方がない。

だって先生達、疲労感でいっぱいだもの。

「あービックリしたわあああ～!!」

「先生でも驚くことがあるのね」

「そりゃあ驚くでしょうよ。女王陛下その人が目の前でアタシたちを待ってるんだもの！」

「私なんて女王様の手ずからお茶を淹れてもらったわ」

「それもそれで心臓に悪いわね」

美味しくないとか言えないし、と先生が言うので私は女王様の威信にかけて大変おいしかった、と主張する。

「えー本当に？」

「本当よ。ラステア国の王族は自分のことは自分でする方針みたい」

「アンタなら溶け込むの早そうねぇ」

「そうかしら？」

「だって似たような空気を感じるもの」

それは一体どんな空気なのだろう？　そんな疑問を持ちつつ、お茶に口をつける。ファティシアで飲むお茶とは匂いも味も違う。ふわりと甘い香りのお茶は、きっとマリアベル様も気に入るだろう。

後で名前を教えてもらおう、と思っていると先生がジッと私を見ている。もしかして何かやらかしてないか？　とか疑われてたり？　まだ何もやらかしていないと信じたいが、それはもう相手の匙加減でしかない。

「ど、どうかしたの？」

「いいえ、元気なら良いのよ」

「私、ずっと元気ですよ？」

なぜそんなことを確認するのだろう？

もしやホームシックにでもなったと思われているのだろうか？　そりゃあ、初めて家族以外の人たちと出かけているけれど、そんな柔《やわ》なメンタルはしていない。

それに会えなくても、次に会った時にどんな話をしようかと考えるだけでもワクワクする。

きっと龍の話をしたら驚くだろうなあ。

まだ見ぬ子龍に思いを馳せつつ、その日の夜はふけていった。

会談

翌日――

ラステア国とファティシア王国の会談の場が設けられた。

私がこの場にいても意味があるのかはわからないけど、ひとまずカーバニル先生にはいることに意味があると言われたのできっと大丈夫なはず。

先生がラステアの人達に今までの経緯を話し、初級から上級のポーションと薬草を献上する。

「つまり、魔力溜まりを人工的に作り出せる……と？」

「はい。元々我が国では花師たちが花を早く咲かせるために人為的に魔力過多の土地を作っていたのです。偶然ではありますが、その魔力過多の畑でポーションの材料となる薬草を栽培、そしてポーションを作ることに成功いたしました」

「まあ、確かに人為的に作ろうが魔力溜まりを加工して作ろうが土地に魔力が溢れ、それを薬草が得て成長することに変わりはないな」

ランカナ女王陛下はファティシアで作られた薬草を手に取り、しげしげと眺めている。そして、周りに控えていた人に鍋と水を用意するように言った。

もしかして自分で作るとか？　いやいやまさか……と思いながら見ていると、女王様は用意された鍋に薬草をちぎって入れ、水を入れると魔力を込めてそれから煮始める。

あっという間に初級ポーションの完成だ。私が作るよりも早いかも。やっぱり魔力量の差かしら？

そんなことを考えていると、隣にいた先生がポツリと驚きの声を上げていた。

「て、手ずから作ってる……」

私も自分でポーション作ってますよ、と内心でツッコミを入れてしまったが、女王様と王女では格が違うし驚き加減も違うのだろう。それになんていうか、先生は私のこと近所の子供程度にしか思っていない気もする。恭《うやうや》しく扱ってほしいわけではないが、扱いがちょっと雑なのだ。

「ふむ、良いポーションじゃな……どれ、次は中級を作るか」

そう言うと、中級ポーションを作りだす。更には上級も……ポンポンと簡単に作る様子はさすが、魔力豊富な国の女王様だ。そうしてファティシアから持ってきた薬草でポーションを作り終わると、それを同席していた女の人に手渡した。

「この者はダシャ・オルヘスタル。我が国の魔術師長じゃ。鑑定眼持ちでな」

「ダシャ・オルヘスタルと申します、どうぞよしなに」

黒い艶やかな髪を後ろでまとめ、ゆったりとした衣装に身を包んだ人はふわりと微笑む。優しそうに見えるけれど、ロックウェル魔術師団長のこともあるし油断はできない。

見た目と中身が違うというのはよくあること、らしいのだ。そうユリアナが言っていたし。もしかしたら魔術師団長のように研究が好きすぎる人かもしれない。心の準備だけはしておこう。うん。

オルヘスタル魔術師長が女王様の作られたポーションとファティシアから持ってきたポーションを見比べている。そして更に、懐《ふところ》から三つ小瓶を取り出した。

色からしてポーションのようだが……？

魔術師長はポーションを見比べた後、今度は女王様が使われた薬草を手に取りジッと見つめる。

「オルヘスタル、どうじゃ？」

女王様に声をかけられ、魔術師長は小さなため息を吐いた。

え、あれ？　もしかして何かおかしいのだろうか？　やっぱり、ラステア国の薬草の方が質がいいとか？　ドキドキしながら見ていると、魔術師長は片手を頬に当て困りましたわと呟く。

「うん？」

「我が国のポーションよりも質が良いですね」

「なるほど？」

「薬草に含まれる魔力が均一なのです。我が国ではこうはいきません」

「多少のバラつきは魔力溜まりの魔力量によるからな」

「それがないのです。これは大変素晴らしい。品質が安定するということは、更に上のポーションを作れる可能性が出てきたということです」

「更に上のポーション!?　そんなものがあるのですか！」

思わず口に出してしまい慌てて両手で口を押さえる。……隣は怖くて見られない。そんな私の不敬を怒るでもなく、女王様はコロコロと笑いだした。

「良い良い。このポーションを作るきっかけはルティア姫なのだろう？　なれば気になるのも道理よな。勉強熱心なのは良いことじゃ」

「た、大変失礼いたしました。その、はい。上級までしかないと伺っていましたので……」

私は小さくなって謝る。穴があったら入りたいとはまさに今を言うのだろう。心の中のリュージュ様の眉がキリッと上がる。口を酸っぱくして言われていたけれど、やはり付け焼刃では無理だったのだ。

「そうさな。昔は作れたようなのだが、今はレシピがあるのみ。作ろうにもそこまで質の良い薬草が取れんのよ」

「そうだったのですね……」

「ですが、魔力過多の土地を人工的に作り出せるのであれば、今後可能になるやもしれません」

とは言え、作る過程での魔力量は上級よりも更に必要になるのでたくさん作れるものではないと言われてしまう。確かに上級を作るだけでも大変なのに、更に上のポーションに使う魔力となると途方もない量になりそうだ。

「それが作れれば、あるいは……」

「え？」

ポツリとこぼされた言葉に首を傾げる。

「ああ、いや。こちらの話よ。しかし、ファティシア王国はすごい発明をしたものよのう」

「偶然の産物ではありましたが……」

「魔力過多の畑を人工的に作れるのであれば、畑を作るために荒れた山道を行くこともなくなる。ポーションを作るために怪我をしては本末転倒だからの」

それからは先生と女王様、それにラステア国の重要な人たちとで話し合いが進んでいく。たまーに私にも意見を求められたが、魔力過多の土地を作ることに関してなのでそこまで役に立つことはない。だが、私たちが始めたことで国同士の間に新たな結びつきを作ったのは確かだ。

五年後……流行病が広がったとしても、ポーションが足りない時は融通してもらえるはず。アリシアの話す未来とは変わりつつあるのだ。それも良い方に。

＊＊＊

会談が無事に終わり、今度は女王様が内輪のお茶会を開くと言うので参加することになった。今度は先生はいない。先生とシャンテは魔術師長のもとへ行ってしまったのだ。

滞在期間が限られているのだから、これはもう仕方がない。本当は私もそっちに行きたかったけど……お茶会の場所にリーナと一緒に向かうと、すでに女王様ともう一人、深く濃い赤髪の若い女性が席に座っていた。

どうやら三人だけのお茶会のようだ。ホッと胸を撫でおろす。だってたくさんいたら何を話していいかわからないもの……流行りのものを教えてもらって来たけれど、それを説明したとして、更なる説明を求められたときに上手く答えられる気がしない。

「ああ、ルティア姫。よく来たの」

「お茶会にお呼びいただき、ありがとうございます」

私はリュージュ様に叩き込まれたカーテシーをして見せ、それからリーナに持たせていたお土産を侍女に渡す。手土産はインパクト勝負だ！

それにクリフィード侯爵領と交易があるなら、ファティシア国内の珍しいものなんてきっと知っていると思うのよね。なんせ女王様だし。献上されることだってよくあるだろう。

「こちらは魔力過多の畑で作ったジャムになります」

「そういえば薬草以外も育てていると言っておったな」

「はい。魔力過多の畑は植物の成長を早めるので、薬草以外にも植えて様子を見ています。加工食品にして流通させられないかと思いまして」

「そのままではなく？」

「そのままですと、市場に混乱をきたしてしまうので……」

先生からの受け売りを告げると、ああ、と納得したように女王様は頷いた。

「そうか。畑全てを魔力過多にするわけにはいかぬものな」

「はい。我が国ではそこまで魔力量の多い者は多くありません。作れる量に限りがあるならば、普段生産している人達の迷惑にならないようにしなければなりませんから」

「そうだな。本来それで生計を立てている者達を考えればそれは良い選択だな……ああ、すまぬな！　ささ、はよう座りやれ」

「失礼いたします」

一言断ってから席に座ると、女王様はもう一人の女性を私に紹介する。

「彼女はサリュー・レイティア侯爵令嬢、我が息子の婚約者じゃ」

「はじめまして、姫君。サリュー・レイティアと申します」

「はじめまして、ルティア・レイル・ファティシアです」

私なりにマリアベル様のように笑ってみせたつもりだが、なぜかレイティア侯爵令嬢に睨まれてしまった。何かしてしまったかしら？　と不思議に思っていると、女王様がレイティア侯爵令嬢のことを教えてくれる。

とても優秀で、魔力量も高く、令嬢たちの見本のような子であると。

そんな素敵な子が将来の娘となると思うと、我が国も安泰だ、と話す姿はとても嬉しそうだ。それなのになぜか、レイティア侯爵令嬢は少し俯いている。

褒められているのに……なぜだろう？

理由はわからないが、褒められるのが嬉しくないのだろうか？　気になりつつも、女王様との会話をおろそかにするわけにもいかず、そのまま話し続ける。時折、ジトリとした視線を感じながら話をしていると、見知らぬ男の人が部屋に入って来た。

「遅いぞ」

「申し訳ありません」

あまり申し訳なさそうに聞こえないが、女王様のお小言を聞き流しつつ私に視線を向けてくる。

女王様と同じ、黒髪に緑色の瞳。髪は長くて首の後ろで結んでいる。なんとなく似た印象を受けたので、彼がきっと女王様の御子息なのだろう。

ただ、一つ気になるところが……彼は隻眼なのだ。黒い眼帯で左目が覆われている。

それにしても仲が良いのだな。昨日の王弟殿下もそうだったけど、女王様と王太子殿下とのやりとりもとても気安い。そしてお小言が終わると、女王様が王太子殿下を紹介してくれた。

「すまぬな、姫君。これが妾の息子、ウィズじゃ」

「はじめまして、小さな姫君。ウィズ・カステード・ラステアです」

「はじめまして、ルティア・レイル・ファティシアです」

挨拶もそこそこにウィズ殿下は私の隣の席、ちょうどレイティア侯爵令嬢の正面の席に座る。すると、婚約者同士だと言うのに、彼女はサッと視線を避けて俯いてしまう。

婚約者と言っても、家同士が決めたこと。実はそんなに好きじゃないのかな？　と思ったのだけど、よくよく見ると、彼女はチラチラと殿下を見ている。

しかし殿下が視線を向けると、慌てて逸らすのだ。

もちろんそのことに殿下も気がついている。

しかし何も言わない。そこまで彼女に興味がないのかな？　とチラリと隣に視線を向けると、視線が逸らされると眉間にすこーしだけ皺がよる。

気になってるけど、お互いに何も言えないのか言う気がないのか？　ちょうどわかる位置にいる分、気になるじゃないか！　その感情はどういう感情なの⁇　好きなの？　嫌いなの⁇

でも流石にどうかしたんですか？　とも聞けないし、と見ていると女王様に眼帯が珍しいか？　と聞かれてしまった。どうやら見過ぎてしまったようだ。

「え、あ、す、すみません！」

「ああ、良い良い。そのぐらいの歳であれば何にでも興味はあるよのう」

そうだ。私が二人を見れる位置ということは、女王様からも私が見えるということだ。不躾な視線は失礼にあたる。もう一度、謝ると殿下も気にしなくて良いと言ってくれた。

「その、怪我をされたのですか？」

「いや、これは怪我ではない」

「怪我ではない？」

「呪い、のようなものかの」

「呪い……？」

「魔術を良きように使えば、姫君のように皆の役に立つだろう。だが悪しき使い方をすると呪いとなるのじゃ」

どうやら殿下の身に何かあったらしい。

「その呪い、というのは解けないのですか？」

「それがのう、かけた者が死んでしまったのじゃ」

「母上……」

あまり内に入り込んだことに殿下が女王様を止めに入る。私もあまり詳しい話を知りたいわけではないので……いや、本音を言えば気にはなるが、それでも他国の内情を知るのはよろしくない。

なのであまり語ってもらっては困るところだ。

「まあ、良いではないか。実はな、姫君に相談したいことがあるのよ」

「相談、ですか？」

「我が国の者は魔力量は多いが、属性という概念がない」

「属性が、ない？」

「そもそも魔力量が多いとあまり気にならぬのよ。姫君の国のように魔術式を使って効率良く使う、という必要もないのでな」

「なるほど……？」

「それで相談というのがな……そちらの国には聖属性というものがあると聞く。病や怪我を治すと」

「はい。聖属性を持つものは大体が神殿に属して、人々の病や怪我を治しております」

そう言うと、女王様は聖属性を持つ者をラステア国に貸してもらえないかと言いだした。

「神官を……ですか？　それはなぜ？」

「息子の呪いを解けるかもしれぬと思ってな。呪いというのは繊細な技じゃ。それが眼球に入り込み、徐々に体を侵食していく。今我が国にその呪いを解ける者はおらぬのよ」

呪いが体を侵食して、行き着く先は『死』なのだろう。

しかも聖属性で呪いを治せるかどうかはわからない。わからないが、一度国に帰ってお父様にお願いして、ラステアに神官を連れて来るのは時間がかかる。だって会議にかけたりするのだろうし。

それに派遣できるだけの魔力量を持った神官が王都にいるとも限らない。地方の神殿にいたらそれこそ連れて行くのにものすごく時間がかかるだろう。ファティシアに飛龍はいないのだから。

その間に呪いが止まってくれるわけではない。現在進行形で呪いは進んでいく。

「今はまだ、上級ポーションを飲み壊死《えし》した部分をなんとか再生させることはできている。上級のさらに上のポーションを作るのは、今までは無理であったがこれからは作れるであろう。だが薬草を育てるのには時間がかかる。それまでの間に、呪いが進んでしまわぬとも限らん」

「だから、聖属性の力を試してみようと……？」

「ああ。このまま待つばかりでは意味がない。なんならウィズをそちらに向かわせても良いのだがどうだろうか？」

その言葉にレイティア侯爵令嬢が傷ついた表情をした。行ってほしくない、ということだろうか？

私は内心で首を傾げつつ、どうしようかと考える。

一度、使ってしまったのだし、二度使ってもきっと一緒だとは思うのだ。

私は自分の両手をじっと見つめた。

自分だけで判断して良いものか迷う。

この間と違って、ウィズ殿下の眼の呪いというのは上級ポーションで進行がある程度抑えられ、今すぐどうこうなるものではないとは思うのだ。

だけど放っておけば命に関わるのも確かで……そのままにしておくのはやはり、ダメだと思う。

相談すべきか、それとも内緒でやってしまうべきか？

カーバニル先生に相談すれば、きっと良いとは言ってもらえる。ポーションだけでなく、殿下の命を救ったのであれば尚更、国同士の結びつきが強くなると。

この間と違って政治的な判断、と言うやつだ。いや、この間だってわざと私にそう仕向けたのだから、先生的には色々な思惑があったのだろう。

でもそんな恩着せがましいことをしたいわけではない。

それに本当に聖属性で治るかわからないのだ。ちょこーっと試しに使ってみて、治ったら運が良かった！　と思えるぐらいでちょうど良い気がする。

うん。そうしよう。これはできるかできないかわからないのだから。

「……姫君、やはり難しいかの？」

「え、えっと……その……聖属性で治るかは、わからないですけど……試してみることはできます」

小さく、たぶん、と付け足す。

するとランカナ女王陛下はパチパチと目を瞬かせた。

「もしや姫君は聖属性持ちかえ？」

そう問われて思わず目線が泳いでしまう。そうです、と答えるべきか……いや、そもそも試してみることはできると言った時点で、誰かできる者がいるとわかってしまっている。

私は小さく頷くと、なるほどなあと女王様は頷いた。

「本当に治るかはわからないです。それにその、私は自国でこの力を使ったことがほとんどないので」

「それは何故《なにゆえ》じゃ？」

「聖属性はそれだけで珍しいので、その、ちょっと色々と問題が……」

言葉を濁すと、それだけで伝わったようだ。

そして国にも色々とあろうな、とだけ呟くと、直ぐに周りにいた侍女達を下がらせた。聞かせていい話ではないと判断したのかもしれない。

その心遣いをありがたく思う。

「あの……ここで私が力を使ったことは口外しないでほしいのです」

「ふむ。妾とて姫君に不利益を被らせるつもりはない。口外しないと約束しよう。二人とも、良いな？」

「承知しました」

「は、はい……」

殿下とレイティア侯爵令嬢が頷くのを見てから、私はリーナを見ると口に人さし指を当てて内緒のポーズを取った。リーナは少しだけ困った顔をしたけど頷いてくれる。

リーナを口止めすれば、先生にはバレないはず！　内心でガッツポーズをすると、私はウィズ殿下の方を向いた。

「では、その……ウィズ殿下、眼帯を取っていただいてもよろしいですか？」

「……あまり、見目の良いものではないが大丈夫か？」

「はい！　大丈夫です!!」

力の限り頷くと、殿下はチラリとレイティア侯爵令嬢を見た。彼女は少しだけ俯いたが、すぐに顔をあげる。

「殿下、わたくしも大丈夫です」

「……そうか」

そう言うと、殿下は左目を覆っていた眼帯を外した。

目は――あるのだと思う。

しかし、そこだけぽっかりと空洞が開いたようにも見えるのだ。まるで真っ暗な何かに吸い込まれているかのような、そんな印象を受けた。壊死していくと聞いたが、そのようには見えない。

本当に真っ暗な闇が広がっている。そんな風に見えた。

「これが、呪い……ですか？」

思わずしげしげと見つめてしまい、殿下は困ったように笑う。

「そうだ。この黒い闇は眼球から徐々に周りを壊死させていく。ここに来る前に上級ポーションを飲んできたからこの程度で済んでいるが」

「上級ポーションを日に何度も飲まないといけないのですか？」

「ああ……」

それは、ものすごく進みが早いのではなかろうか？　そんな呪いを聖属性の力で打ち消せるか不安になる。いや、この場合はダメで元々。呪いが解けたらラッキーなのだ！

私は自分の手をじっと見つめ、何度か手を握ったり、閉じたりする。

「では――――いきます！」

殿下の手を取ると、私は聖属性の魔術式を展開させた。

真っ白い花が殿下を包み込む。

ふと、この間ライラさんにした時よりも、魔力を持っていかれていることに気がついた。怪我と呪いの違いなのだろうか？　いや、大丈夫。私の魔力量は多い。

このぐらいでへこたれるほど、弱くはない！　一気に魔力を流し込み、呪いよ消えろ！　と心の中で願う。すると徐々に魔力の流れが落ち着き、真っ白な花がふわりと開き消えていった。

「これは……！」

女王様が歓喜の声をあげる。私は殿下の顔を見上げた。すると、女王様と同じ濃い緑色の瞳が私を見下ろしている。とてもキレイな緑色だ。でもまだ呪いが完全に解けているのかわからない。視力もきちんと戻ってこそ、だと思うのだ。

「み、見えますか？」

思わず殿下の顔の前で手をひらひらと振ってしまう。見た感じは平気そうだが……ちゃんと見えているのであれば平気なのかな？

「ああ……これは、すごいな」

殿下はそう言いながら自分の顔をペタペタと触った。

「痛みが全くない。上級ポーションを飲んでいても、痛みだけは消えなかったのに……それに、以前

と変わらず見える」

「なら良かったです！」

　ホッと息を吐くと、殿下は嬉しそうに笑う。

「ありがとう、ルティア姫」

「いえ、でもその、本当に呪いが解けたかは私には判断ができないので、様子を見ていただけると助かります。私も呪いを初めて見たので……」

　聖属性は『治す』という行為はできるが、呪いを『解除』する作用があるかは私にはわからない。

　この力が呪いを『治す』ものとして判断してくれていれば良いのだけど……

「ああ、そうじゃな。念のため、オルヘスタルに診てもらってくるといい」

「そうですね。ですが、治った理由についてはどうしましょう？」

「奇跡が起きた、とでも言って誤魔化しておくがいい」

　そう言って女王様はニッと笑う。

　内心、そんな適当な理由で納得してくれるのだろうか？　と疑問に思ったが、深く突っ込まれても困るし、それで押し通してもらうことにする。

　その場に先生がいないことを祈るだけだ。

「――――姉上、人払いをされてますがどうしました？」

　コンラッド様がそう言いながら部屋に入ってきた。ラステアでは王族はノックをせずに入ってきてしまうものらしい。突然の登場に心臓が口から飛び出そうになる。そんな私の心情なんてまるで知らないコンラッド様は、ウィズ殿下の顔を見てキョトンとした表情になる。

「……ウィズ？」

「はい」

「その目、どうしたんだ？」

「奇跡が起きたのです」

「奇跡？」

「そうじゃ。奇跡が起きたのだ」

女王様と殿下の言葉にコンラッド様は首を傾げた後、今度は私に視線を向けた。

「奇跡？」

「そ、そうですね⁉」

「深く気にするな」

「いえ、普通は気になるでしょう？」

「奇跡とは、突如として起こるから奇跡なのだ。それ以上でもそれ以下でもない」

「そうですけど……はあ、まあ、教えてもらえなさそうなので、良いです」

あっさりと諦めて、肩をすくめる。私だったら、どうして？　なんで？　と質問攻めにしそうだが、コンラッド様は大人だからきっとそんな風に聞いたりしないのだろう。

「ところで、其方は何か用があって来たのではないのか？」

「え、ああ……姫君に子龍を見せようと思いまして」

「ああ、そういえば最近生まれた子がおったな」

子龍と聞いてソワリ、としてしまう。だってあんなに大きな龍が生まれた時は手のひらに乗るくらいのサイズと聞いては、ものすごく気になるじゃないか！

「ふむ、姫君も気になっておるようだし案内してやると良い」

「仰せのままに」

少し戯《おど》けたように言うと、コンラッド様は私に手を差し出す。どうやらエスコートしてくれるらしい。しかし本当に行ってしまって良いのだろうか？　一応、お茶会に呼ばれて来ているのに……チラリと女王様を見ると、ニコニコと笑っている。

「えっと、そのぅ……お茶会に呼んでいただいてありがとうございました」

にへらっと笑うと、それがおかしかったのか女王様は肩を震わせて笑いだす。

これは何か失敗したのだな、と感じて恥ずかしさで顔を両手で覆いたくなるのを我慢していると、鋭い視線を感じた。

視線の主はレイティア侯爵令嬢だ。彼女は私をキッと睨んでいる。

なぜ睨まれたのかはわからないが、愛想笑いを浮かべつつ私はコンラッド様にエスコートされてお茶会を後にした。

＊＊＊

「ところで、『奇跡』ってなんなのかな？」

龍たちの住む、龍舎に案内されている途中でコンラッド様から問いかけられる。

まあ、普通は気になるよね。私だって気になる。でもあの場限りの内緒の話ということになっているので、私が勝手に話すわけにはいかない。

だって内緒にしてほしいと言った張本人だし。

「えっと……その、な、内緒です」

「内緒かあ……」

「そうです」

「どうしても？」

「どうしてもです」

「お礼を言いたいだけなんだけどな」

「それには及びませんので大丈夫です」

そう言ってからハッとする。チラリと視線を上げれば、コンラッド様がにこりと笑った。

「やっぱり姫君が何かしたのかな？」

「な、内緒です!!」

すでに自分がやったと言っているようなものだけど、内緒は内緒なので!! あくまで私は言えません！ と口をつぐむ。いや、これはもう本当にバレバレな気がする。

でも何をしたかまではわからないはず。うん。

そう考えて、なんとか心を落ち着かせようとしていると龍舎についた。

「さて、入る前に注意がいくつかある」

「はい！」

「うんうん。とても良い返事だね。それじゃあ、中に入ったらあまり大きな声を出さないこと。龍たちは意外と小心者でね」

「驚いてしまうんですか？」

「知らない相手だと、カパッと噛みつかれる可能性がある」

「……噛むと痛いですか？」

「姫君は小さいからここら辺まで口の中に入っちゃうかなあ」

コンラッド様は私の胸のあたりを指さす。それは何だか痛そうだ。直ぐ側で話を聞いていたリーナなんて若干及び腰になっている。そうよね。私でこの辺りだと、リーナだって頭はパックリとなくなっちゃうものね……。

「それとここにいるのは飛龍だけじゃないんだ。火龍、水龍、地龍、風龍と他にもいてね。みんな良い子だけど、キラキラしたものが好きだから盗られないように気をつけて」

「龍たちはそれを盗ってどうするんですか？」

「自分の寝床に集めるんだ」

「寝床に……」

「掃除した時にキラキラしたものが出てくるんだけど、持ち主がわからなくて困る時があるんだ。龍達に聞いてももらった、としか言わないしねえ」

それは何だか掃除する人が大変だなあと思っていると、リーナに髪留めを外した方が良いと言われた。確かに今している髪留めは、すらいむの魔術式の改良版が入っているものなのであげることはできない。髪留めを外そうとしていると、コンラッド様がポケットから綺麗な紐を取り出した。

「ちょっと失礼」

そう言ってコンラッド様は器用に私の髪を紐で結い上げる。そして自分の上着を一枚脱いで私に着せると、袖を捲ってくれた。

「これなら汚れても大丈夫」

「それは……パクッとされる前提なのでしょうか？」

「うーん……龍たちの機嫌によるかな？」

あっさりと言われてしまうが、機嫌が悪いのはちょっと困る。

でも子龍は見たい。

最終的に好奇心の方が勝って、私はコンラッド様に連れられて龍舎に足を踏み入れた。

素直な気持ちの伝え方

龍舎の中はとてもとても広かった――

大きく仕切られた柵の中に龍達が一体ずついて、私達が入ってきたことに気がつくと柵越しに顔を覗かせる。昨日、飛龍に乗せてもらった時に大きいな、と感じたけどそれでも小さい方だと言っていた意味がよくわかった。

他の龍たちはもっと大きい。

その龍達が物珍しいのか、キラキラとした目で私達を見ている。

「すごく大きい龍舎だと思ったけど、この大きさでも龍達には少し手狭そうに見えてしまうのね」

「ここで一番大きいサイズの龍は地龍なんだけど、彼のスペースが一番広いかな。まあ普段は外で自由にしてるからここは寝に帰ってくるだけなんだけど」

「もしかしてみんないるのは私が来るから……？　それだと悪いことをしてしまったみたい」

もしかしたらもっと外で遊びたかったかもしれないのに、と呟くともう龍舎に戻る時間だったから大丈夫と言われた。

どうやら食事の時間らしい。

「彼らがいるとね、他の子達が萎縮して食事を取るのを遠慮してしまうから別々に食べているんだ」

「他の龍たちよりも偉いということ？」

「龍にも序列があるからね。一番偉い龍は皇龍。あの一番奥にいる龍だよ」

「龍達の王様？」

「そう。とても長生きでね。そしてとても珍しい龍だ」

飛龍は緑系、火龍は赤系、水龍は青系、地龍は茶系、風龍は白系なのだけど皇龍は銀色のキラキラとしたとても綺麗な龍だった。コンラッド様の話では各龍たちは色が濃ければ濃いほど群れの中の序列が上になるらしい。そして力も強いのだとか。

皇龍だけはあまり人前に出てこないので、群れがあるのかもわからないと教えてくれる。ただ、かなりの長生きで何百年も生きているらしい。

「そんなに長い間、ここにいるの？」

「他の龍達は群れに帰る時もあるけど、皇龍だけはずっとここにいるね。俺が知る限りは群れに帰ったって話は聞かない」

そっと近寄ろう、と言われて私は皇龍の側に案内してもらう。

「キラキラして綺麗……」

「皇龍デュシス、彼女がファティシアの小さな姫君だよ」

「あの、初めましてルティア・レイル・ファティシアです」

そう言って頭を下げると、皇龍デュシスは首をもたげ私に伸ばしてきた。

窓から降りそそぐ光が反射して鱗がキラキラと輝いている。なんて綺麗な龍なんだろう、と見ているとカパリと口が開いた。

「おっきい……」

「デュシス？」

草食なのか口の中の歯はあまり鋭くない。たぶん、魔物の竜の方が鋭い牙を持っているだろう。その口の大きさに「わあ、すごい！」と眺めているとベロンと顔を舐められた。

「ひっ……!!」

隣で見ていたリーナが私の名前を呼ぼうとして、パッと自分の口を押さえる。入る前に、大きな声をあげないでと言われたことを思い出したのだろう。

私はと言うと、そのままカパリと口の中に入れられてしまうのだろうかと固まってしまっていた。

え、どうすればいいのかな？　どうすれば食べないでもらえるだろう？

「あ、あの……あのね、たぶん、その……食べても食べでがないと思うの」

「いや、うん。食べようと思ったわけじゃないかな？」

コンラッド様がお腹を押さえて笑いだす。あまり大きな声をあげてはいけないのではなかろうか？　と見ていると、デュシスが笑っているコンラッド様を顔で押した。

「ああ、悪い。そうだね。お前は挨拶をしただけだ」

「挨拶？」

「歓迎してくれているんだよ」

「……そうなの？」

そう尋ねるとまたベロンと顔を舐められる。よだれでべちょべちょといった感じではないので、まだ良いのだけど……これはこれで貴重な経験と思えば良いのかもしれない。

そっと手を伸ばすと、デュシスは鼻先を触らせてくれる。

「わあ、ツヤツヤしてる」

「姫君はなかなか肝が据わっているね」

「だってこんな経験はそうできないもの！」

国にずっといるだけだったら、私はこんなにたくさんの龍がいることも知らなかったし、触ることも乗ることすらできなかったのだ。

とても得難い経験だと思う。

その後は、他の龍たちにも挨拶をして、やはり同じようにベロンと顔を舐められた。よほど気に入られたんだね、と言われたけど淑女的にはダメかもしれない。顔がべちょべちょだ。

龍舎の外の水場で顔を洗わせてもらい、その後、念願の子龍と対面する。

飛龍の子は本当に小さかった。

椅子に座り、膝の上に乗せてもらった子龍はピィピィと鳴く。この姿からはあの大きな龍になるとはとても思えない。

「こんなに小さいのに、あんなに大きくなるなんて……あなた凄いのね」

「成体になるには数年かかるんだ。それでも飛龍は早い方だけど」

「他の龍たちはもっとかかるの？」

「そうだね。体が大きい分、成体になるには時間がかかる」

龍種でも色々とあるのか。子龍の喉の下を撫でてあげると、子龍は嬉しそうにクルクルと鳴く。とっても可愛くて、頬が緩んでしまう。

「可愛い！」

「それは良かった」

「コンラッド様、ありがとうございます！」

「喜んでもらえて良かったよ」

ひとしきり子龍を堪能すると、私たちは王宮へと戻った。

＊＊＊

部屋まで送ってもらい、お礼を言った後、私は自分がコンラッド様の上着を着たままなことに気がつく。流石にこの上着を預かったままにするのは気が引けた。だってとても良い生地なんだもの。それに刺繍も細かい……ラステアの人達は手先が器用な人が多いのかな？　と考えてしまう。

「しまった。どうしよう……このままだと不味いわよね？」

「今ならまだお近くにおられるかと」

「そうだよね。届けに行こう」

「え、あの私が行きますが……」

リーナが止めるのも聞かずに、私は脱いだ上着を持ってコンラッド様を追いかける。そう言えば、髪を結っている紐も借りたままだ。

近くにいた侍女にコンラッド様が通らなかったか聞いてみると、直ぐに居場所を教えてくれた。

「この先ね、ありがとうございます！」

お礼を言ってから、教えられた回廊を歩いていると急に腕を引っ張られる。反動でそのまま尻餅をつきそうになるのを追いついてきたリーナが咄嗟に支えてくれた。

「姫様！」

「え、ええ……ありがとう、リーナ」

一体誰が腕を引っ張ったのかと相手を見れば、そこにいたのはお茶会の席にいたレイティア侯爵令嬢だ。なんだか顔色があまり良くない。今にも倒れてしまいそうだ。

「レイティア侯爵令嬢……どうされたのですか？」

「――――で……」

「え？」

「……わたくしから殿下を盗らないでっ!!」

とらないで、と言われ私の頭の中には疑問符が浮かぶ。とる、とは一体どういう意味だろうか？　とるって、取る？　採る？　いやまさかな。

「あの、意味がよく……」

「だって貴女は、王女なのでしょう？　継承順位も低い……それなら殿下と結婚するのになんの支障もないわ」

唐突な話に私の頭の中に疑問符が浮かぶ。一体何を言い始めたのだろう？　私は確かにレイティア侯爵令嬢がウィズ殿下の婚約者であると紹介を受けている。婚約者がいるのになんで私がウィズ殿下と結婚することになってしまうのだろう？

「えっとウィズ殿下の婚約者はレイティア侯爵令嬢なのでしょう？」

「ただの侯爵令嬢と友好国の王女ではどちらが上だと思って？」

たぶん、偉さで言ったら私……ということになるのだろう。でもウィズ殿下にはすでにレイティア侯爵令嬢という婚約者が決まっていて、私が婚約者になる理由がない。お互いに誰もいなければ別だろうけど。

「私が婚約者になる理由がないです」

「理由ならあるわ……貴女は殿下を助けたもの……わたくしでは、絶対にできないことだわ」

「それはたまたま運が良かっただけです。できるかどうかなんてわからなかったわけですし」

「そうだとしても！　貴女は女王陛下からも気に入られている！　……わたくしは、殿下から好かれていないの。だから、きっと外されてしまうわ」

お茶会の時の視線は、殿下が気になるけど、好かれていないからあまり見過ぎないようにしていたということなのかなあ？

乙女心は複雑だ。

今日の感じだと、殿下はレイティア侯爵令嬢のことを嫌ってはいないはず。嫌いな相手なら、わざわざ眼帯を取る時に配慮したりしない。

だからレイティア侯爵令嬢が素直に好きだと告げれば、この問題は解決すると思うのだ。

すると視線の先にコンラッド様達が見えた。彼女はまだ気がついていない。本当なら二人で解決する話だけど、アリシアの話の例もある。どんなに好きでも、ちゃんと話し合って伝えられなければ意味がない。そしてそれは二人で話したからといって解決できる問題でもないのだ。

全く関係のない第三者が入ることで解決できることもある。

「……レイティア侯爵令嬢はウィズ殿下がお好きなのですね？」

「そ、そうよ！　でも、好かれていない自覚はある……こんな可愛げのない性格だもの。貴女みたいな素直な子の方が何倍も好かれるってわかってるわ！」

「ええっと……素直な気持ちを相手に伝えるのは大事ですよ？」

「それができたら苦労はしてないわよ！」

まるで駄々っ子のようだ。きっと今まで不安に思っていたことが一気に溢れ出ているのだろう。あともうちょっとだな、とコンラッド様達を見ながら言葉を選ぶ。もう少し近寄ってくれたら、レイティア侯爵令嬢の声が三人に届くだろう。

「でも好きなんですよね？　ウィズ殿下のことが……」

「そうよ！　ずっと、ずっと子供の頃から大好きだったもの!!　でも私は何のとりえもなくて、魔力量が豊富って陛下は言われたけど、でもこの程度の量ならいくらでもいるわ。容姿だって平凡で、なにも特出しているものがないの……わたくしでは、ダメなのよ!!」

レイティア侯爵令嬢の言葉が聞こえたのか、殿下の顔がみるみるうちに赤くなるのがわかる。

これは、アレだろうか？　馬に蹴られてしまう的な……？

「レイティア侯爵令嬢、その言葉をハッキリと殿下の顔を見て言われた方が良いですよ？」

「そんなことできるわけないじゃない……わたくしは嫌われて……え？」

私はレイティア侯爵令嬢の手をそっと取り、後ろを向くように言う。すると彼女は恐る恐る振り向いた。そこには顔を真っ赤にしたウィズ殿下ととてもいい笑顔のコンラッド様。

「でででででん、か……今の……今の……っっ!!」

「……聞いていた。その、すまない。君にそんな思いをさせていたとは」

真っ赤な顔のまま、殿下はレイティア侯爵令嬢の側に近づくとその手を取る。その目は真剣そのものだ。これはもう私達のことなんて見えていないな、と。

「サリュー。もう一度、言ってほしい」

「殿下……その、あの……わ、わたくし……」

「察してもらうのを待っているより、素直に伝えた方がずっと伝わりますよ？」

だって、大好きなんですよねと私は彼女の背中に呼びかけた。しかしこんな観客がいる中では素直に言いたくても言えない気もする。なんせコンラッド様とその後ろに女王様も一緒なのだ。

女王様は二人のやりとりをニヤニヤと笑いながら見ている。

これは二人の思い違いを知っていたに違いない。

「あのーウィズ殿下。流石に人目のある場所では可哀想ですよ？」

「あ、う、ん。そうだな」

私がそう言うと、殿下は周りに人がいたことを思い出したのか少し慌てている。それを見て女王様が彼女の非礼を私に詫びると、レイティア侯爵令嬢に語りかけた。

「サリュー嬢、確かにルティア姫を我が国に迎えられれば良いとは思うが……ウィズの相手は其方だけだと思っている。想いあっている二人を引き裂くほど野暮なことはせぬよ」

「へ、陛下……」

「ま、やるならコンラッドよ。姫君は国からは出してもらえまいしなぁ」

「え⁉」

「十二の歳の差なんぞ、珍しくはあるまい？」

にぃと笑うと私とコンラッド様を交互に見る。コンラッド様は呆れたようにため息を吐いた。

「姉上……」

「妾は可愛い娘も可愛い妹も欲しいのじゃ！」

そういう問題なのだろうか？　目を瞬かせていると、殿下は急にレイティア侯爵令嬢をお姫様抱っこすると、失礼します！　と言ってどこかに行ってしまう。

もしかしてこれは逃げた方が良かったのだろうか？　いや、でもそうすると上着が返せない。

「のう、どうじゃ？　コンラッドでは姫君の相手に不足かえ？」

「え、そ、その……私の一存では‼」

それはたぶんお父様に聞かないといけないことだ。私だけでは何も判断できない。あと、コンラッド様は大人だし、私よりももっと良い相手がいると思う。

「ふむ。しかしのぅ……コンラッドと一緒になると、妾の後ろ盾がもれなくついてくるのだぞ？」

後ろ盾、と言われて私は困ってしまう。そういうのを求めてるわけではないからだ。でもそのことを正直に話してしまっていいものだろうか？　他国へ自国の恥部を話すことになるわけだし。

「――――お言葉ですが……それは危険な行為かと」

突如、リーナが話しだす。驚いて振り向くと、リーナは真っ直ぐに女王様を見ていた。これは話しても良いとリーナが判断したことになる。そんなリーナに女王様は更に言葉を促した。

「なるほど？」

「姫様の我が国での継承順位は現状三番目となります。ラステア国が後ろ盾となれば、それは覆るかもしれません」

「そうであろうな」

「今は・・・まだ、そうなっては困るのです。これ以上はお話しすることは出来かねるのですが……今は、姫君の身の安全をご配慮いただければと存じます」

「ふむ。そちらの国の内情に関わることなのだな？　ああ、良い。言えぬことは聞かぬよ。それぞれ国の中に何某《なにがし》かあるものよ。まったく何もない国の方が珍しいであろうな」

「申し訳ございません」

リーナが謝ると、良い良い、と女王様は笑う。

「そういえば、コンラッドに用ではないのか？」

「え、あ、そうです。上着を借りていたので……あと髪の紐をどうすれば……」

そう尋ねると、コンラッド様は上着をそのまま受け取り、紐は私にくれると言うのでありがたくいただくことにした。

その様子を女王様はまたニヤニヤと見ている。

「姫君よ、コンラッドのことは考えておいておくれや？」

「姉上！」

「私より、コンラッド様には似合いの方がいるのではないでしょうか？」

「おや、ふられてしまったぞ？」

「ですから、姫君はまだ幼いのですよ？　そんなこと考えられるわけないでしょう？」

全くもってその通りだ。アリシアの話の通りなら、私はトラット帝国の方に嫁ぐことになるだろうけど……たぶんそれもなくなる。そんな確信があった。

でもそれと、今回の件とはまた別問題。

そしてこの話が後々、色々とアレでソレなことになるとは今の私にはわかるわけもなく……私は国に戻るまで女王様にコンラッド様との縁談を勧められ続けるのであった。

エピローグ～ある少女の目覚め～

目が覚めた時、私の視界は一変していた。

視界に入る手が小さい。

そして私を覗き込んでいる人たちの見目も、両親とは違う。

赤い髪の女の人と金髪の男の人。そんな知り合いは私にはいない。

「ああ、目があいたのね？　お母さんよ、見えるかしら？」

「くりくりの目に、小さな手が本当に愛らしいね」

男の人はツンツンと私の小さな手をつっつく。その人に寄り添う女の人は自分を母親だと言った。

つまり、私の手をつっついている人は彼女の夫なのだろう。

何が起きたのか理解できなかった。いや、理解するにはあまりにも現実味がなかったのだ。

まるでファンタジーの世界に放り込まれたようで……

それから徐々に体に慣れ、生活に慣れ、私の置かれている立ち位置を理解した頃――

この世界が私が前世でハマっていた『乙女ゲームの世界』であることに気がついた。


謎解き乙女ゲーム「聖なる乙女の煌めきを」。

『あまり裕福ではない男爵家出身のヒロインは貴重な聖属性の持ち主。

本当ならカレッジまでしか通えなかったが、聖なる乙女の候補達の中で一番聖属性の力が強かったことにより、王立アカデミーに特待生として通うことになる。

同じ学年には王位継承一位のライル・フィル・ファティシア、宰相の息子ジル・ハウンド、前騎士団長の息子リーン・ヒュース、そして一つ上の学年に魔術師団長の息子シャンテ・ロックウェル、ライルの婚約者アリシア・ファーマン侯爵令嬢が通っていた。

ヒロインは聖なる乙女の候補として努力しつつ、彼らとも交流を深めていく。

しかし交流を深めていく内に、彼らが人に言えない秘密を抱えていることに気づいてしまう。

そして彼らと仲が深まるにつれて、ライルの婚約者アリシアから嫌がらせを受けることに……

ヒロインは学園で起こる事件と彼らが抱える秘密を解決しつつ、聖なる乙女として国を救うことができるのか――?』

ゲームが発売された当時、綺麗なグラフィックと謎解き乙女ゲームという変わった設定に興味を持ち、そのゲームを手にした。そして各ルートを攻略していくうちに、謎とは何なのか？　どうしてそうなってしまったのか？　と、どんどんゲームにのめり込んだ。

その謎は隠しキャラのルートまで終えて、ようやく全てが明らかになり、トゥルーエンドに到達することで国が救われる。キャラと結ばれることで終わるのではない終わり方は、普通の乙女ゲームとは少し違っていた。一般的な乙女ゲームは誰かと結ばれることが前提だし。

そして私はその乙女ゲームの『ヒロイン』と同じ特徴を持っていたのだ。

彼女の特徴はピンクブロンドにピンク色の瞳、家はあまり裕福ではない男爵家。とても両親に愛されていて、素直で、真っ直ぐで、天真爛漫な女の子。

そんな『ヒロイン』と同じ、なのだ。

「私、彼と出会えるのかしら……？」

鏡の中の少女に問いかける。

にこりと笑えば、鏡の中の愛らしい少女もにこりと笑う。

いつもよりもおめかしした、可愛らしい女の子。

七歳になった私は同じ年頃の子供を集めた、ライル殿下の誕生パーティーに呼ばれていた。

「殿下の誕生日パーティーに呼ばれるのも同じ設定だし、きっと彼もいるわよね？」

首元のリボンをいじりながら呟く。

もしも、もしもこの世界が『聖女』の世界であるならば、ライル殿下の兄であるロイ殿下を除いた攻略対象全員と会うことができる。そうすれば、私はこの世界が『聖女』の世界であり、自分がヒロインであると確信できるだろう。

「でも……アリシアの邪魔をする気はないのよね。そもそも彼女が言っていたことって貴族社会では当たり前のことだし」

そう。ヒロインは素直で天真爛漫なところが魅力的ではあるが、致命的なほどに貴族社会に向いていなかった。貧乏な男爵家は平民の暮らしとほぼ変わらない。爵位があるだけ、なのだ。

それでも招待状が届くのだから貴族なのだろう。

「攻略対象は好きだったけど、ヒロインはあまり好きじゃなかったのよね……」

小さなため息を吐く。私の最推しだった彼と悪役令嬢アリシア・ファーマンは殆ど接点がない。

ライル殿下に近づき過ぎなければきっと、彼女が断罪されることもないだろう。

「きっと、大丈夫よね……？」

自分の幸せのために、貴族令嬢として当たり前のことを言っている彼女が不幸になるのはいただけない。私はこの先に起こることも覚えているし、逆に彼女と仲良くなるのはどうだろう？　でもほぼ平民と変わらない男爵令嬢と仲良くなってくれるだろうか？

「設定上は……今ぐらいの歳の彼女はワガママ放題なんだっけ？　それなら、アカデミーに入ってから仲良くなった方が良いかな」

侯爵令嬢に男爵令嬢がおいそれと話しかけて、お友達になりましょう？　なんて言えるわけもない。

でも聖なる乙女の筆頭候補であるならば、声をかけても許されるだろう。声をかけるタイミングを間違えなければ、だけど。

「……そうだ。先に起こることがわかるんだから、彼に教えて回避してもらえば……そうすれば、未来は変えられるんじゃないかしら？」

――この時の軽率な判断を……私は、酷く後悔することになる。

特別書き下ろし

人体実験とは言葉が悪い

Ponkotuoutaishi no MOBUANEOUJO rashiikedo AKUYAKUREIJOU ga KAWAISOU nanode tasukeyouto omoimasu

我が祖国、ファティシア王国は傍から見れば平和な国だ。平和ボケしているわけではないが、それなりに安定していて戦争もここ百年以上起きていない。ただ平和な時間が長く続くと貧富の差、というのも顕著になってくる。

安定して仕事ができるのは良いことだが、戦争というものがなければ騎士は功績を残すことができない。もちろん戦争を望んでいるわけではなく、騎士となったからにはそれなりに活躍の場が欲しいのだ。要人警護だけでは落ちぶれた男爵家たる我が家を立て直すことはできない。

尤も、僕は四男坊。僕が家を立て直す必要はないんだけど……小さくとも領地を賜っている以上は、領民がいるわけで。その領民達に恥じない領主であってほしいのだ。

我が家が落ちぶれた原因は、僕の祖父の代が事業に失敗したから。いや、元々商才なんてないのに、商人の真似事をしたのが悪かった。商才で身を立てたカナン侯爵家を参考にしようだなんて、一地方貴族には無茶が過ぎたのだ。そのせいで騙されたりなんだりと散々な目に遭い我が家は一気に傾いてしまった。

いっそのこと、男爵の地位を返上してしまえば良かったのに代々続いた家を途絶えさせることはできないと、父は苦労に苦労を重ねて今も男爵の地位にしがみついている。兄はもしかしたら、返上を考えているかもしれないがまだ引き継いでいるわけではないので父の仕事を手伝う日々だ。

余程高位の金に余裕のある貴族でもない限り、長男以外の男子に大した意味はない。どこかの家に婿入りするか、騎士として身を立て一代限りの男爵位を賜るか、だ。ま、運が良ければさらに上に取り立ててもらえるかもしれないけれど。それには派閥の問題やらなんやらとにかく面倒臭いことこの上ない。僕には到底できそうになくて、一介の騎士の立場に甘んじている。

「騎士って、実は一番つぶしが利かない職業なのかもなー」

「なんでぇ藪から棒に……」

隣で飲んでいた副官であるマクドールは僕の言葉にけげんな表情をする。酒場は今日もにぎやかで、あっちこっちでメニューをオーダーする声が聞こえた。活気があって良いことだ。

この活気の良さも平和が長く続いているからこそ。

「いや、身を立てるって難しいなって……」

「その歳で騎士団長になってりゃ、十分身を立ててるだろ?」

「それはまあ、そう」

「おい……」

マクドールの顔がムスッとしたものに変わり、僕は素直に謝った。確かに僕は僕の歳にしてみれば出世は早い方だ。それは偏《ひとえ》に所属している場所のおかげでもある。魔物討伐メインの第四と第五騎士団。僕はその第五騎士団の団長だ。勿論僕よりも年長の団員もいるにはいるが、彼らはみな平民であり、そろそろ引退を考える年齢でもある。

騎士を引退した後は、冒険者としてギルドに登録するのだろう。元騎士、という肩書は冒険者として働く時に意外と優位に働く。警護任務とかの指名を受けやすいのだ。魔物相手に戦うよりは、人相手の方が楽、というわけではないがそれでも後れを取ることはないだろう。

そんなわけで、基本的に平民が多い第四と第五騎士団の団員は若手が多い。因みに、貴族で所属する奴は僕と同じく家の財政状況が悪いから。そして結婚が決まるとみーんな辞めるか移動していく。奥方になる方に危険だから辞めてくれ！　と泣きつかれるんだとか。

騎士団長なんて職に就いていれば、それなりに話が舞い込んできそうだが現実はそう簡単ではない。なんせ休みが取れないのだ。王都の近くにだって魔物は出る。その討伐任務に長期間向かうことになれば、約束だって簡単にできない。団長が行かない、なんて選択肢はまずないからね。

「この間さ、僕より若い子が異動届を出しに来たんだ」

「よくあることだろ」

「そう。よくあることなんだけど、ちょっと感傷に浸ってしまったんだよ」

「かんしょぉ？」

「僕の女神はいつ現れるのかな？　って」

「お前、前に女神がどうのとか言ってなかったか？」

「あの方はもう亡くなってるからなあ」

僕の言葉にマクドールは「すまん」と小さな声で謝ってきた。まあ、どのみち彼の女神と結婚するのは無理だったんだけどね。なんせ国王陛下の側妃様だったからなあ。側妃様がなんで魔物退治に来てたのかはわからないけど、見習い騎士だった僕は女神が降り立ったのかと思ったよね。

豪快な太刀筋に、スラリとした立ち姿。

明るい茶の髪を頭上でまとめて、それが動き回るたびにキラキラと煌めいて……まるで蝶が舞っているかのようだった。ああ、この方こそ我が理想の女神！　と思ったのもつかの間、新しい国王陛下の側妃様だと知って絶望したよね!!

側妃様はレイドール伯爵家のご令嬢で、それならばあの強さも頷ける。確かカレッジとアカデミーで色々と伝説を残してこられた方だし。そしてその側妃様の為に、一時は王族離脱をしていたのだ。

我らが国王陛下は。

純愛、なのだろう。それを羨ましくも思い、哀れにも思った。

国王になんてならなければ、正妃を別に娶る必要はなかった。一番愛した人を側妃にする必要もない。平和に、家族を守って暮らしていけたのだろう。

現実は最大派閥の侯爵家の娘を正妃に迎えなければならず、そうしなければ国を上手く回すこともできない。権力を持っても使える力は諸刃の剣なのだ。

「僕の女神様にはさ、娘がいるんだよ」

「へーじゃあその娘と結婚すれば？」

「そんなの無理に決まってるじゃん」

「いや、知らねえよ」

「マクドールは三番目のお姫様の噂知ってる？」

「は？」

僕はマクドールから答えが返ってくる前に、三番目のお姫様の話を聞かせた。女神が残した小さなお姫様。正妃とその最大派閥のせいで不遇の生活を余儀なくされている。それでも可哀想なお姫様は誰も恨むことなくお過ごしだと聞く。

その話を僕に聞かせた男は、カタージュ出身のやつだった。ヴァレットといったか、まだ若い見習いの騎士。女神と同じ出身地のせいか、横のつながりがあるのだとか。

「おめえはよ、それを俺に話してどうしようってんだ？」

「特に、なにも？」

「俺は貴族は好かねぇ。でもお前は貴族らしくなくて、話も合うし親友だと思っている。だが、お前とそのお姫様は別だ。テメェの道はテメェでどうにかしなきゃどうにもならん」

「お前は厳しいね」

「お姫様だからって、誰かが助けてくれるのを待っていたらばあさんになっちまうよ」

「まだ御年八歳だよ」

「そうかよ」

マクドールは興味がないのか手に持っていたジョッキを煽る。その姿に、悩みがなくていいなあなんて勝手な感想を抱いた。確かにお姫様が不遇の生活をしていても、僕にはどうすることもできない。ましてや求婚だってできるはずもない。年齢差もあるけれど、よほどの功績をあげなければ求婚のきの字すら言えないし……今のところ僕に功績をあげられる予定はない。

それに同情で結婚を申し込まれてもお姫様だって迷惑だろう。よほどのことがなければ、お姫様なのだ。どこか高位の貴族か、他国の王侯貴族に嫁げる。それが幸せかは別として。

結局のところ、僕は――何もできない。何者にもなれない、情けない男なのだ。

＊＊＊

転機が訪れたのは、魔術式研究機関の研究員、フォルテ・カーバニルが僕のところを訪れたことに端を発する。彼、いや彼女？　の言う「ポーション」という薬を僕達騎士に人体実験させろというのだ。最初は第五から、次は第四、と徐々に上に広げていくらしい。

そりゃあ保守的なお貴族様は新しい薬を嫌がるだろう。しかも聖属性の神官が治すのと同じくらいの効能があるらしい。そんな眉唾物の話を誰が信じるのか。

「というか、人体実験って……君らは僕らを何だと思っているの？」

「常時怪我している筋肉バカ」

にこにこと笑いながら酷いことを平気で言う。フォルテとは魔物討伐関係でそれなりに交流はあるけれど、あんまりな言い方だ。僕らだって怪我したくてしているわけではない。魔物討伐は文字通り命がけの討伐。怪我をしない為に日々訓練をし、その為に怪我を負っているだけなのだ。

本末転倒ともいえるけれど。

怪我したくて怪我している人間なんていやしない。

「人体実験だなんてそんなこと言ったら、マクドールがものすごーく嫌な顔するだろうね」

「お貴族様のお遊びに付き合っている暇なんてないって？　でもお生憎様。お遊びじゃないのよ。これはね、今後のこの国を左右するものだわ」

「左右するって大袈裟だな」

「大袈裟結構！　ポーションをラステアに頼らず自国で作れるようになるのよ？　トラット帝国にだって目を付けられるでしょうね」

トラット帝国、と聞いて僕は片眉を上げる。軍事国家のトラット帝国は常に周辺諸国と交戦中だ。今の皇帝になって、昔よりはマシになったと聞くけれど……それでもマシになった、という程度のはず。取れる国は自らの傘下へ組み込み、搾取することは変わっていない。

「わざわざ狙われる要素を作ろうって？」

「そうよ。でも、これがあれば不測の事態には対処できる」

「不測の事態って……そんな頻繁に起こるわけ？」

「起きたでしょ？」

フォルテはこの間の事件を忘れたのか？　と問いかけてくる。きっと、国王陛下が乗られた馬車が転落したことを指しているのだろう。そして次は近衛騎士が起こした事件。前者は魔物が出たら危ないからと、マクドールを含めた数名が第一騎士団に同行していたが事故は起きた。そして後者は第一騎士団の主導でカタが付いたはずだ。

でもこの短期間で起きた不測の事態。

「最初のは、事故だって聞いたけど？」

「事故か故意かわからないのよ。でも故意であるとは思っているの」

「――――確証は？」

「宝石に魔力封じの石が交じっていたそうよ？　袋に入れて遠ざけて、後で回収したんだけどね。その中に魔力封じの石はなかった」

「気のせいってことは？」

「王と側妃だけでなく、騎士団長までも使えなかったのよ？　それが偶然とか気のせいですまされると思うわけ？」

突然のことにとっさに判断できないことは良くある。それで怪我をする新人騎士はそこそこいる。でも第一騎士団の師団長ともあろう方がそんな新人のようなミスをするとは思えない。そして、陛下も……あの方は女神と共にカタージュの森に入っていたと聞く。

それならば突発的な事態にも対処できそうだ。側妃様は、まあ女性だし。その辺の期待はできないけれど。

「そしたらよく助かったな。魔力が封じられていたら、谷底に真っ逆さまじゃないか」

「それは姫殿下のおかげね」

「姫殿下？　三番目の⁇」

僕が思わず聞き返すと、フォルテはムッとした表情になる。あ、しまったな。と思った時にはもう遅かった。フォルテの手が僕の顔面を掴んでいたのだ。何だかんだ言ってフォルテの握力はめちゃめちゃ強い。マクドール並みなのだ‼

「ふぉ、フォルテ、悪かった。僕の失言だ‼」

「次三番目とか言って馬鹿にしたら握りつぶすわよぉ？」

何処とは言わないけどね、と普段よりも一段低い声を使い耳元で囁かれる。僕は言われるがままに頷き続け、気がつけばポーションとやらの人体実験に協力することになっていた。

「……マクドールになんて言おう」

「そのまま人体実験でいいわよ。つーか、アンタも今から飲みな」

そう言ってフォルテは、ウエストに付けているマジックボックスから小瓶を取り出し投げてよこす。

渡された小瓶とフォルテの顔を見比べ、飲まないって選択肢はないんだろうなあと感じる。だって圧がすごい。今すぐ飲め！　と全身で物語っている。

「そーれ、姫殿下のお手製だから」

「えっ……⁉」

フォルテの言葉に思わず手元の小瓶をジッと見てしまう。まさかの王族お手製ポーション⁉　しかしなんでまたそんな事態になっているんだ？　てっきり魔術式研究機関主導で作っていると思っていた。だからこその人体実験だと……

「姫殿下の発案なのよ。視察に行った先で薬草畑が少ない、ってね」

「薬草畑が少ないなんて、そりゃあ薬を買える人間がごく一部だからねえ。僕の家だってまともに薬を買えるかどうか……」

「需要と供給よね。でもさ、疫病が流行ったら一瞬で終わりでしょう？」

「そりゃあね。でも疫病が流行るかなんてわからないじゃないか」

「わからないからって備えなくていいってもんでもないでしょ？」

「まあ、それはそうだけど」

そこからフォルテにポーションを作ることになった経緯を聞いた。偶然の産物で魔力過多と呼ばれる畑ができたこと、そしてその畑のおかげでポーションが作れたことも。どうやら我が女神の残された姫様は大層聡明な姫様にお育ちのようだ。

「噂では聞いていたんだけどさ」

「ろくでもない噂？」

「いや、正妃の派閥に虐げられてるって。それで碌な生活送れてないって」

「今まではそうだったかもね。でもリュージュ妃が悪い、というよりはリュージュ妃の威光を笠に着た愚か者のせいね」

「それってでも……」

「そうね。正妃であるのだから、全く罪がないというわけではない。でも、あの方も聡明な方よ」

「ふーん」

「ま、アンタにゃ思うところもあるだろうけどね」

いつの間に知られていたのか、僕はガシガシと頭を掻くと小瓶の蓋を開けて一気に煽る。すると体の中にたまっていた疲労が一気に消えた。それはもう見事に。

「どうよ？」

「うわっ……逆に気持ち悪い」

「アンタね……その感想はどうなのよ？」

「これで初級？」

「そうよ。多少の怪我や病気はそれで治る。中級はそれでは治せないもの。上級に至っては切れた腕も生えてくるわよ？」

試してみたいわよねぇとチラリと視線を向けられて、流石にそれは無理！　と断った。まあ今度討伐に行くから、その時にでもとは思うけど。わざわざ怪我をしたい人間はいない。

「それで？　初級で人体実験してから、討伐に持ち込もうってこと？」

「その通りよ。今うちは、ラステアのポーションとの違いを研究中で忙しいから、作るのは姫殿下たちね。喜びなさい？　薬草栽培からぜーんぶお手製よ？」

「それは、また……」

お姫様がする仕事ではないなあ、と思いながらも女神が規格外だったわけだし。そのお子である方々が普通であるわけないかと結論付ける。そうじゃないと、色々とね。うん。色々と悩みだしたらきりがないからさ!!

「これでアンタたちの負担も多少は軽くなるし、異動届に悩まなくてもすむでしょう?」

「それはお気遣いどうもありがとう」

「どういたしまして。じゃ、頑張って実験体になってちょうだい?」

フォルテはいい笑顔でそう言い残すと、仕事があるからと研究所に戻っていった。僕は残された小瓶を手の中で弄ぶ。

「ポーション……ポーションねぇ」

確かにこれがあれば、神殿から神官を派遣してもらう必要もない。つまり向こうの予定に合わせずとも討伐ができる。魔物というのは定期的に狩らなければ増える一方。下手すれば魔物同士で共食いをはじめて、残るのは人間の手に余る魔物だったりもする。

そうなる前に早めに退治したいのだ。でも魔物討伐は危険がつきもの。神官を随行させるには向こうの予定が優先となる。上級まで作れるのであれば、神官は必要ない。もちろん持ち込む量はそれなりに必要になるかもしれないが。それでも戦闘能力のない神官を伴うよりはずっと楽だ。

「仕方ない。実験台になるかな」

それにこれがお姫様手製の品だと知ったら、騎士達の士気も上がるだろう。古来より騎士という生き物は「心優しい姫君」に弱いのだから。

あとがき

はじめまして、またはいつもご愛顧ありがとうございます。諏訪ぺこと申します。拙作をお手に取って頂き本当にありがとうございます！

唐突ですが糸目のお兄さんと、筋骨隆々なお兄さんのコンビは好きですか？　私は好きです！　糸目のお兄さんの何を考えているかわからないところとか、筋骨隆々なお兄さんの脳筋そうでそうではない部分とかすごく性癖です。というわけで、ＷＥＢ版のとあるシーンでどうして騎士団が？　的なところがあったので、その時の為に二人を登場させてみました。ＷＥＢ版には出てきていないキャラとなります。とはいえ、二人以外にも短編では新キャラいれたりしてるのですけどね。途中からキャラが!!　キャラがどんどん増える!!　と頭抱えました。

いや本当に……改稿作業中、編集担当さんに泣きつきながら、「え、ページめっちゃ増えるんですが!?　キャラも増えちゃいましたが!?　け、削る!?　え？」と言いながらＷＥＢ版の一話分をまるまる削ったり、逆に一話分まるまる増やしたりしました。キャラと文字って改稿作業すると増えるんですよ……不思議なことに。

おかげで今回の本もみっちり最大まで書かせて頂きました。実は削っても文字多すぎて入らないので、一巻とは文字の間隔とか違うらしいです。見比べてみるのも面白いかもしれません。

ひとまず、二巻で第一章完結となります。まだまだ謎残ってるじゃん？　え、これで冒頭の断罪シーンにどうつながるの？　とよく感想などで目にしますが、ちゃんと冒頭のシーンにつながるようになってます。ただそこに辿りつくまで紆余曲折がたくさんあります。

そして増えるキャラ達!!　「また増やしてる!!」と言われちゃうなぁ、と思いながら増やしてます。これはルティアのお人好しな性格が災いして色々なことに首を突っ込むからですが。ルティアには色々なことを見て、聞いて、そして自分で考えて、時には周りに相談して成長していってもらいたいと思うのです。某少年漫画の主人公の修行回はすぐ終わるではなく、それなりにページを割いて掲載されていたのと同じ感覚ですね。一朝一夕で人は成長しないのです。

しかしそうは言っても、年単位の刻んだお話にすると長くなりすぎるのでＷＥＢ版の二章は五年後からのスタートとなっています。もちろんその間に色々やらかしてたりするので、その辺は短編として書けたらいいなと思ってます。気が付くと短編をもりもり書いているので（笑）

最後に、ＴＯブックス様、担当編集様方、海原ゆた先生、そしてこのお話を支えて下さっている皆様、本当にありがとうございます。

またいつかどこかでお会いできると嬉しいです。

巻末おまけ

コミカライズ第六話試し読み

漫画 海原ゆた

原作 諏訪ぺこ

Ponkotuoutaishi no MOBUANEOUJO
rashiikedo AKUYAKUREIJOU ga
KAWAISOU nanode tasukeyouto omoimasu

10年後
ヒロインに惚れこみ
ライルと一緒に
アリシアを糾弾する
予定の側近たちだ
攻略対象です！
どうしよう……！
ルティア様……！
どうして
ここに……？
そうね…
味方にして
しまいましょう

ダダダダダ
え!? でも…!
こちら側に引き込めればもっと未来は変わるかも
敵は少ないほうがいいわ
あっバカッ…!! リーン…!
あの!
この魔力過多の土地って誰が作ったんですか!?
ひぇ
あでっ
イッテ! なんだよシャンテ!
彼女を誰だと思ってんだ! 今すぐ手を離せ!
目をよく見てみろ!
ビクッ
ビクッ

は？
目って――…
!!
蒼い…！
この王国で
蒼い目を持つのは
つまり…！
王族！
しまった
怒られる！
大変失礼
いたしました
姫殿下
…いいえ
こんな格好
ですもの
わからなくて
当然だわ
～兄のお下がり～
畑仕事ver.

？
怒らない…
でもよかった
銀髪……
あなたがヒュース騎士団長のご子息かしら？
！
はは はい！父をご存じですか？
先に名を名乗れバカ！
あっ
申しわけありません
リーン・ヒュースと申します！
私はシャンテ・ロックウェルです
私はルティア・レイル・ファティシアです
彼女は私の友人のアリシア・ファーマン侯爵令嬢 そして花師のベルよ
！
アリシア・ファーマン侯爵令嬢……

されてる
根性で笑顔を維持している
あら彼女を知っていて？
アリシアの名前を知ってるなんて珍しい
その
まだ社交界デビューをしてないのに
アリシアの手
あ――…なるほど
冷たいわね
つまり彼らは
ライル殿下より…少し伺ってました
すでにライルからいろいろ聞かされていたってことね

これから10年もそうだったら――
あら嫌だ
その反応からしてどうせよくないことを言ってたでしょう？
ライルはアリシアに一度も会ったことないのに！
一応聞くけどなんて言ってたの？
えっ一度も!?
……！
その…
高飛車で傲慢なご令嬢だと…
本当は一度だけ会ったけれどアレは…会っていないようなものだわ
オド
そう

私が知っているアリシアとは大違いだわ
あなたたちはライルの言葉と
今目の前にいるアリシアと
どちらを信じるのかしら？
人伝に聞いた話より自分の目で見たほうがずっとわかると思うけどあなたたちは違うのかしら？
お俺…！じゃなかった私も！そう思います！
リーン……
だってそうだろ？
女の子には優しくしろって言うし
どう見ても弱そうだよ？虫も殺せなそう
ひそひそ…
それは…そうだけど…
よかったいい感じに揺らいでるわね

アリシアも落ち着いたようだし
ところでこれからお茶にするつもりなの！
おふたりもご一緒にいかが？
えっ
パ
でも…いいんですか？
ええ！実は少し困っていることがあって……
さっき言っていた『魔力過多の土地』について教えてもらえないかしら？

あ
このケーキ…
おいしいわよね
視察先で買った!
そういえば ヒュース 騎士団長も
姫殿下は こういったものが お好きなんですか?
?はい!
一緒にケーキ 買ったわね
そうか なら私も 買おう
同じのをひとつ 王都のヒュース伯爵家まで 頼む
続きはWEB&コミックスにてお楽しみください!
ピッコマにて先行配信中!
コロナEXにて順次配信!
コミックス2巻

ポンコツ王太子のモブ姉王女らしいけど、悪役令嬢が可哀想なので助けようと思います２ ～王女ルートがない!?　なら作ればいいのよ！～

2023年9月1日　第1刷発行

著　者　諏訪ぺこ

発行者　本田武市

発行所　TOブックス
〒150-0002
東京都渋谷区渋谷三丁目1番1号　PMO渋谷Ⅱ　11階
TEL 0120-933-772(営業フリーダイヤル)
FAX 050-3156-0508

印刷・製本　中央精版印刷株式会社

ISBN978-4-86699-933-3